LA BORSA RICAMATA

UN MISTERO PER JANIE JUKE

Di: Isabella Muir
Traduzione: Anna M.M.

Pubblicato in Gran Bretagna
Da Outset Publishing Ltd

Prima edizione in italiano pubblicata Gennaio 2019
Seconda edizione in inglese pubblicata Giugno 2018
Prima edizione in inglese pubblicata Ottobre 2017

ISBN:1-872889-21-2

ISBN:978-1-872889-21-4

www.isabellamuir.com

Foto in copertina di: Danis Lou su Unsplash
Disegni in copertina di : Christoffer Petersen
Mappa di Tamarisk Bay di: Richard Whincop

Elogio per i misteri di Janie Juke

'Fu una grande trovata. Una bibliotecaria che si trasforma in investigatrice nell'Inghilterra del 1960. Janie Juke, un'appassionata di Agatha Christie, è un'amabile protagonista. Un vero svoltar pagina. Ho comprato il prossimo libro della serie…. Sperando che ce ne saranno molti altri in arrivo.'

'Sono entrato direttamente nella storia… mi piace molto il modo in cui l'autore ha dipinto gli anni 60'… mi sentivo come se fossi lì.'

'Intrigante storia poliziesca con ambientazioni incantevoli e personaggi interessanti. Non vedo l'ora di vedere cosa risolverà la prossima volta Janie Juke.'

'Ho amato ogni pagina e non riuscivo ad interrompermi. Non riesco ad aspettare sino al prossimo della serie.'

'Libro completamente piacevole. Mi ha tenuta interessata sino alla fine. Attendo con ansia il prossimo.'

'Gli scorci sulla Seconda Guerra Mondiale sono particolarmente buoni. La scrittura solida, grande storia, e Janie come personaggio sta crescendo dentro di me. Spero ce ne saranno altri in questa serie.'

Riguardo l'autore

Isabella ha riscoperto l'amore per la scrittura durante due anni felici trascorsi lavorando e completando il suo Master in Scrittura Professionale.

L'ambientazione per la serie dei misteri di *Janie Juke* è quella dell'area dove Isabella è nata e ha vissuto gran parte della sua vita. Quando descrive Tamarisk Bay descrive la sua città natale St Leonards-on-Sea, nell'East Sussex ed i suoi dintorni.

A parte il suo amore per la scrittura, Isabel ha una vera passione per tutti i tipi di caravan. Ha trascorso diversi anni viaggiando nel Regno Unito e all'estero e negli ultimi tempi sta gestendo un piccolo campeggio nel West Sussex, insieme al marito.

Il suo fedele compagno, Hamish, un terrier scozzese, è sempre accanto a lei.

Scopri di più su Isabella, i suoi libri pubblicati, così come i prossimi titoli su: **www.isabellamuir.com** e segui Isabella su Twitter: **@SussexMysteries**

Dello stesso autore

OGGETTI SMARRITI
IL CASO INVISIBILE

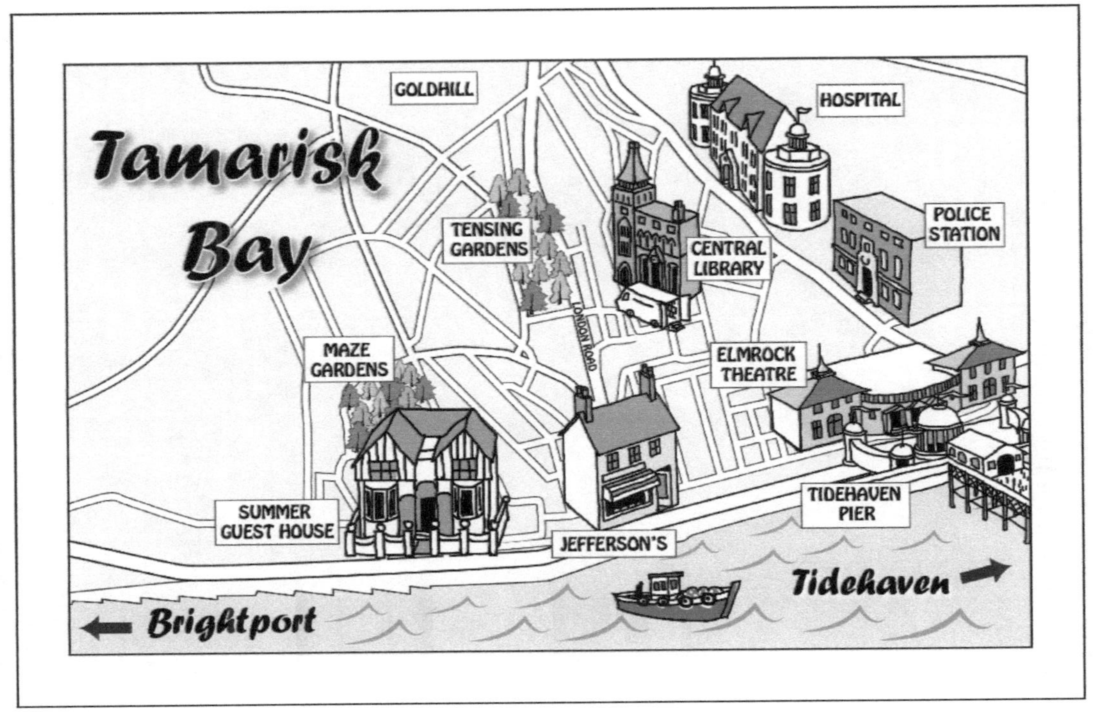
Tamarish Bay
GOLDHILL
HOSPITAL
POLICE STATION
TENSING GARDENS
CENTRAL LIBRARY
ELMROCK THEATRE
LONDON ROAD
MAZE GARDENS
SUMMER GUEST HOUSE
JEFFERSON'S
TIDEHAVEN PIER
Brightport
Tidehaven

In una sera d'estate del 1969, in un tranquillo paesino nel Sussex, Janie Juke sentì qualcosa che sconvolse la sua vita...

CAPITOLO 1

C'era stato un tempo in cui stentavo a pensare che Poirot mi apprezzasse il mio vero valore. <<Sì>> continuò, fissandomi pensieroso <<sarai inestimabile.>>
Poirot a Styles Court – Agatha Christie

L'ultima notizia del telegiornale attirò la nostra attenzione. Non appena al notiziario dissero il nome di Zara entrambi trattenemmo il respiro per alcuni secondi. Fu solo per un momento. Forse lo avevamo solo immaginato, perché ora il meteorologo era di fronte alle Isole Britanniche, mentre diceva che un forte vento sarebbe arrivato da nord-est.

Erano bastate quelle poche notizie per far cambiare l'atmosfera nella stanza. Alcuni minuti prima eravamo rilassati come in un giorno qualsiasi. Ora non facevamo altro che pensare a quelle notizie frammentarie. Eravamo entrambi presi dai nostri pensieri. Il mio era per Zara. Il reporter aveva detto se era ancora viva? Io pregai che lo avesse detto. La mia mente era concentrata mentre fissavo le mie ginocchia. In verità non stavo guardando nulla, solo l'immagine che rivedevo nella mia mente dal giorno che Zara era sparita. Il nostro legame era più forte ora da adulte più di quanto non lo fosse stato ai tempi della scuola e la sua sparizione non aveva lasciato una breccia ma un abisso.

Mi ritrassi mentre Greg metteva la sua mano sulle mie gambe.

<<È bene che ci siano nuove notizie, Janie.>>

<<Forse no>> dissi. Entrambi eravamo sconvolti.

Sarebbe stato inutile ora provare a dormire.

La televisione era ancora accesa, con le immagini che tremolavano in bianco e nero, ma noi ci eravamo voltati di spalle.

<<Vuoi il tè?>> dissi, avevo necessità di pensare ad altro.

<<Latte caldo forse.>> Andammo in cucina e Greg strascicava i piedi guardandomi mentre mettevo il latte nel pentolino ed accendevo il gas.

<<Non c'è niente che possiamo fare, lo sai?>> mi disse.

Io non risposi.

<<Non essere arrabbiata con me, sto giusto parlando.>>

<<Cosa stai dicendo? Tu sai come me che la polizia non la cerca più. Noi abbiamo fatto più di loro per cercarla.>> Aprendo il frigorifero, presi burro e formaggio, anche se non avevo voglia di mangiare. <<Vuoi un sandwich?>>

<<No e tu?>>

<<Devo fare qualcosa. Non posso stare qui seduta.>>

<<Non c'è nulla che tu o chiunque altro possa fare ora. La polizia ha tutto sotto controllo. Se non fosse così ci sarebbero state altre notizie, non pensi?>>

<<Sappiamo entrambi che la nostra polizia locale non ha esattamente la sparizione di Zara al top della lista delle persone scomparse.>>

Il modo in cui Joel era morto era stato uno shock per tutti noi, ma per Zara era stato un trauma, il suo mondo era finito il giorno che un poliziotto le aveva spiegato, il più gentilmente possibile, che il suo fidanzato era stato ucciso da un pirata della strada.

Lei era ogni giorno nei miei pensieri, anche se Greg mi aveva persuaso a rinunciare a cercarla. Dal giorno che Zara era sparita, io ero determinata a non credere, come molti altri invece facevano, che lei la volesse far finita. Più di una persona aveva supposto che un anno di dolore era più di quello che lei potesse sopportare.

Avevo lasciato la stanza degli ospiti proprio come il giorno in cui lei era sparita. Regolarmente continuavo ad arieggiarla e spolverarla, immaginando scioccamente che un giorno lei sarebbe tornata nel nostro alloggio e tutto sarebbe tornato come prima.

<<Inizi presto domani?>> chiesi a Greg, tanto per sentire una voce diversa dai miei pensieri nella mia mente.

<<Come al solito>> disse e gustammo il nostro latte caldo in silenzio.

Le parole del notiziario si ripetevano in continuo nella mia mente, *'c'è stato un nuovo sviluppo della polizia nel caso di Zara Carpenter, la giovane donna che è sparita tre mesi fa in un resort di Tamarisk Bay'*.

Ho dovuto fare uno sforzo per non infilarmi il cappotto ed andare alla stazione di polizia, per domandare notizie riguardo questo *'nuovo sviluppò*. Tornai nel salotto dove la televisione intratteneva due sedie ormai vuote. L'ultimo notiziario della sera iniziò e il presentatore riportava gli ultimi avvenimenti in Vietnam; morti migliaia di giovani.

<<Cosa stai facendo? Non guardare, questo ti deprimerà ancora di più.>> Greg stando sulla porta e tendendomi la sua mano. <<Spegni queste stupide

cose e vieni a letto.>>

<<Ora sapevo perché evitavo il notiziario. Verrò in un minuto.>>

Spensi la televisione e misi le nostre tazze nel lavandino. Sentii Greg usare il bagno, lavarsi i denti e quindi camminare attraverso la nostra stanza da letto. Salii le scale, sperando che qualsiasi azione mi avrebbe distratto dai miei pensieri. Invece di andare nella camera da letto, aprii la porta di fronte ed entrai nella camera degli ospiti. Tirai giù il copriletto e sprimacciai i cuscini. Le tendine erano aperte, permettevano alla luce dei lampioni posti dall'altra parte della strada di far brillare i semplici mobili di legno. La stanza che aveva offerto alla mia amica un rifugio sicuro ora sembrava spoglia e vuota.

Io avevo già visto nel cassettone molte volte da quando lei era andata via, sperando di trovare qualcosa che lei avesse lasciato, un indizio di dove fosse andata e perché. Ora riaprivo di nuovo tutti i cassetti, il vuoto rispecchiava una sensazione di sgomento che non potevo togliermi di dosso. Scorrendo le mie dita lungo gli spazi vuoti, provavo a immaginare Zara che iniziava una nuova vita da qualche altra parte. Ma l'immagine era vaga come un inquietante mattino presto, che bloccava il sole e raffreddava l'aria.

Greg già dormiva quando andai a letto. Desiderai di avere, come lui, un interruttore istantaneo che mi facesse passare dallo star sveglia al sonno, senza bisogno di girarmi e rigirarmi. Presi un libro dal mio comodino. Ero a metà della storia, ma ora non riuscivo a ricordarmi la trama. Lessi poche righe e le rilessi di nuovo. Le lettere ballavano davanti ai miei occhi e per la prima volta nella mia vita le parole erano solo macchie di inchiostro sulle pagine.

Quando mi addormentai tardi quella notte chiudendo gli occhi sognai il viso di Zara. Zara che era tornata nella mia vita inaspettatamente, solo per lasciarmi di nuovo in strane circostanze.

CAPITOLO 2

Sicuramente il suo viso divenne un po' più pallido mentre rispondeva <<Sì.>>
Poirot a Styles Court - Agatha Christie

Avevo conosciuto Zara quando si inserì nella nostra scuola al quarto anno. Fummo inseparabili per gli ultimi diciotto mesi di scuola, ci incontravamo nei weekend per andare nei caffè e negozi di dischi. Appena finita la scuola lei andò via con la sua famiglia. Ci scrivemmo per un po' di tempo ma presto le lettere diradarono e ci perdemmo di vista. Circa sei anni dopo, stavo girovagando nel centro della città quando notai che la persona che camminava davanti a me aveva un aspetto familiare. Vedendola di dietro cercai di fare mente locale, la figura sottile mi ricordava qualcuno. Fu solo quando lei si fermò per ammirare la vetrina di un negozio e vidi il suo profilo, che la riconobbi.

<<Zara>> la chiamai. Andai verso di lei e le poggiai le mani sulle spalle. Lei si girò e per un momento non so dire se stava pensando di ignorarmi, o fu solo perché la sua memoria non era acuta come la mia. Il suo volto si trasformò con uno smagliante sorriso e mi tese le sue braccia.

<<Janie>> disse abbracciandomi. Passeggiammo a braccetto mentre ci raccontavamo degli ultimi anni. Le dissi come la nostra insegnante di inglese, Signora Frobisher, mi aveva dato come lavoro l'incarico di occuparmi della biblioteca mobile. Lei rise quando le ricordai come prendevamo in giro la Signora

Frobisher per il suo mento peloso, mentre in verità ci sarebbe piaciuto che lei fosse nostra nonna.

Mi chiese dello studio di fisioterapia di mio padre e mi disse dei bei ricordi che aveva di Charlie, il pastore tedesco di mio padre. Le mostrai la mia fede matrimoniale e le parlai di Greg. Lei mi disse quanto fosse emozionata per me.

Più tardi quando tornai a casa, mentre raccontavo il mio incontro a Greg, realizzai che lei mi aveva detto poco riguardo la sua vita. Ero stata così indaffarata a chiacchierare che mi ero dimenticata di chiederle come mai fosse tornata. Dunque, non sapevo se era ritornata o era solo di passaggio.

Ci eravamo messe d'accordo di incontrarci il giorno dopo per il pranzo per parlare del tempo perduto così quando arrivai al caffè ero armata di tutte le intenzioni di farle le domande giuste. Fui sorpresa di trovare Zara che non era da sola. Come mi avvicinai al tavolo lei si alzò.

<<Janie, ti presento Joel>> mi disse. Lei arrossì quando andai ad abbracciarla e si sedette accanto a Joel, prendendo la sua mano nelle sue.

L'aspetto di Joel mi fece pensare ad un modello di perfezione maschile. I suoi capelli erano ordinati, i suoi denti perfetti e bianchi, in contrasto con il suo viso abbronzato.

<<Felice di conoscerti>> gli dissi dandogli la mano. Sentendomi stupida per il mio saluto formale.

<<Joel è un fotografo>> disse Zara.

<<C'è qualcosa di familiare in te, ma non posso metterci la mano sul fuoco>> gli dissi.

<<Hai avuto una mostra al teatro Elmrock, vero? Un buon talento a detta di tutti.>>

<<Hai avuto occasione di vederla? Mi hanno promesso un'altra opportunità forse il prossimo anno>> disse, con entusiasmo.

<<Non ci sono andata ma ho visto la recensione sull'*Observer*. Zara tu hai trovato una stella.>>

Lei era radiosa e non avrebbe potuto essere più orgogliosa se fosse stata scelta per la copertina di *Vogue*. Erano una coppia perfetta. Una bellissima coppia. La pelle olivastra di Zara e il taglio degli occhi a mandorla erano sempre stati l'invidia di tutte le compagne di classe. A scuola i suoi spessi capelli neri erano corti, ma ora essi fluivano sciolti sulle sue spalle e sulla sua schiena.

Lei mi aveva spiegato che recentemente si era trasferita da Brighton.

<<Come vi siete conosciuti?>> le chiesi.

Lei mi raccontò che era capitata nello studio fotografico di Joel per far sviluppare un rullino e ne era venuta fuori con un appuntamento.

<<Il mio giorno fortunato>> disse Joel. Mi raccontò che Zara ora si era trasferita nel suo appartamento sopra lo studio e stava cercando un lavoro.

<<Che tipo di lavoro?>> le chiesi. <<Cosa facevi a Brighton?>>

<<Zara vuole cambiare il mondo>> disse Joel.

Era inevitabile che il mio rapporto con Zara ora che eravamo adulte fosse differente da quando eravamo amiche di scuola tutte prese dalla moda pop. L'aspetto affascinante di Zara che era ancora agli inizi quando eravamo quindicenni, ora si era sviluppato. Ora quando ci incontravamo io chiacchieravo tanto, mentre lei ascoltava intensamente, sottoponendomi delle domande. Quando nominai mio padre e quanto lui fosse occupato con i suoi pazienti, lei mi chiese quali tipi di pazienti lui preferiva, quelli con solo disturbi fisici, o quelli che beneficiavano dei suoi consigli.

<<Lui gli parla solamente, non è realmente un consigliere>> le spiegai.

<<Gli dedica del tempo, per parlare; tutti noi abbiamo bisogno di questo>> lei disse.

Mi chiese cosa ne pensasse mio padre della guerra.

<<Lui era soltanto un ragazzo. Non ne ha mai parlato>> le dissi.

<<Sono morti così tanti uomini, una intera generazione.>>

<<Loro non hanno avuto scelta, Hitler era matto, andava fermato.>>

<<Tutte le guerre sono folli>> disse.

Le nostre conversazioni non mi aiutavano a vedere il mondo differentemente, fu molto di più, fu come se lei vedesse sempre al di là della sua esistenza e questo mi affascinava. Lei discuteva di ogni cosa, come se cercasse sempre di trovare la spiegazione per ogni cosa e mostrare la potenziale conseguenza. Vedendo il mondo attraverso gli occhi di Zara io potevo dare il giusto significato alle cose, come non le avevo mai considerate.

Il tempo che passammo insieme fu breve. Era naturale che lei volesse passare i weekend con Joel, dopo tutto, loro erano all'inizio della loro relazione.

In certe occasioni ci incontravamo tutti e quattro insieme, ma subito gli uomini si annoiavano perché avevano poco in comune, Zara ed io faticavamo molto per mantenere la conversazione fluente. Greg amava il suo football, ma sembrava che Joel non fosse interessato a nessuno sport. Lui aveva interessato Zara alle gallerie d'arte e musei, che per Greg erano cose peggiori della noia.

Così Zara ed io preferivamo incontrarci da sole, anche se Joel tendeva ad essere l'argomento principale delle nostre conversazioni. Lei era affascinata da lui ed era facile capire il perché. Lui aveva lo studio fotografico da un paio di anni ed aveva avuto un gran successo. Lei mi aveva spiegato che egli era un autodidatta, nonostante suo padre aveva avuto più che un interesse per la fotografia. Avendo conosciuto Joel, iniziai a cercare il suo nome tra le foto e gli articoli del giornale locale. Aveva una buona reputazione come fotografo di matrimoni. Il suo stile era particolare. Piuttosto che l'approccio della foto tradizionale con la coppia felice davanti la porta della chiesa, lui non aveva paura di provare qualcosa di nuovo. Uno dei suoi scoop commerciali era la testa e le spalle di una sposa che guardava in uno specchio il suo sposo, il quale la guardava da sopra le sue spalle. Geniale.

Quando eravamo sole io e Zara, ed il tempo lo permetteva, passeggiavamo sul lungomare parlando, fermandoci in uno dei nuovi caffè che erano stati aperti alla fine della London Road. Il mio favorito era il *Jefferson's*. Richie, che era il proprietario, amava la musica ed aveva installato un juke box. Zara ed io a turno sceglievamo i dischi, supplicando Richie di alzare il volume, cosa che deve aver deliziato la povera coppia che abitava nell'appartamento di sopra.

Alcune volte ci incontravamo in città e girovagavamo per i negozi di vestiti, guardavamo le vetrine, sbavando su tutte le cose che ci interessavano, ma che non potevamo permetterci. I modelli di Mary Quant erano arrivati da Londra nelle nostre boutique, che offrivano delle buone copie, ma senza l'etichetta. Anche le copie erano fuori dal nostro budget. Passavamo ore a navigare sulle riviste di moda con Twiggy, con i suoi grandi occhi, i capelli cortissimi e la figura da ragazzo. Zara mi sfidava a colorare e tagliare i miei capelli lunghi, ma non avrei avuto mai abbastanza coraggio. Mentre, insieme, ci mettevamo in posa come Twiggy davanti agli specchi dei negozi, ignorando gli sguardi dubbiosi dei commessi.

Durante i nostri giorni di scuola ballavamo con la musica di Elvis e Adam Faith, ma ora avevamo altri idoli. Noi ancora amavamo la nostra musica ed avevamo seguito lo sviluppo meteoritico dei Beatles, sognando il giorno in cui li avremmo potuti sentire dal vivo. Come mille altri fans, eravamo dispiaciute delle chiacchiere relative alla loro separazione e frustrate che non eravamo potute andare a Londra per il loro improvvisato concerto sul tetto del palazzo Apple.

Avevamo trovato un negozio di dischi in King's Road dove tu potevi scegliere di ascoltare il disco che volevi senza doverlo acquistare. Eravamo clienti abituali perché appena entravamo il proprietario che gestiva il negozio metteva in fila per noi i dischi dei Beatles.

Mi fu abbastanza facile trovare qualche ora in settimana per vedermi con lei. Mio padre si ricordava come lei venisse spesso nella nostra casa durante l'ultimo anno di scuola.

<<È favoloso che tu l'abbia incontrata di nuovo>> mi disse, quando gli raccontai. <<Cosa ha fatto in tutti questi anni?>>

Ho provato ad entrare in argomento alcune volte con Zara, chiedendole che tipo di lavoro stava cercando, e cosa faceva in Brighton.

<<Tu dovresti lavorare nella moda, saresti una star>> le avevo detto. <<Tu potresti iniziare in una delle boutique in città per imparare tutto ciò che c'è da sapere. Immagina quante bellissime vetrine potresti creare.>>

<<È una idea>> mi aveva risposto solamente. Io desideravo sapere come stava messa a soldi. Pensai che Joel le stesse dando una mano. Lui sicuramente stava facendo di tutto per lei, Zara me lo aveva detto, lui sembrava essere un tipo generoso.

<<Lei troverà qualcosa quando sarà pronta>> disse Greg, quando io gliene parlai una sera a cena.

<<Forse i suoi genitori l'aiutano.>>

<<Ne dubito. Non li nomina mai. Devo chiederglielo, per vedere cosa ne dice.>>

<<Non interferire. Alla fine, ti ringrazierà per questo. Goditi la sua compagnia e lasciale trovare la sua strada. Se lei non è preoccupata per i soldi, deve star bene anche a te.>>

<<Mm, forse.>>

La volta successiva che la vidi agii come mio solito e ignorai i consigli di Greg.

<<Così, come stanno i tuoi?>> le chiesi. <<Stanno bene?>>

<<Loro sono tornati in Francia. Non siamo restati in contatto.>>

<<Oh, questo è brutto>> insistendo ulteriormente, ma non potevo fermarmi. <<So che non sono affari miei, ma tu non sembri troppo ansiosa di trovare un lavoro? Non hai problemi di soldi?>> Appena dette queste parole pensai di aver sorpassato il limite. Greg aveva ragione, non erano affari miei.

<<Ho trovato da fare un colloquio nella nuova boutique in Queen's Road. È per domani, se vuoi mi puoi aiutare a scegliere cosa indossare?>>

<<Sì mi piacerebbe>> le dissi. Mi chiedevo se me ne avesse parlato se non fossi stata io a chiederglielo. Forse sarei entrata un giorno nel negozio e l'avrei trovata dietro il bancone.

Era la prima volta che mi invitata nel loro appartamento. Lei si affacciò alla porta dello studio dove Joel era con un cliente. <<Va bene se faccio salire Janie di sopra? Mi sta aiutando a scegliere qualcosa da mettermi per il colloquio.>>

<<Buona idea. Scusami in anticipo per il disordine, ci stiamo divertendo troppo per poterci occupare delle faccende domestiche, non e vero, amore?>> disse, strizzando l'occhio a Zara.

<<Scegli qualcosa di sexy, ti aiuterà a trovare il lavoro. L'ultimo vestito nero che ti ho comperato l'altra settimana, ti rende molto carina.>>

<<Lui è molto affascinato da te>> le dissi, seguendola su per le scale strette.

<<Non riesco a crederci quanto sono stata fortunata ad incontrarlo, Janie, lui è tutto quello che desideravo. Generoso, educato, intelligente, lui avrebbe potuto avere chiunque avesse desiderato.>>

<<A mio parere, vorrei dire che anche lui è fortunato. Siete una coppia ben assortita. Ora, dove è tutto questo disordine?>>

Non so cosa mi aspettassi di vedere entrando nel loro appartamento. Forse avevo immaginato stampe in bianco e nero di buon gusto che coprivano le pareti, colori psichedelici, minimo mobili moderni. Invece non c'era nulla di tutto questo nelle due piccole stanze, niente che riflettesse il suo talento di fotografo e della sua ragazza dedita alla moda. Nel salotto in un angolo c'era una cucinetta con due fornelli a gas ed un piccolo lavandino, pieno di tazze sporche e un paio di padelle. Non saprei dire se gli sportelli della credenza fossero dipinti di giallo, o erano scoloriti dal fumo e dal grasso. Un piccolo divano a due posti era appoggiato contro un muro con una coperta patchwork gettata sopra che in parte nascondeva i braccioli macchiati e logori. C'era un piccolo tavolo pieghevole che supposi lo usassero per mangiare e due sedie di legno, posizionate accanto ad una libreria mezza vuota.

<<Una tazza di tè?>> mi chiese Zara, lei si era versata un bicchiere di acqua.

<<Ehm no, sono OK. Dunque, andiamo al tuo armadio? Così troviamo l'abito perfetto?>>

La seguii nella camera da letto. Le tende erano chiuse e rendevano la stanza buia e senza aria. Una volta che le ebbe aperte persisteva ancora la poca luce e l'odore di muffa. Il letto era fiancheggiato da due armadi vecchio stile, e da un lato una piccola sedia dove c'erano diverse paia di pantaloni di Joel e varie camicie gettate di traverso.

<<Questo è il mio>> mi disse aprendo un armadio mezzo vuoto. Fece scivolare le stampelle lungo la stecca. C'è questo abito nero che Joel mi ha comperato, o se no, che ne pensi di questo nero, la scollatura dovrebbe essere meglio per un colloquio? O questo grigio? Che ne pensi?>>

Zara conosceva la moda francese all'epoca aveva incuriosito tutta la cricca delle amiche di scuola. Lei poteva far sembrare chic anche l'uniforme della scuola. Forse era perché aveva una madre francese che le aveva trasmesso un'aria romantica e la sua natura sottomessa ha solo aggiunto del mistero. Le ragazze della scuola scherzavano con Zara dicendo che poteva indossare una borsa di carta e sembrare sempre elegante, e la sua bellezza non sarebbe svanita, ma sembrava che ora lo fosse la sua sicurezza. Lei poteva portare il più audace tono di rosa, il più sorprendente giallo, ma ora era come se lei volesse fondersi con il nero ed il grigio.

<<Provi questo?>> le suggerii, dandole un vestito nero con il bordo bianco attorno al collo.>> Che gioielli hai? Lo vedrei con tante perline colorate e grandi orecchini audaci. Se vuoi te ne posso prestare alcuni

dei miei vuoi?>> Lei li cercò nella cassettiera e quando finimmo lei era bellissima.

<<Datti un'occhiata tu otterrai il lavoro senza problemi. Ricordati di sorridere.>>

Mentre eravamo nell'appartamento c'era una Zara incerta, lei non era più la ragazza che ballava alla musica di Sgt Pepper e posava come Twiggy. Il suo sorriso ridente e colorato era diventato monocromatico.

Lei ebbe il lavoro nella boutique Q e la vita di Zara sembrava avesse spiccato il volo verso l'alto, ma solo poco tempo più tardi il suo mondo crollò.

CAPITOLO 3

<<È arrivato il momento>> disse Poirot pensieroso. <<E non so
cosa fare. Perché, vedete, c'è un grande rischio in gioco,
nessuno, ma io, Hercule Poirot, tenterei!>>
Poirot a Styles Court - Agatha Christie

Fu per un puro caso che seppi dell'incidente di Joel
entro poche ore dall'accaduto. Ero d'accordo con Zara
per incontrarci quella mattina. Lei stava aiutandomi
a scegliere un coordinato per un matrimonio dove
eravamo stati invitati io e Greg. Io non ero molto
sicura di volerci andare, ma era la figlia di un cliente
abituale di Greg, che si sposava. Greg era entusiasta
di andarci ed io mi sentivo in obbligo. Per coincidenza
Joel doveva essere il fotografo del matrimonio.

Zara era la persona perfetta per farci insieme
acquisti di vestiti. Io le avevo detto di essere
completamente nelle sue mani, sempre che gli
acquisti rientrassero nel mio budget. Il budget,
naturalmente, era all'ultima sfida perché avevo
bisogno di tutto, dalla borsa alle scarpe, ma infine,
potevo evitare il cappello.

Ci eravamo messe d'accordo di incontrarci alle 11
al caffè di Pier. Non c'era traccia di Zara quando
arrivai. Presi un succo di arancia e mi sedetti accanto
alla finestra così da poterla scorgere quando
arrivava. Dopo un'ora e mezza non si era vista, così
pagai il mio drink e andai via. Per quanto poco
conoscessi il carattere di Zara dubitavo che si fosse
scordata di me, o che volesse deludermi non
presentandosi. Senza poterla contattare, decisi di

andarla a cercarla all'appartamento. Probabilmente lei era costretta a letto per qualche tipo di virus.

L'entrata dell'appartamento di Joel era al fianco del negozio, sotto ad un sottopassaggio e sopra una scala di ferro. Come mi avvicinai, scorsi una macchina della polizia parcheggiata nella strada, a poca distanza dallo studio. Due poliziotti erano seduti di fronte presi da una conversazione ed una poliziotta stava andando nella parte posteriore.

Salii sulla scala ed all'inizio bussai timidamente alla porta, avevo una mezza paura che Zara dormisse. Quando non ebbi risposta bussai un po' più forte e dopo pochi secondi la porta si aprì. Appena la vidi capii che qualcosa di terribile era successo. Lei indossava un panno di cotone avvolto goffamente intorno a lei, coprendo quello che immaginavo fosse il suo pigiama. Aveva i piedi nudi ed i capelli scompigliati sul viso. Lei era così lontana dalla immacolata Zara che ero solita vedere, che io ansimai. Non disse nulla, ma si allontanò dalla porta, permettendomi di entrare nel corridoio fiocamente illuminato.

<<Salve, Zara, tu non sembri star bene. Mi dispiace tanto, ti ho tirato giù dal letto, vero? È stato per questo che non ti sei presentata...>> mi interruppi chiedendomi se in quello stato si fosse dimenticata che dovevamo incontrarci. <<Tu mi dovevi aiutare a scegliere alcuni vestiti per quello stupido matrimonio. Ma davvero non mi importa affatto. Torna a letto e ti preparerò una bevanda calda.>>

Lei rimase immobile di fronte a me. Era come se non avesse sentito neanche una parola di quello che avevo detto era a malapena a conoscenza che fossi lì. Presi le sue mani e delicatamente la portai verso la camera da letto. Lei mi seguì senza protestare ed una volta che fummo nella camera le misi le mani sulle spalle e l'aiutai a sedersi sul letto. Un letto che stranamente era ancora rifatto.

Era difficile decidere se lasciarla ed andare in cucina o era meglio scordarsi della bevanda e persuaderla ad andare a letto. Decisi per quest'ultima. Tirando indietro la sopraccoperta le feci cenno di sdraiarsi.

A questo punto lei iniziò ad urlare. Il suono era agghiacciante come se qualcosa dentro di lei si stesse rompendo. Strinsi le mie braccia intorno a lei e la tenni stretta a me non sapendo che altro fare. Io mi aspettavo che un vicino avrebbe bussato alla porta preoccupato per sapere chi fosse stato ucciso. Dopo pochi secondi, improvvisamente, come aveva iniziato, smise.

Lei era seduta vicino a me ora e sentivo che si era un po' calmata. E quindi parlò.

<<Joel è morto>> disse, con una voce priva di emozione. Quindi si sdraiò nel letto coprendosi con la coperta. <<Io ho bisogno di dormire ora>> disse. <<Stai con me.>> Era un comando non era una domanda.

Io rimasi, logicamente, carezzandole i capelli, cercando di indurla in un sonno riposante. Mentre la guardavo un centinaio di domande mi giravano nella mente. Ha preso una droga o qualche cosa altro? Amici di amici avevano avuto esperienza con LSD. Storie di allucinazioni e viaggi bizzarri quando Greg ed io stavamo nel pub furono allontanati. Si io non potevo pensare che Zara fosse così stupida di provare qualcosa di pericoloso.

Lei aveva un lato oscuro, pensieri che non avrebbe mai condiviso con me. Alcune volte un'ombra passava sui suoi occhi e lei perdeva l'attenzione per un po'. Questo era il lato segreto di Zara che mi aveva sempre incuriosito, ad essere onesta. Io non avevo mai conosciuto nessuno di poche parole come lei. Tutte le mie amiche di scuola erano come me, interessate al lato divertente della vita, ma senza attenzione quando si trattava di qualcosa importante come la politica o affari del mondo. Zara era differente. Lei una volta si era messa a discutere sulla crisi di Cuba.

Io tornai a casa da scuola e cercai Cuba su un atlante. Ma la politica era un'altra cosa; Io ancora non potevo immaginarla dilettarsi con droghe pesanti.

Zara cadde in un sonno agitato per circa un'ora. Io mi sedetti su una sedia di vimini al bordo del letto, guardandola mentre si girava e rigirava nel letto. Alcune volte lei parlava nel sonno, ma le sue parole erano incomprensibili e come io le carezzavo la testa lei si calmava. Quando si svegliò sembrava sorpresa di vedermi seduta accanto a lei.

<<Janie>> mi disse. <<Io ho dormito>> come per volersi scusare di aver sonnecchiato.

<<Lascia che ti porti una bevanda calda. Stai nel letto, te la porterò io.>>

Lei si coricò di nuovo con la testa sul cuscino.

<<La polizia>> disse, facendo una pausa, come se completare la frase fosse troppo per lei.

>>Ssh prova a riposarti. Non abbiamo bisogno di parlare ora. Io starò con te.>>

Ella annuì e chiuse gli occhi di nuovo. Greg non si sarebbe preoccupato per me per diverse ore. Lui sapeva bene che un giro di shopping con Zara sarebbe durato un bel po'.

Fu nel tardo pomeriggio che lei finalmente ripeté le parole dell'ufficiale di polizia. Lei non fece aggiunte, le riferì come se fosse la trama di un'opera teatrale che non aveva provato. Tutto quello che le era stato detto era che Joel era morto in un incidente stradale ed il guidatore era fuggito. L'aveva investito e fuggito. Una frase che viene detta e non tiene conto della devastazione che lascia nella sua scia.

Mentre lei sonnecchiava, muovendomi piano nella stanza, riunii alcune cose per lei. C'era una borsa ricamata infilata nel fondo dell'armadio, così la tirai fuori e la misi sulla sedia. Dovevo solo scegliere alcuni indumenti tra le camicette ed i vestiti che avevamo visto insieme solo qualche settimana prima.

Uno degli sportelli dell'armadio di Joel era socchiuso e come io tirai la maniglia mi rimase in mano. Provai a rimetterla a posto, ma arrendendomi, la lasciai sul comodino.

Cercai nella credenza della cucina se ci fosse del cibo che potesse essere utile, o da buttare, ma a parte pochi barattoli e due pacchetti di crackers questo fu tutto. Anche il piccolo frigorifero era vuoto a parte mezzo litro di latte ed un po' di formaggio secco. Buttai il latte nel lavandino e buttai via il formaggio. Radunai le buste dalla immondizia insieme e le misi davanti alla porta in modo di prenderle quando uscivo.

Appena raddrizzai il cuscino del divano, notai qualcosa di imbottito incastrato nella spalliera. Infilai la mia mano e trovai un piccolo diario. Determinata a non intromettermi nella sua privacy, lasciai il diario chiuso, e lo appoggiai sopra la borsa.

Una volta che avevo preso tutto ciò di cui pensavo lei avesse bisogno, riguardai scrupolosamente nella stanza per vedere se avessi dimenticato qualcosa. A quel punto mi ricordai dei suoi trucchi. Non avevo trovato nulla nell'armadio della camera da letto, immaginai che lei li tenesse nell'armadietto del bagno.

La quantità dei suoi trucchi era minima; solo un rossetto, un fard compatto, un mascara ed una coppia di ombretti. Quando Zara ed io avevamo reagito alla tendenza di truccarsi molto nella nostra adolescenza, avevamo sostituito l'aspetto con una faccia pulita. Lei meglio degli altri poteva portare un accenno di mascara ed un rossetto pallido che non avrebbe tolto nulla alla sua bellezza.

Quando Zara si alzò, l'aiutai a lavarsi e vestirsi. Lei era come una bambina nei movimenti, le chiesi di alzare le braccia e le infilai una maglietta dalla testa. Cercando nella pila di pantaloni che erano sullo schienale della sedia, scelsi un paio di pantaloni di cotone, che sembravano più di Zara che di Joel.

Lei mi seguiva docilmente in tutto l'appartamento mentre controllavo che tutto fosse spento. Scrissi un biglietto per disdire il latte e lo arrotolai mettendolo in una bottiglia, prima di metterla fuori dalla porta.

Le dissi che stava venendo a casa mia e avrebbe potuto restare quanto tempo voleva io non avrei toccato nessun argomento. Lei non disse nulla, ma dai suoi modi era evidente che approvava.

Greg ci aprì la porta, quando tornammo a casa mia. Lui sorrideva già pronto a prendermi in giro, quanto avevamo acquistato, quanto avevo speso. Prima che dicesse qualcosa, scossi la testa facendogli notare la borsa che avevo preparato mentre Zara dormiva. Mentre passavamo nel nostro piccolo corridoio gli sussurrai <<Metti la teiera sul fuoco? Mentre porto Zara di sopra.>> Lui alzò il sopracciglio come in una domanda silenziosa, risposi scuotendo la testa e dissi <<Grazie.>>

Una volta che la ebbi sistemata nella camera e l'avevo persuasa a restare, scesi in cucina per raccontare a Greg gli eventi strani della giornata. Ero stata indaffarata e non avevo avuto il tempo di realizzare la tragedia. Ora raccontando la notizia della morte di Joel, era realmente agghiacciante. Io potevo solo immaginare cosa doveva essere per Zara.

<<Si sentirà come se fosse caduta nel suo peggior incubo>> dissi a Greg, lui tenendomi la mano. <<Noi dobbiamo essere forti per lei per aiutarla, sono sicuro che lei non ha ancora realizzato. Chissà come starà quando lo capirà. Come può essere accaduto? Perché qualcuno lo avrebbe dovuto lasciare lì disteso?>> Sentii il mio viso avvampare dalla rabbia.

<<Calmati. So che questo è terribile, ma queste cose accadono. Forse l'autista non si è reso conto...>>

<<Sei pazzo? Tu non puoi investire qualcuno e non saperlo. Piuttosto il guidatore sarà stato ubriaco o correva o entrambi.>>

<<Non arrabbiarti con me, sto solo dicendo...>>

<<Cosa? Cosa stai dicendo? Che è solo una cosa qualsiasi? Un giovane è stato ucciso e nessuno è responsabile?>>

Come mi aveva suggerito Greg andai alla cabina telefonica in fondo alla nostra strada e chiamai la polizia. Dissi all'ufficiale di turno che Zara era una mia amica ed aveva ricevuto qualche brutta notizia ma non era stata in grado di parlare dell'accaduto. Mi dette informazioni all'osso non più di quelle che dette il notiziario della sera.

Joel Stewart, di 26 anni fotografo del Sussex, oggi era stato investito da un veicolo e non è sopravvissuto alle ferite riportate. L'autista è fuggito. Chiunque avesse notizie riguardo l'incidente, per favore contatti la stazione di polizia di Tidehaven.

Dissi al poliziotto che Zara sarebbe stata con noi dandogli il nome e l'indirizzo. Mi aspettavo che arrivata la sera ci dicessero che avevano trovato l'autista e che era entrato nella stazione di polizia pieno di sensi di colpa. Immaginai come Zara potesse solo allora trovare un po' di conforto perché qualcuno alla fine aveva pagato per questo evento che aveva messo fine alla vita di Joel. Non mi aspettavo ciò che successe, praticamente nulla.

CAPITOLO 4

<<Perché non me lo hai detto? Perché? Perché?>> Lui sembrava
in preda ad una frenesia assoluta.
<<Mio caro Poirot>> ho protestato <<non avrei mai pensato che
potesse interessarti, non sapevo che avesse importanza.>>
<<Importanza? È della massima importanza!>>
Poirot a Styles Court – Agatha Christie

Nelle settimane seguenti Zara passava la maggior
parte del suo tempo nella nostra cucina, fissando
fuori dalla piccola finestra che dava sul cortile
posteriore. Quando non era lì era nella camera da
letto, o era al tavolo di cucina con la testa nelle mani.
La profondità del suo dolore era spaventosa da
guardare. Alcune volte tornavo dalla spesa e la
trovavo raggomitolata sul divano coperta da uno dei
miei giacchetti, come se il pensiero di stare sveglia
fosse troppo da sopportare. Alcuni pensano che
dormire dopo un trauma sia spaventoso, facendo
sogni oscuri dai quali non c'è uscita, ma anche stare
svegli è come stare in un incubo vivente e Zara
pensava che dormire fosse la sola consolazione. Non
c'erano medicinali possibili, o prescrizioni.

Ogni giorno io e Greg aspettavamo che lei andasse
a letto per accendere la televisione, sperando di avere
più informazioni relative all'incidente. Dopo le
notizie iniziali non dissero quasi più nulla.

Il giornale locale aveva dedicato una doppia
pagina alle fotografie di Joel. Lungo le foto avevano
stampato le lettere di clienti riconoscenti. L'editore
asseriva che sarebbe stato potenzialmente famoso al
livello internazionale, visto il calibro del suo lavoro.

Per un paio di settimane ci furono articoli relativi alla tragedia dell'investimento e la fuga, accese lettere all'editore per la mancanza di restrizioni per i limiti di velocità. Un lettore si lamentava che era avventato che i giovani potessero guidare, quando loro probabilmente avevano fumato o bevuto. Si presumeva che il guidatore fosse giovane ed incurante.

I genitori di Joel partirono subito dalla Scozia appena saputa la notizia dell'incidente e organizzarono tutto il funerale. Cercarono di coinvolgere Zara, ma lei non era in grado. Dopo la corta cerimonia nella piccola cappella, il padre stava in piedi accanto alla tomba, sembrava come se il suo cuore si fosse spezzato e la madre piangeva aggrappata al braccio del marito. Dopo la sepoltura essi andarono verso Zara per stringerle la mano. Lei era stata tutto il tempo in piedi accanto a noi dall'altra parte della tomba. Lei chinò la testa e non disse nulla.

Li persuasi a venire nella nostra casa dopo la cerimonia, sebbene fossero preoccupati ci tenevano fuori dalle loro preoccupazioni. I pochi sandwich che avevo preparato erano stati appena toccati, tanto meno le birre che aveva comperato Greg. Entrammo insieme nel nostro piccolo salotto. Io non sapevo chi di noi si sentisse più imbarazzato.

<<Voi siete grandi amici di Zara, lei necessita realmente di tutto il vostro aiuto>> disse Mr Stewart. <<Mio figlio mi aveva scritto parlandoci della nuova fidanzata. Avevamo sperato di incontrarla per la prima volta in circostanze felici.>>

<<Loro erano uniti>> dissi. <<Non sono stati insieme a lungo, ma potete vedere come fossero ben accoppiati.>>

<<Nessuno dovrebbe sotterrare i propri figli>> disse Mr Stewart guardando lontano.

<<Cosa sarà del suo studio?>> chiesi, cercando di diminuire il loro sconforto focalizzando un altro problema.

<<Stiamo per disdire il contratto di locazione dell'appartamento. Se Zara volesse stare lì potremmo metterci d'accordo.>>

<<Non vorrei parlare al suo posto, ma penso che lei non voglia tornare li. Troppi ricordi.>>

Alcuni dei clienti abituali di Joel avevano partecipato al funerale, come anche Petula, la ragazza che gli dava una mano il sabato allo studio fotografico. Mr Stewart ringraziò tutti per aver partecipato. Chiese a Zara se avesse voluto dire alcune parole, ma lei non se la sentiva. Lei aveva detto a malapena una parola dall'incidente ed io speravo che le cose diventassero un po' più facili dopo il funerale.

Le settimane passavano e non c'erano molti cambiamenti. Lei dormiva molto e spesso sedeva davanti alla televisione con i suoi occhi lucidi, inconsapevole di quando le fosse stata inflitta questa prova. Io cercavo di assicurarmi che mangiasse qualcosa ogni giorno, ma lei aveva poco appetito.

Chiamai la boutique Q dopo l'incidente, dicendogli che Zara non sarebbe tornata sino a nuovo avviso. Visto che il tempo passava accettai l'idea che non sarebbero stati in grado di conservargli il lavoro per sempre. Quando provai a parlarle di questo lei scosse solo la testa. <<Non posso pensare a questo ora.>> Era la solita risposta per la maggior parte delle cose. Lei non chiedeva o parlava mai dell'incidente. Naturalmente, sembrava che stesse cercando di scacciarlo dalla memoria come poteva.

Dopo circa sei mesi che era stata con noi, fu come se avesse girato un interruttore. Lei ora era sveglia per quasi tutto il giorno e la notte. Forse il suo corpo aveva immagazzinato tanto sonno che ora se ne stava nutrendo. Alcuni giorni quando Greg aveva un appuntamento presto con un cliente, lo raggiungevo per la sua prima colazione.

Arrivavamo in cucina e trovavamo Zara già lì seduta tranquillamente che sorseggiava la seconda o la terza tazza di caffè. Quando tornavo dalla spesa o da mio padre, mi accoglieva sulla porta come se fosse stata, tutto il tempo, che ero stata fuori, nel corridoio. Greg ed io generalmente iniziavamo a sbadigliare dopo le dieci e la lasciavamo seduta sul divano, con gli occhi sbarrati come se si fosse appena svegliata.

Noi evitavamo ancora di sentire il notiziario quando lei era lì e davamo un'occhiata al giornale quando eravamo fuori casa, ma non ci aspettavamo realmente notizie riguardo Joel. Era improbabile ora che il guidatore ad un tratto tornasse ed ammettesse il suo crimine. Tuttavia, noi aspettavamo e speravamo.

I mesi passavano e capii che Greg si stava sempre più irritando per la sua presenza.

<<Abbiamo fatto abbastanza per lei ora>>mi sussurrò una sera, mentre lei era salita in camera.

«Vuoi che la cacci via? Stai suggerendo questo?»

«No sto solo dicendo. Non stiamo aiutandola ad andare avanti, a un certo punto ha bisogno di aggrapparsi a qualcosa per sistemare la sua vita.»

«Parla il mio premuroso marito. Dove pensi che lei possa andare? Lei non ha soldi, l'appartamento di Joel non è più disponibile ed ha perso anche il lavoro.»

«Lei può andare a stare con i suoi genitori. So che siete amiche intime, ma l'amicizia dovrebbe funzionare in entrambi i lati, non ti pare? A me sembra che lei si stia approfittando della tua gentilezza.»

«Sei tutto cuore» gli dissi voltandogli le spalle.

Il giorno dell'anniversario di un anno dalla morte di Joel cadeva di mercoledì ed io ero consapevole dell'importanza di quel giorno. Da una settimana prima cercavo gentilmente di sottoporre l'argomento a Zara.

«Um, vorresti andare da qualche parte insieme mercoledì prossimo?» le chiesi. Mi guardò con aria interrogativa come se non avesse capito la domanda.

«Preferisci stare da sola il prossimo mercoledì, o ti piacerebbe stare in compagnia?» fu un altro tentativo.

Alla fine, supposi che stesse pianificando da se stessa la commemorazione ed era meglio lasciarla fare.

Mi resi conto che lei non era mai andata al cimitero. Nei diversi mesi che seguirono la morte di Joel, io andai diverse volte al cimitero facendo una piccola deviazione al ritorno da casa di mio padre. Ogni volta che andavo i miei erano gli unici fiori e mi trovavo a scusarmi con Joel.

<<Tu non sei stato dimenticato, tu lo sai, è che per lei è ancora troppo doloroso>> sussurravo guardandomi intorno furtivamente e pregando che nessuno mi prendesse per pazza perché parlavo ad una lapide. <<Non venendo a farti visita lei fa finta che sei partito per un viaggio ed un giorno ritornerai.>> In verità questa idea piaceva anche a me.

Greg aveva promesso di tornare presto dal lavoro quel mercoledì e mio padre fu felice che mi prendessi il pomeriggio libero. Dopo poche settimane di tempo favoloso, le previsioni dicevano che sarebbe cambiato, così io e Greg programmammo insieme una passeggiata ed un picnic sulle sponde del fiume.

Noi sedemmo sul bordo del fiume e parlammo di pesca. Nessuno di noi aveva mai provato e senza dubbio non lo avremmo mai fatto, ma quel giorno ci sembrò un passatempo perfetto per trascorrere un caldo pomeriggio. Quando tornammo dalla passeggiata al fiume, non mi preoccupai subito di non vederla seduta in salotto e neanche nel corridoio.

<<Sembra che sia uscita. È positivo non ti sembra? Alla fine, sarà andata a far visita al cimitero.>>

Ho sfogliato i libri di cucina per cercare le ricette per il pesce. Noi aspettammo che ritornasse per cuocere la minestra. Alla fine, mangiammo fagioli con i toast.

Alle otto eravamo entrambi preoccupati. Bussai alla porta della sua camera da letto, sperando in parte che si fosse messa a dormire rannicchiata. Non avendo risposta, aprii la porta e guardai con sgomento una stanza vuota. Per tutto l'anno la borsa ricamata che io avevo preparato per lei, era stata sempre sulla sedia accanto alla finestra. Intenzionalmente era stata lasciata lì per ricordarsi che la nostra camera degli ospiti era solo una casa temporanea per lei. Ora la sedia era vuota, così come l'armadio ed i cassetti.

<<Ha lasciato un biglietto?>> chiese Greg, che mi aveva seguito nella stanza.

<<Non ho trovato niente. Dove pensi che sia andata?>> Il ribollire nel mio stomaco non aveva a che fare nulla con la fame.

Dopo due giorni mi convinsi che le poteva essere capitato un incidente. Mi svegliai in preda ad una serie di incubi che coinvolgevano incidenti stradali, con il viso di Zara insanguinato che mi guardava fissa. Andai all'ospedale locale chiedendo alla reception se l'avessero ricoverata, quasi temevo la risposta.

<<Lei ha preso la borsa, e tutte le sue cose>> dissi, sperando che Greg apprezzasse l'importanza delle mie parole. Ma la sua espressione era vuota.

<<Se lei ha preso tutte le sue cose dunque vuol dire che sta bene. Se qualcuno pensa di uccidersi non fa i bagagli>> dissi.

La sua espressione impassibile non fece affatto placare le mie paure.

Non avevo detto a Greg che la prima sera quando avevo ricercato nuovamente nella sua stanza avevo trovato un biglietto.

Era incastrato sul retro di un cassetto, come se lo avesse scritto e poi ci avesse ripensato. Tutto ciò che diceva era: '*Non posso farlo più*'.

Nel tardo pomeriggio del secondo giorno contattai la polizia. Greg era poco entusiasta dell'idea.

<<Ti diranno che è un'adulta>> disse, l'esasperazione era evidente nella sua voce>> lei può scegliere di andare dove vuole senza dirlo a nessuno. Faremmo sprecare il tempo alla polizia.

Il poliziotto fu comprensivo, ma disse che potevano fare ben poco a meno che non c'erano circostanze sospette. Ci suggerirono di fare da soli la ricerca, mettendo dei poster, e parlando con le persone che la conoscevano. Così noi lanciammo la nostra campagna di ricerca. Il giornale locale ci accordò di mettere la foto di Zara nell'ultima edizione. Noi facemmo dei poster e li mettemmo in tutta la città. Uno dei poster fu appeso nella biblioteca mobile e invitavo tutti i clienti a osservarlo.

<<È sicuro di non averla vista?>> chiedevo a ognuno di loro. Pochi dei clienti regolari vennero per il cambio del libro settimanale, temendo che mi avventassi su di loro non appena entravano dalla porta. Scandagliavo tutte le persone che passavano vicino al furgone della biblioteca con la speranza che l'avrei vista passeggiare.

I giorni e le settimane erano trascorsi e non c'era stato nessuno sviluppo. Zara era svanita. Accendevamo la televisione tutte le sere, sperando di sentire qualche notizia su di lei, temendo la notizia che fosse stata trovata ferita o peggio.

Fu Greg a ridire la stessa cosa che avevo pensato dal primo giorno. <<Secondo me lei ne ha avute già abbastanza>> disse una sera.

<<Non dire questo, non voglio sentirlo.>>

<<OK, ma noi dobbiamo affrontarlo.>>

<<Lei non ha mai pianto. Non l'ho mai vista piangere.>>

Ora le notizie della televisione ci avevano dato un barlume di speranza.

C'era un nuovo indizio. Io pregavo che volesse dire che la mia amica era viva e stava bene.

CAPITOLO 5

<<Come un buon romanzo poliziesco>> osservò la signorina Howard. <<Un sacco di sciocchezze scritte, però, criminali scoperti nell'ultimo capitolo, tutti sbalorditi, nel vero crimine, lo scopriresti subito.>>
Poirot a Styles Court – Agatha Christie

Il martedì ed il mercoledì sono giorni che dedico a mio padre. Mio padre è un non vedente. Io avevo cinque anni quanto un autobus lo investì. Lui stava attraversando la strada per andarmi a comperare una ciambella. Stava nevicando, una leggera spruzzata che rendeva le strade luccicanti. Bello da guardare ma infido per guidare o attraversare la strada. Ho assistito all'incidente e, come dicono di un evento tragico, succede a rallentatore. Se chiudo gli occhi posso ancora sentire il freddo dei fiocchi di neve e lo stridio dei freni di quando l'autista si era accorto troppo tardi di cosa stava succedendo. Lui aveva investito mio padre con le ruote anteriori, e, dopo l'investimento, era andato in pensione per motivi di salute. Il poliziotto disse che era stato uno sfortunato incidente, era stata colpa del tempo, ma il povero autista si sentì in colpa.

Lui venne in ospedale a far visita a mio padre varie volte. D'accordo con l'infermiera si sedeva accanto al letto di mio padre, parlando raramente. Gli occhi di mio padre erano bendati, così spesso non sapeva che fosse lui che gli stava facendo visita, in particolar modo quando lui non parlava. Non abbiamo più saputo nulla dell'autista da quando mio padre uscì dall'ospedale. Non fu una sorpresa se non rimase in contatto con noi, ma spesso pensavo a lui sperando stesse bene.

Nelle rare occasioni nelle quali mi era stato permesso di fare visita in ospedale a mio padre io cantavo per lui. Le filastrocche lo facevano sempre sorridere. A volte le infermiere si univano a noi.

Un pomeriggio avvenne che anche un paio di altri pazienti del reparto si unirono a noi sino a quando un dottore arrivò per fare il suo giro e la capo infermiera ci disse di fare silenzio. Ero sicura che il dottore avrebbe voluto divertirsi come stavamo facendo noi, per quanto mi ricordo sembrava essere un tipo allegro.

La sorella di papà, zia Jessica, venne a occuparsi di me quando mia madre se ne andò via. Ora che il suo detective era diventato un ex poliziotto cieco ed aveva bisogno di una mano, mia madre decise che non se ne poteva occupare.

Quando uscì dall'ospedale ci volle molto affinché papà si abituasse a girare per la casa. Lui intruppava ai mobili, o armeggiava per accendere la luce. Io non capivo perché si prendesse la briga di trovare l'interruttore della luce. Pensavo che essere cieco significasse restare sempre nel buio indipendentemente dall'ora del giorno o della notte. Quando fui abbastanza grande per capire, mi spiegò come lui alcune volte riusciva a vedere qualcosa, diversi tipi di luci ed ombre. Mi disse di voler andare avanti come prima. Se questo significava accendere una luce quando entrava in una stanza andava benissimo che si comportasse così.

Se dovessi descrivere mio padre in una sola parola, sarebbe 'risoluto'. Per un certo tempo fummo noi tre, zia Jessica, io e mio padre. Dopo arrivò Charlie. Charlie è stato il primo di una serie di bellissimi cani pastori tedeschi che sono diventati gli occhi di papà. Quando Charlie il 1° venne a vivere con noi io pensai che era lì per farmi giocare. Aveva circa due anni ed aveva imparato ad essere un cane guida, ma una volta che era libero era pronto a comportarsi di nuovo come un cucciolo. Lui ed io correvamo in giardino sino a quando non eravamo stanchi.

Quando Charlie il 1° aveva sette anni ed io dieci, papà iniziò a studiare fisioterapia. Lui aveva imparato molto giorno dopo giorno con l'aiuto di Charlie ed ora per lui era arrivato il momento di avere un nuovo obiettivo.

Dopo la guerra mio padre era stato in polizia. Si era abituato a quella vita e da quello che mi raccontava amava tutta l'organizzazione, e il fatto che lui ne fosse entrato a far parte. Dopo un paio di anni come poliziotto, che combatteva il peggiore dei misfatti che riguarda i bambini, era stato promosso detective. All'inizio era per un periodo temporaneo, per dargli l'opportunità di imparare i trucchi del mestiere. Ma non fu così, poi fu confermato.

Non erano stati solo i suoi occhi ad essere danneggiati nell'incidente. Egli aveva riportato anche due fratture alla gamba. I fisioterapisti compirono miracoli e questi, unitamente alla perseveranza di mio padre fecero in modo che recuperasse quasi completamente l'uso della gamba, infatti si notava a malapena che zoppicava. Questo suo contatto con il mondo della fisioterapia durante quelle prime settimane dopo l'incidente, lo indirizzò verso un nuovo obiettivo per il futuro. Lui trasferì nelle sue dita tutta la sua abilità visiva.

Molto dopo, quando io fui abbastanza grande per capire, mi disse <<Il gruppo di fisioterapia mi aiutò a capire la differenza tra vivere la vita e solamente esistere.>>

Zia Jessica stette con noi complessivamente per nove anni. Quindi il giorno del mio quattordicesimo compleanno ci annunciò che era arrivato il momento per lei di guardarsi intorno. Da quando la conoscevo sapevo che non era mai stata innamorata, in effetti, non avevo mai scoperto cosa facesse prima di venire a stare da noi. Mio padre ed io le dovevamo molto. Come il gruppo di fisioterapia lei aveva fatto la differenza, per noi di vivere o solo esistere, senza di lei avremmo persino faticato a fare quest'ultimo.

Dopo la sua partenza noi ricevemmo regolarmente cartoline da tutte le parti dell'Europa. Io le leggevo a mio padre tracciando il suo viaggio sull'atlante.

Lei aveva viaggiato con il treno attraverso la Francia e la Svizzera per andare in Italia ed era arrivata anche in Grecia. Io la immaginavo nelle sue avventure ripromettendomi di fare le stesse cose. Non appena avessi finito le scuole sarei partita. Ma quando la scuola finì quello di viaggiare fu l'ultimo dei miei pensieri. In questo momento non ho idea di dove sia zia Jessica. L'ultima volta che ricevemmo una sua lettera stava programmando di analizzare la vita in una comune.

Mi affacciai alla porta e salutai. Papà stava parlando con Charlie, promettendogli una passeggiata più tardi quando avesse spiovuto.

<<Ciao come vanno le cose?>> chiesi dirigendomi in cucina per mettere il bollitore sul fuoco.

<<Hai sentito la notizia?>> mi disse sapendo che non mi sarebbe dispiaciuto parlare di ciò che era l'unica cosa più importante al momento.

<<Sì, e spero che tu abbia un'idea di quello che la polizia potrebbe fare.>>

<<Principessa, so che tu hai una grande opinione di me e per questo te ne sarò sempre grato, ma un breve incarico come detective molti anni fa non significa che abbia accesso a tutto ciò che riguarda la polizia.>>

<<Ecco il punto. Sto programmando di andare alla stazione di polizia, per cercare di sapere quale è il nuovo sviluppo, il rapporto era vago.>>

<<Puoi provarci, ma non penso che ti diranno molto di più.>> Papà mi conosceva bene. Quando mi mettevo in testa un'idea non c'era nessuno che me la facesse cambiare. <<Che ne dici di lavorare un po'? Tu dovresti essere il mio assistente collaboratore, non è vero?>>

Per due giorni a settimana, non andavo a lavorare nella biblioteca mobile, andavo da mio padre per battere a macchina le note dei suoi pazienti, da quando si era specializzato era stato costantemente impegnato ed aveva conquistato una ottima reputazione a livello locale. I dottori lo conoscevano ed indirizzavano i pazienti da lui.

Molto spesso la seduta di fisioterapia invece che durare quaranta-cinquanta minuti durava un'ora perché i pazienti confidavano a mio padre le loro preoccupazioni riguardo i figli, i nipoti, o gli chiedevano consiglio per problemi di lavoro. Io gli dicevo che si doveva far pagare per quei consigli extra.

<<Dunque chi è venuto oggi?>> dissi prendendo la lista degli appuntamenti, guardando i nomi, molti dei quali ormai mi erano familiari. <<No di nuovo la signora Potts. Sono certa che le sue spalle ora sono a posto, e le piace venire per scambiare due chiacchiere.>>

<<Suo nipote è riuscito ad entrare a Cambridge.>>

<<Università?>>

<<Sì, che ne dici. È così orgogliosa che appena entrata dalla porta me lo ha detto. Mi ha raccontato tutto riguardo l'esame della prova di ammissione e quanto fosse difficile e quanto Luther abbia ottenuto il massimo dei voti. Lei è convinta che lui cambierà il mondo.>>

<<Vincerà il prossimo premio Nobel? No, come questa testona di tua figlia?>>

<<Questo non merita neanche una risposta. Ti hanno detto di sì in biblioteca per i libri che hai ordinato?>>

<<Hanno confermato l'ultimo 007 e Alastair McLean, ma non *The Valley of the Dolls,* e non riesco a capire perché. Per ora non fa nulla, ma glielo chiederò. Tutto quello che sto aspettando è il nuovo di Agatha Christie, ho letto due volte tutti i libri sugli scaffali del crimine.>>

<<Dai, il mio piccolo topo di biblioteca. Andiamo a prendere una tazza di tè e poi faremmo meglio a continuare a lavorare.>>

<<Eh il fatto è che non sopporto più il tè. Sono convinta che stanno mettendo qualcosa nell'acqua. Ho chiesto a Greg di controllare la nostra conduttura. Ho tolto il calcio nel bollitore ma non è cambiato nulla. Tutto quello che mi ha detto Greg è di cambiare marca di tè. Ne ho comprato un altro costoso. Il suo odore mi fa venire il voltastomaco.>>

<<Non sopporti il tè, eh? Mi ricordo che tua madre diceva la stessa cosa.>>

<<Mamma?>> Era così raro che mio padre la nominasse che mi lasciò così sorpresa che non sono sicura di cosa mi disse dopo.

<<Non penso che ci sia nulla di sbagliato nell'acqua, amore, ma piuttosto dovresti prendere un appuntamento con il medico?>>

<<Stai facendo delle strane illazioni, cosa stai cercando di dirmi, senza troppo successo?>>

<<Non chiamerei la maternità una malattia, anche se cambierà il tuo corpo, lo farà in un modo carino.>>

Da quando Zara era sparita, Greg ed io eravamo tornati alla nostra solita routine. Però ci sentivamo più uniti che mai, forse era per l'indiscussa tristezza dei recenti eventi, o per il fatto che dovevamo solo pensare a noi. Quindi ecco qua. La visita dal dottore lo confermò. Noi due saremmo stati presto in tre.

Ho aspettato fino a dopo cena per dirlo a Greg. Ci stavamo rilassando e lui mi stava raccontando della sua giornata. Quando lui aveva lasciato la scuola aveva fatto il lavavetri. Non era il lavoro più impegnativo intellettualmente, ma lui ed i suoi compagni di lavoro stavano sulla strada giusta perché il lavoro continuava ad arrivare con il passaparola. Avevano una lista di clienti abituali ed erano in continuo chiamati per un elegante palazzo o simile pronto per una festa in famiglia o un'occasione speciale. Avevo la sensazione che a Greg piacesse fare qualcosa di diverso, ma ogni volta che glielo chiedevo lui mi diceva che era fortunato a guadagnarsi una vita agiata e che il punto era che non aveva qualifiche tali che gli avrebbero fatto guadagnare tanto.

«Così quell'uomo si è lamentato? Perché non gli hai detto di farselo da solo se lui è così schizzinoso» gli dissi.

«Perché lui è il cliente ed il cliente ha sempre ragione. Inoltre, sono stato lì due ore e volevo essere sicuro che mi pagasse.»

«Devi rifare di nuovo le finestre? Io gli avrei gettato l'acqua sporca dappertutto. Tu hai la pazienza di un santo.»

«Sì lo so. Infatti, ti ho sposato non è vero?» Disse tirandomi vicino a sé facendomi il solletico.

«No, non farlo» gli dissi prendendo la sua mano.

«Perché? A te piace il solletico, dai, ammettilo.»

«Er, non è questo, è solo che non puoi farmi il solletico.»

L'espressione del suo viso era meglio delle parole. Era un misto tra orgoglio euforia, timore e tenerezza. Mi fece sedere sul divano e mise i miei piedi sullo sgabello.

<<Cosa stai facendo non essere sciocco, non sono malata sono solo in stato interessante.>>

<<Tu sarai una mamma ed io sarò un papà.>>

<<Um, questa è la parte migliore. Va bene?>>

<<Va bene? Questo è il miglior regalo che tu potessi farmi. Direi di sì, sì assolutamente il migliore.>>

Passammo il resto della serata stesi insieme sul divano, sentendo *All I see is you* a ripetizione e per quelle poche ore riuscii a scordarmi di Zara. Tutto ciò a cui pensavamo era alla nuova vita che ci aspettava.

CAPITOLO 6

<<Mio caro Poirot>> dissi freddamente <<non spetta a me comandarti, hai diritto alla tua opinione, proprio come io alla mia.>>
Poirot a Styles Court - Agatha Christie

Il giorno dopo era venerdì, appena finito il mio turno in biblioteca, avevo l'occasione di andare alla stazione di polizia. Io non avevo pianificato di diventare una bibliotecaria, ma quel lavoro mi aveva conquistato. Sono sempre stata un topo di biblioteca ed ero una di quegli alunni rari e fastidiosi che chiedevano, specialmente alla nostra insegnante di inglese Signora Frobisher, di fare compiti extra. Dopo il suo pensionamento, Phyllis Frobisher prese la gestione della biblioteca mobile ed io ero una dei suoi clienti abituali.

I libri avevano unito me e mio padre dopo l'incidente. Una volta che fui grande abbastanza da capire il contenuto delle pagine, leggevo ad alta voce per lui; era il nostro momento speciale. Durante l'ora di ricreazione, indugiavo nell'angolo, riparato dal vento, del parco giochi immersa nel mio mondo del libro di racconti. La maggior parte delle maestre avrebbero voluto battere le mani dicendomi di alzarmi ed andare in giro, ma Phyllis mi lasciava stare. Forse gli ricordavo la sua giovinezza. Di tanto in tanto la sfidavo con una parola che avevo appena scoperto, cercando di farle individuare il significato. Lei vinceva sempre, così potrei dire che amava gli scherzi intellettuali.

Finita la scuola, una volta a settimana andavo alla biblioteca mobile e apprezzavo i consigli di Phyllis. Parlavamo di libri e Phyllis mi suggerì tutti quelli che parlavano del mare, barche, pesci, anche sottomarini, che erano la passione di mio padre. A settimane alterne andavo a scegliere un libro. Mio padre era paziente con me mentre leggevamo tutti quelli di Agatha Christie. Nel bel mezzo di una storia mi chiese di identificare il colpevole e gradualmente imparai a valutare gli indizi che lei aveva scoperto.

Avevo lasciato la scuola da un paio di anni, quando Phyllis ebbe un attacco di cuore. Il furgone non aveva aperto in Milburn Avenue come tutti i lunedì pomeriggio. E non c'era neanche in Rockwell Crescent il mercoledì. Il venerdì ero preoccupata e chiamai la biblioteca principale dove mi dissero che Phyllis era in ospedale. Per diversi giorni non poteva ricevere visite, ma appena fu possibile, invece che andare come al solito in biblioteca, mi recai in ospedale. Era rimasta in ospedale per tre settimane, mentre me ne stavo andando, mi disse, <<non sarò più in grado di farlo.>>

<<La bibliotecaria?>>

<<Sì, il dottore ha detto che devo stare attenta per un po' di mesi.>>

<<Scommetto che lei starà in piedi di nuovo in poco tempo>> le dissi, mostrandomi più ottimista di quanto fossi.

<<No, non penso.>>

<<Chi mi aiuterà a scegliere i miei libri?>>

<<Tu.>>

<<Cosa significa?>>

<<Tu ami i libri quanto me, ed a parte aiutare tuo padre, tu non hai un lavoro, non è vero?>>

<<Ammetto che sono ancora disorientata su cosa fare, ma una bibliotecaria? Sta parlando seriamente?>>

<<Tu sarai una sostituta perfetta. Io tornerò presto, nel frattempo chiamerò quando posso e insieme formeremo una squadra formidabile.>>

<<Diranno che sono troppo giovane?>>

<<No, saranno contenti della mia raccomandazione, credimi si salveranno dalla fatica dei colloqui. Parlerò con Jonathan Phillpot che è a capo della libreria e ti farò sapere cosa ha detto.>>

Così fu. Phyllis mantenne la sua parola e due settimane dopo iniziai. Io presi molti appunti standole accanto al letto d'ospedale, mentre lei mi spiegava la routine del lavoro.

Non c'era nulla da preoccuparsi, mi dissi; la sostituzione era per un breve periodo e poi Phyllis sarebbe tornata presto al posto di comando. Poche settimane diventarono pochi mesi, ed ora sembrava chiaro che le visite alla biblioteca di Phyllis sarebbero state solo come una semplice cliente. Ero diventata la nuova bibliotecaria.

Il venerdì era spesso il giorno in cui avevo più da fare nella biblioteca. Anche se papà e Greg mi prendevano in giro per la mia disorganizzazione in casa, la biblioteca era il mio regno, era tutto in ordine e pulito. La sede centrale della biblioteca voleva conoscere quanti clienti venivano al giorno. Credo fosse il loro modo di assicurarsi che fornivamo il miglior servizio possibile. Io tenevo un elenco di quanti erano i curiosi e quanti effettivamente li prendevano in prestito. Nel giro di un mese creai uno schema e mi divertii a elaborare quali fossero i diversi interessi dei vari clienti.

Il lunedì era generalmente tranquillo, con solo pochi curiosi, e non gli abbonati, ed avevo una mia teoria, che spiegai a mio padre, solo per farlo ridere di me.

<<Suppongo che le persone abbiano più tempo nel weekend, così molti di loro finiscono l'ultimo capitolo il lunedì notte. Cosa? Perché stai ridendo? Lo abbiamo fatto sempre anche noi>> gli dissi. <<Tu mi hai sempre chiesto di lasciare le ultime pagine così da rimuginare su quello che avevamo letto ed assaporare il finale.>>

<<E tu pensi che ci sia gente pazza come noi?>> Mio padre aveva un forte senso dell'ironia.

Naturalmente, poteva anche essere perché il lunedì è il giorno del bucato e quindi le persone erano più impegnate.

Ma il venerdì era il giorno in cui riordinavo i libri sugli scaffali facendo un doppio controllo aggiornando la lista per preparare il nuovo ordine che facevo tutti i mesi. Essendo una biblioteca mobile noi chiedevamo ai nostri clienti quali libri avrebbero voluto aggiungere alla nostra selezione. I nuovi titoli potevano essere presi o dalla biblioteca principale o potevano essere ordinati a condizione che rientrassero nel budget.

Conoscevo tutti i miei clienti abituali e conoscevo le loro abitudini. Alcuni aspettavano ansiosamente il nuovo di Agatha Christie (me inclusa), le altre prendevano in prestito i thriller per i loro mariti. Poi c'erano le giovani mamme che gradualmente, come il bambino cresceva, prendevano prima i libri con le figure poi Enid Blyton.

Durante i periodi calmi, avevo il tempo di leggere, ed ora, con il mio nuovo stato di futura mamma, mi piaceva fare qualche ricerca. La sezione relativa a questo argomento era povera, ma trovai un libretto che mi diede le sufficienti informazioni sul piccolo essere che stava crescendo dentro di me, senza spaventarmi riguardo alla nascita. Ero presa nel bel mezzo del capitolo dove spiegava che le piccole unghie crescevano intorno alla dodicesima settimana e qualcuno entrò. I miei clienti abituali di solito preferivano cercare senza essere interrotti, ma non avevo mai visto questo tipo prima d'ora e pensai che sarebbe stato grato per un consiglio.

«Buongiorno, se ha bisogno di un consiglio non ha che da chiedere» gli dissi.

«I libri di narrativa sono tutti da quella parte, sono raggruppati, quindi spero che lei non abbia problemi a trovare quello che cerca. Cosa sarà? Scienza, narrativa. thriller, crimini?»

Lui sorrise ed annuì, ma non rispose. Immaginai che fosse un tipo tranquillo a cui piaceva essere lasciato in pace. Io tenevo il furgone abbastanza caldo perché avevo sempre freddo, anche a metà estate. Quando i clienti entravano, con i loro cappotti pesanti, spesso trovavano che l'ambiente era un po' soffocante, così avevo liberato l'area vicino alla porta dove c'erano due attaccapanni. Nonostante fosse luglio ed il tempo era cambiato. Il giorno iniziava con un pallido sole, che subito veniva coperto da nuvole di pioggia, spinte nel cielo da un vento proveniente da oriente. La frase preferita di Phyllis Frobisher per quel tipo di giornata era *troppo luminoso all'inizio*.

L'uomo indossava un gabardine grigio scuro con una cravatta rossa avvolta intorno al collo ed un elegante basco grigio che tolse appena entrò nel furgone. Egli aveva circa l'età di mio padre, quindi verso la fine dei quaranta, ma c'era qualcosa in lui da farlo sembrare fuori posto per la nostra piccola città. Si era guardato lentamente intorno tra tutte le sezioni di narrativa, prima di passare all'area di consultazione. Alla fine, prese un libro sulla Seconda guerra mondiale. Consapevole che lo stavo osservando troppo da vicino, ripresi il mio libro sul bambino e cercai di concentrarmi. Ad un certo punto iniziò a tossire, non era solo una tosse da raffreddore o mal di gola, ma sembrava più insistente.

<<Sta bene? Si vuol sedere, vuole un bicchiere di acqua?>> gli chiesi.

<<Grazie no>> mi disse, con voce rauca ed il respiro affannoso che ora aveva sorpassato la tosse.

Rimise il libro a posto mentre si reggeva con una mano allo scaffale.

<<Non è un problema, mi dispiace, in verità qui dentro si soffoca. Apro la porta così entra un po' di aria fresca>> dissi.

<<Grazie, ma devo proprio andare>> egli disse e con questo si rimise il cappello e se ne andò, lasciando la porta leggermente socchiusa. Fu solo quando andai a chiudere meglio la porta che vidi qualcosa che gli era

caduto dal cappello. Era un piccolo biglietto, visto più da vicino si rivelò un biglietto di un bagaglio a mano. Uscii fuori per vedere da che parte fosse andato, sperando di poterlo richiamare, ma non si vedeva da nessuna parte.

Alla fine della giornata portai il furgone nel parcheggio notturno e lo chiusi. Mi sentivo intimidita mentre entravo nella stazione di polizia come se fossi colpevole di qualcosa. Feci un respiro profondo e mi alzai sulla punta dei piedi cercando di aumentare, il mio metro e sessanta di altezza, di altri centimetri per arrivare all'alto bancone del sergente, e parlai a voce molto alta.

<<Buonasera, vorrei parlare con l'ispettore incaricato del caso di Zara Carpenter.>> Non avevo esattamente preparato il discorso e subito dopo aver parlato realizzai che forse non c'era neanche più un ufficiale incaricato. Zara era un'adulta ed era libera di decidere se andarsene dalla nostra casa. Non era certo un caso per Poirot.

Da quando era sparita avevo chiamato la stazione di polizia spesso ma non ero mai andata li di persona. Se lo avessi fatto avrei chiesto se ci fossero state novità, mi avrebbero detto di no e questo sarebbe stato tutto. Ora, invece, avevano un indizio e le mie speranze erano aumentate.

<<Sono Janie Juke, amica di Zara Carpenter.>> Con la mia poca abilità nel parlare probabilmente nessuno mi avrebbe presa in considerazione. Ero stata fatta entrare in una stanza piccola con soltanto una scrivania e due sedie. Non c'erano finestre e la

lampadina oscillava sulla scrivania, mi ricordava una scena di un film di gangster. Era intrigante immaginare chissà quanti criminali erano stati in quella stanza, e quanto potevano essere stati atroci i loro crimini.

Mi fermai per qualche istante chiedendomi da quale parte della scrivania mi dovessi sedere in quel momento la porta si aprì ed entrò un sergente detective.

<<Buongiorno signorina>> disse.

<<Janie Juke, signora.>>

<<Come posso aiutarla? Sono il sergente detective Frank Bright.>>

<<È per il caso di Zara Carpenter. Ho sentito dal telegiornale che avete un nuovo indizio.>> Mi fermai non sapendo cosa altro dire.

<<Scusi, signorina, ma lei è? Quale è esattamente la sua parentela con Miss Carpenter?>>

<<Sono la sua amica. Lei viveva con me, con noi, quando lei è sparita. Noi fummo interrogati a quel tempo da un altro detective, non mi ricordo il nome.>>

<<Ah, sì, ora ricordo il suo nome, dalla pratica del caso.>>

Mi stava mettendo alla prova come se lui la sapesse lunga.

<<Quindi il nuovo indizio?>> La gravidanza non aveva alterato solo le mie papille gustative, ma ora ogni volta che ero ansiosa o sovraeccitata mi veniva un attacco di singhiozzo. Stavo per dare il via a quella che sarebbe stata una distrazione di cui avrei potuto fare a meno. <<Potrei avere un bicchiere di acqua?>>

Lui annuì, uscì dalla stanza e dopo un momento tornò con un bicchiere piuttosto sudicio pieno a metà di acqua, ne presi un sorso e lo ringraziai.

<<Lei mi stava parlando del nuovo indizio>> dissi, sperando che mi sarebbe stato più utile di come lo era stato con il bicchiere di acqua.

<<Noi non possiamo fornire informazioni a nessuno tranne che ai familiari della signorina Carpenter.>>

<<E voi avete?>>

<<Abbiamo cosa?>> Egli era quanto più indisponibile si possa mai essere.

<<Avete condiviso le informazioni con la sua famiglia?>>

<<Ora questi non sono affari suoi signorina, non è vero?>>

Quando era entrato nella stanza aveva portato con sé un posacenere. Lui tornò a sedere e prese un pacchetto di sigarette dalla tasca della sua giacca. Mi offrì una sigaretta. Scossi la testa, sperando che non l'avesse accesa davanti a me. Il fumo della sigaretta mi aveva sempre fatto venire la nausea, ma ora nel mio stato attuale di maternità mi faceva venire voglia di vomitare. Per il sergente detective Bright questo non era il modo di entrare nei libri di storia, dove avrei voluto essere, forse solo li mi avrebbero dato le informazioni che speravo. Poggiò il pacchetto di sigarette sul tavolo, spinse indietro la sua sedia dalla scrivania e si alzò.

<<Bene, signorina, questo è tutto. Le mostro l'uscita?>>

<<Ma lei non mi ha detto nulla>> dissi, cercando di contenere l'indignazione che tuttavia era evidente nel mio tono.

<<Giusto signorina, come le ho detto lei non è un familiare. Se lei avesse notizie dalla signorina Carpenter, è sicura di farcelo sapere?>>

<<Dunque lei sa che è ancora viva e sta bene? Me lo può dire finalmente? Se è così è probabile che la vedrà prima di me, dopo tutto e lei che ha nuovi indizi.>>

Stupida mi dissi uscendo dalla stazione di polizia. Papà mi aveva avvertita di stare attenta con i miei commenti sarcastici. *Questo non mi farà amare dal sergente detective Bright,* riflettei. Ma quello che era stato fatto era fatto e decisi di tenere un po' più a freno le mie opinioni in futuro, specialmente quando si sarebbe trattato dei miei rapporti con il distretto di polizia.

Lasciai la stazione non sapendo nulla di più e domandandomi quale dovesse essere la mia prossima mossa.

CAPITOLO 7

<<No, mon ami, non sono nella mia seconda infanzia! Calmo i miei nervi, questo è tutto.>>
Poirot a Styles Court – Agatha Christie

Era da tanto tempo che io e Greg non andavamo a ballare. Ci andavamo, la maggior parte dei sabati sera prima che Zara venisse a vivere da noi. Greg è un ballerino superbo, ha un ritmo naturale, era stato proprio per questo che ci eravamo conosciuti. Ero stata un paio di volte in uno dei piccoli nightclub quando ancora non avevo raggiunto la maggiore età, caricandomi di trucco ed offrendo al buttafuori il mio sorriso più accattivante. Sapevo che alla fine la metà delle ragazze che mi circondavano erano minorenni, le riconoscevo perché frequentavano la mia scuola. Per quanto riguarda mio padre gli dicevo che ero a casa di un'amica e stavo attenta a tornare alle 11. Sono sicura che lui sapesse la verità, ma mi piace pensare che si fidasse abbastanza di me per non farsene un problema.

Una volta che ebbi l'età per andare a ballare avevo raggiunto la mia meta. Il mio diciottesimo compleanno veniva di sabato, questo rendeva tutto perfetto e non dovevo attendere un giorno di più per bere il mio primo drink ufficialmente. Rifiutai l'offerta di mio padre di offrirmi una festa, probabilmente per lui fu un sollievo. Una dozzina di ragazze adolescenti che cantavano con la musica ad alto volume e alticce dovevano essere il suo incubo. In effetti per lui sarebbe stato difficile non potendo vedere cosa succedeva e quante bevande fossero state sparse sul tappeto.

Il giorno del mio compleanno iniziai a prepararmi con cinque ore di anticipo. Dovevo mettermi con cura lo smalto sulle unghie delle mani e dei piedi, il mio vestito aveva bisogno di essere stirato, poi fu il momento di concedermi un lungo bagno caldo ricco di bolle profumate. Grazie al suggerimento che Zara mi aveva dato ai tempi della scuola, usavo mettere una fascia per tenere indietro i miei capelli ribelli.

Ne avevo quasi una per ogni colore. I soldi guadagnati con il mio lavoro del sabato, presso un'edicola locale, erano tutti in una scatola chiamato 'compleanno'. La settimana prima del grande giorno, raggruppai tutti gli appunti di cosa servisse, li infilai nella borsa e andai per negozi. Comprai il vestito più alla moda che potessi permettermi. Era un vestito giallo brillante cangiante con un nastro verde smeraldo in vita e attorno alle maniche. Nello stesso negozio trovai una sciarpa gialla e verde, che legai intorno ai miei capelli al posto della fascia. Quando fui pronta per uscire mi specchiai e fui soddisfatta del risultato.

<<Te la caverai>> sussurrai a me stessa e non mi ero accorta che mio padre era dietro di me.

<<Posso solo immaginare quanto sei bella>> mi disse facendomi commuovere.

<<Non dire un'altra parola o mi farai squagliare il trucco.>>

<<Ah bene non vogliamo che succeda, vero? Sono così fiero di te, tu ora sei una giovane donna ed hai tutta la tua vita davanti a te.>>

<<Pensiero spaventoso.>>

<<Perché spaventoso?>>

<<Non so nemmeno cosa voglio fare della mia vita.>>

<<Tutto al tempo giusto, per ora goditi ogni giorno, specialmente quello di oggi.>>

<<Potrei non essere a casa per le 11.>>

<<Non mi aspetto niente di simile, anzi, starò sveglio, e circa alle 2.30 ti ascolterò mentre arranchi su per le scale.>>

<<Mi toglierò le scarpe e cercherò di non svegliarti.>>

<<Non dormirò.>>

<<Ti amo.>>

<<Idem. Adesso vai e goditi questo tuo momento, è quello che dicono al giorno d'oggi?>>

<<Probabilmente no, ma accetto il tuo incitamento.>>

Alcuni dei miei amici mi fecero una sorpresa dicendo al DJ che era il mio compleanno e gli chiesero il mio disco preferito. Noi danzammo con i brani dei Beatles uno dopo l'altro. *I want to hold your hand, She loves you,* e tutte le altre canzoni suonate ed ebbi a malapena il tempo di bere la vodka e arancio che orgogliosamente mi ero comprata.

Greg era in piedi con una ragazza, vicino alla pista da ballo. Se dovessi descrivere il mio ragazzo ideale, questo era Greg. Leggermente più alto di me, capelli color sabbia che cadevano casualmente sulla sua fronte e si fermavano in tempo sul colletto della sua camicia. C'era in lui una tranquilla sicurezza.

Avevo gettato lo sguardo un paio di volte nella sua direzione, ma poi avevo cercato di non farlo più perché sembrava chiaro che era già impegnato. Così quando la serata volgeva al termine e misero un ballo lento e mi resi conto che lui stava venendo verso di me, desiderai di essere talmente veloce da sparire nella toilette.

<<Vuoi ballare?>> mi disse.

<<Um, dispiacerà alla tua ragazza?>> Accennai col capo in direzione della ragazza, che stranamente ora stava ballando con qualcun altro.

<<No, lei non è la mia ragazza, è mia sorella.>>

<<Oh.>>

<<Allora, vuoi ballare?>>

La mia bocca era secca e sembrava che la mia voce fosse completamente sparita. Così annuii e lui prese la mia mano. Mi condusse alla pista da ballo mentre in sottofondo stavano suonando *Anyone who had a heart* di Cilla, scoprimmo che entrambi amavamo i cani, il ballo e la musica. Dopo l'ultimo disco, erano tornate le luci, notai che i suoi occhi erano del colore più intenso del cioccolato. Ne fui colpita.

<<Ti posso accompagnare a casa?>> mi chiese, mentre andavo verso il guardaroba per prendere la mia giacca.

<<E tua sorella?>>

<<Becca è OK, lei sta con Paul, un mio amico quindi mi fido di lui, so che la riaccompagnerà a casa.>>

<<È una bella passeggiata, fino a casa mia, potrei prendere un taxi?>>

<<Conserva i tuoi soldi. In ogni caso, mi piace passeggiare.>>

E questo è tutto. Due settimane dopo lo presentai a mio padre e alcuni dei miei momenti più felici erano quando li sentivo parlare insieme. Mio padre era stato sin da ragazzo un appassionato di calcio della squadra del Brighton, ora, sebbene non potesse vedere la partita, lui si teneva aggiornato dei loro progressi tutte le settimane. Greg andava alla maggior parte delle partite giocate in casa e quando ritornava faceva il resoconto a mio padre attimo per attimo di tutta la partita.

Trascorsi sei mesi da quando ci eravamo conosciuti, nel giorno dell'anniversario, Greg mi fece la proposta di matrimonio ed io pensai che stesse scherzando.

<<Non ho ancora l'età per sposarmi>> gli dissi, tentando di nascondere la mia gioia ma fallendo miseramente.

<<OK se te lo chiedo di nuovo?>>

Non dovetti neanche rispondere. Il bacio che doveva essere durato almeno due minuti gli aveva detto tutto ciò che doveva sapere. Egli me lo chiese ancora due volte, una volta al mio diciannovesimo compleanno ed infine al mio ventesimo non potevo ancora tergiversare. Ogni volta che me lo chiedeva prima si accordava con mio padre, era divertente e vecchio stile, ma adorabile. A quanto pare, papà fece la sua solita battuta rassicurando Greg, dicendogli che sarebbe stato felice di sbarazzarsi di me, ma posso dire che era elettrizzato al pensiero di avere un genero che sarebbe sempre stato più di un figlio.

Noi tornammo all'Aquarius per festeggiare il nostro fidanzamento ed avemmo tutti i riflettori addosso, mentre ballavamo The Supremes dicendoci, *You can't hurry love.*

Da quando era scomparsa Zara la voglia di ballare era passata in secondo piano. Ora lei era in un angolo della mia mente, mi sentivo crudele ed insensibile tutta presa a pensare al mio abbigliamento, alla mia minigonna preferita con le unghie appena laccate.

Ma quando Greg tornò dal lavoro il venerdì, gli dissi di aver avuto un'idea.

<<Perché non andiamo a ballare domani sera? Non ci siamo stati da secoli ed è ora che rispolveriamo i movimenti sino a che sarò in grado di farlo>> gli dissi.

<<Sei sicura? Ti senti di farlo?>>

<<Sono in stato interessante, non malata.>>

<<Se la pensi così va bene>> disse, carezzandomi la pancia.

<<Ho letto riguardo il nostro piccolo. Adesso dovrebbe somigliare esattamente ad un fagiolino. Chi l'avrebbe mai pensato? Come può un piccolo fagiolino darmi già tanti problemi? Mi ha tolto il tè, mi da il singhiozzo, mi ha impedito di godermi il mio riposino nel fine settimana. Tu, piccolo fagiolino, hai molte responsabilità>> dissi e sentii un colpetto in pancia.

<<Non farlo, ti sentirà.>>

<<Non penso abbia già le orecchie.>>

<<Be, ti sentirà sicuramente che lo stai spronando così. Inoltre, non mi piace chiamare nostro figlio 'questa cosa'. Non mi suona giusto.>>

<<Dunque piccolo Fagiolino, è così che lo chiameremo, OK? Scusa piccolo Fagiolino, non ti

stuzzicherò di nuovo. In cambio, mi dai una pausa in mattinata e mi lasci riposare?>>

<<Mi ero scordato tutto questo>> disse, prendendomi la mano e facendomi roteare. Aquarius era il posto perfetto per scatenarsi. L'atmosfera era animata e la musica abbastanza forte da spazzare via le mie preoccupazioni almeno per poche ore.

<<Anch'io, e tu sei ancora il miglior ballerino che c'è sulla pista da ballo.>>

<<Grazie, signora Juke. Anche tu non sei male, soprattutto per essere una mamma.>>

Ballammo ridemmo e ci rilassammo, ma mentre si avvicinava la mezzanotte iniziai a sentirmi stanca.

<<Non sono proprio una ragazza da feste come ero una volta.>>

<<Sì, non sei neanche più un'adolescente.>>

<<Mi amerai ancora quando sarò vecchia, rugosa e grassa?>>

<<Potresti essere grassa prima di diventare vecchia.>>

<<Affascinante, cosa è successo al mio cavalleresco marito?>>

<<È andato in bagno.>>

<<Credi che Zara e Joel alla fine si sarebbero sposati?>>

<<Non dovevamo passare una serata senza pensare a Zara?>>

<<È difficile non pensare a lei, Greg, io spero di capire perché se ne sia andata. Vorrei solo sapere se sta bene.>>

Ci sedemmo per un po' guardando la gente.

«Vediamo se riusciamo ad indovinare chi finirà insieme, facciamo gli accoppiamenti» dissi.

«Quella ragazza bionda carina vicino al bar, e quello con le gambe lunghe e il taglio di capelli come i Beatles. Lui la sta guardando dall'inizio della serata.»

«Sembra che anche tu l'abbia notata, Signor Juke, e tu sei un uomo sposato.»

«Tu mi hai chiesto di indovinare. Comunque, che io apprezzi la bellezza è un complimento per te, vuol dire che ho un gusto eccellente.»

«Ti sei salvato questa volta.»

La nostra conversazione fu interrotta da un ragazzo alto che si avvicinò al nostro tavolo.

«Salve, tu sei l'amica di Zara vero? Janie, non è vero?»

«Hi, scusa, non mi sembra che ci conosciamo?» Gli chiesi.

«Owen Mowbray» disse, sporgendosi sul nostro tavolo.

«Questo è mio marito Greg» dissi guardando Greg. «Così tu conosci Zara?»

«Sì, ma non la vedo da secoli, cosa fa di bello?»

Greg ed io ci guardammo, Greg rispose per primo. «Ad essere onesti, noi stessi non la vediamo da parecchio tempo.»

«Ti posso chiedere come mai la conosci?» dissi. «Per dirti la verità, siamo preoccupati per lei, quindi qualsiasi cosa tu possa raccontarci potrebbe essere utile.»

«La conobbi durante una marcia di protesta. Fu circa un paio di anni fa. Ci siamo tenuti in contatto per un certo tempo, poi mi sono trasferito e sono appena tornato per far visita ai miei genitori. Stavo pensando che sarebbe stato carino rincontrarla, ma voi mi dite che non è nei paraggi al momento?>>

<<Prendi una sedia, è una lunga storia.>>

Gli spiegammo l'incidente di Joel e la sparizione di Zara, sorvolando i dettagli. Lui ascoltava parlando poco.

<<Pensate che stia bene?>> Disse, quando io finii di parlare. <<Forse è andata via per rimettersi in sesto?>>

<<Non lo sappiamo, ma sì, probabilmente è qualcosa di simile. A proposito, come sapevi che ero amica di Zara, come facevi a conoscere il mio nome?>>

<<Lei mi mostrò una foto di voi due, mentre eravamo alla marcia di protesta, ho una buona memoria per visi e nomi, inoltre ha attirato la mia attenzione la fascia che porti nei capelli. Tu ne portavi una anche nella foto.>>

Non risposi, stavo cercando di ricordarmi di quella foto, ma poi lui disse <<Bene è stato un piacere incontrarvi.>> Detto questo strinse la mano a Greg e se ne andò.

<<Bene, è strano>> dissi, mentre andavamo al guardaroba a prendere i nostri cappotti.

<<Perché strano?>>

<<Non lo so, è strano che se ne sia andato in quel modo. Come mai Zara non me ne ha mai parlato se erano così amici?>>

<<Tu leggi troppe storie di criminali, nutrono la tua immaginazione già troppo attiva. Ora è meglio andare a casa per te e per il nostro Fagiolino.>>

Greg già dormiva prima ancora che mi spogliassi, lasciandomi a girare e rigirare cercando di capire perché Owen Mowbray mi avesse lasciata così sconcertata.

CAPITOLO 8

<<Sei seccato, non è così?>> chiese ansiosamente, mentre attraversavamo il parco.
<<Niente affatto>> dissi freddamente.
Poirot a Styles Court – Agatha Christie

Il mattino seguente Greg si alzò prima di me. Capii che era arrabbiato per qualcosa dal modo i cui si muoveva in cucina, sbattendo il bollitore sul gas e chiudendo il cassetto delle posate sbattendolo.

<<Stai bene?>> gli chiesi.

<<In verità no.>>

<<Abbiamo fatto troppo tardi ieri sera? Non hai dormito bene?>>

<<Non è questo, sono solo preoccupato.>>

<<Per cosa? Per il lavoro?>>

<<No, è per te, se lo vuoi proprio sapere.>>

<<Cosa ho fatto? Pensavo che ci fossimo divertiti, e dovremmo rifarlo, non lasciando passare così tanto tempo la prossima volta.>>

Portai la mia bevanda di sopra e mi vestii, ma quando tornai in cucina Greg sembrava ancora infastidito.

<<Sarà che si tratta di lei?>>mi disse.

<<Chi?>>

<<Chi pensi? Zara.>>

<<Cosa vuoi dire?>>

<<Perché tu ti senti così responsabile?>>

<<Lei è amica nostra, non è vero? Perché sei così arrabbiato? È stato solo quando abbiamo incontrato Owen la scorsa notte che l'abbiamo nominata.>>

<<Per come la vedo, tu l'hai conosciuta a scuola, ma non bene. Poi non l'hai vista per anni e all'improvviso è venuta a vivere con noi.

Noi abbiamo fatto tutto quello che potevamo per lei nel periodo brutto della sua vita e lei ha deciso di andarsene tutto da sola. Questa è una bella cosa, non pensi? Forse lei si è sentita forte abbastanza per ricominciare.>>

<<Che ne sai che ha ricominciato di nuovo? Lei potrebbe essere morta da qualche parte.>>

<<Siamo positivi quindi, vero?>>

<<Perché sei così orribile? Perché non dovrebbe interessarmi?>>

<<Pensi che lei farebbe la stessa cosa per te se fossi tu ad essere sparita?>>

<<Sì, lo penso d'avvero.>>

<<Tutto quello che voglio dire e che tu sei troppo coinvolta. Noi siamo troppo coinvolti.>>

<<Io sto uscendo>> dissi senza aspettare la sua risposta.

Le parole di Greg mi avevano sconfortato e non sapevo se fosse perché lui aveva torto o ragione. Mi chiedevo quanto sarebbe stato più arrabbiato se avesse scoperto cosa avevo intenzione di fare. Non avevo previsto di uscire, quindi ora dovevo decidere dove andare. Mio padre era sempre contento di vedermi, ma non avevo voglia di conversare, volevo solo pensare e camminare.

C'erano pozzanghere dappertutto e avrei voluto saltarci dentro come facevo quando ero piccola. Mi dilettavo a creare uno schizzo il più grande possibile, anche quando non indossavo gli stivali. Zia Jessica mi rimproverava raramente; sono certa che avrebbe voluto fare anche lei esattamente la stessa cosa. Ora che sono cresciuta so come si sentisse.

Camminai per la città in direzione di Fortune Park. Era una lunga passeggiata, ma era proprio quello che mi ci voleva per liberare la mia mente. La prima parte del parco era sempre affollata nel weekend con le giovani famiglie ed i cani che passeggiavano. Scelsi una panchina su un lato dell'area giochi guardando i bambini correre tra gli scivoli, altalene e giostre. Ad un certo punto due ragazzini si spinsero a vicenda per afferrare una delle altalene ma proprio in quel mentre, saltò fuori, una graziosa ragazzina con i codini e ci salì.

Greg ed io non ne avevamo mai parlato se avremmo voluto un maschio o una femmina. Non penso che nessuno di noi avesse preferenze, anche se potevo immaginare che Greg desiderasse di più un figlio. Sarebbero andati alla partita di calcio, o avrebbero potuto giocare a calcio in giardino. Se Fagiolino si fosse rivelata una femmina, sarebbe stata così vicina a Greg come io lo sono con mio padre? Un' ondata di tristezza mi prese pensando che mio padre non avrebbe mai visto il viso del mio bambino. Questa sarebbe stata un'altra dura prova che avremmo dovuto superare.

Il giorno del mio matrimonio fu l'ultimo evento importante nel quale sia io che mio padre fummo bravi a fingere. Gli descrissi il mio vestito da sposa sino all'ultimo dettaglio prima che mi prendesse il braccio per accompagnarmi verso l'altare. Non so se fu più difficile per lui o per me. Non poteva vedere la sua unica figlia sposarsi e mi sentivo triste per non potermi godere la sua espressione di orgoglio nel vedermi.

Mia madre venne alle nozze, ma rimase rigida in prima fila, chiaramente imbarazzata vedendo che in realtà ero io che guidavo mio padre verso l'altare, quando avrebbe dovuto essere il contrario. La sua falsa risata tintinnò costantemente durante tutto il ricevimento mentre cercava di mescolarsi con gli altri per evitare qualsiasi importante discussione. Poi, quando a metà serata, presi mio padre per portarlo verso la pista da ballo, fu più di quanto lei potesse sopportare e la vidi sparire nei bagni.

Più tardi, prima che Greg ed io andassimo via per la nostra notte di nozze mi aspettai che lei mi dicesse qualcosa. Speravo nelle parole di saggezza che ho sempre immaginato una madre dica alla figlia nel suo giorno più importante. Invece tutto quello che riuscì a fare fu stringermi la mano e dire *Sii felice* come se fosse dubbiosa che lo sarei stata.

Noi avevamo messo da parte tutti i soldi che potevamo, e con l'aiuto di mio padre, potemmo dare un deposito per una piccola casa a schiera. Organizzammo il matrimonio più semplice possibile, ed invece che una grande luna di miele trascorremmo due notti in un agriturismo. Quando tornammo mia madre era già ripartita, ritornando non so bene dove si era rifatta la sua vita.

Dunque, eravamo io mio padre e Greg ed era perfetto. Ma quando Zara ritornò nella mia vita mi piaceva passare il tempo con una ragazza speciale. Da quando era finita la scuola ero rimasta in contatto con poche amiche, ma non avevo molto in comune con nessuna di loro. Con Zara era diverso, lei tirava fuori una parte di me che non sapevo di avere. Prima di riallacciare la mia amicizia con Zara io facevo del mio meglio per essere di aiuto a mio padre ed essere una moglie amorevole, ma lei mi fece capire che essere Janie Juke era altrettanto importante.

<<Stavo pensando a Owen>> dissi.

Le nostre discussioni non sono mai durate a lungo e quando tornai a casa eravamo entrambi pronti a baciarci e riconciliarci.

<<C'è qualcosa che vuoi dirmi? Hai un debole per lui, vero?>>

<<Sul serio, stavo rimuginando su cosa ha detto riguardo come ha fatto a riconoscermi.>>

<<Da una foto che gli aveva mostrato Zara.>>

<<Non pensi che sia strano però? Le sole foto che Zara avrebbe potuto avere erano quelle dei giorni di scuola.>>

<<Tu non sei cambiata molto. Forse non così tanti brufoli dell'adolescenza.>>

Stavo per picchiarlo sul fianco, ma lui si ritrasse giusto in tempo.

<<Bene, questo è il tuo ragionamento, non è vero? Ha visto una mia foto di quando avevo sedici anni e poi mi ha riconosciuta con la luce fioca che era nel nightclub?>> dissi.

<<Sono successe cose strane.>>

<<Forse sta mentendo.>>

<<Perché dovrebbe mentire?>>

<<Potrebbe essere perché lui l'ha vista di recente?>>

<<Basta ora, altrimenti litigheremo di nuovo ed io sono stufo dell'argomento. Accetta quello che ti ha detto e dimenticatene.>>

<<Scusa, probabilmente hai ragione.>>

Ma non me ne sarei dimenticata. Avevo bisogno di sapere e mi chiedevo come avrei potuto organizzarmi per imbattermi in Owen Mowbray. Non sapevo nulla di lui, solo che i suoi genitori vivevano in città e lui era tornato per fargli visita. Poteva anche essere già ritornato da dove era venuto.

<<I costruttori che sono in Wiley Avenue stanno cercando un apprendista.>> Mi disse Greg quando ci sedemmo a tavola la sera di lunedì.

<<Hai un lavoro.>>

<<Lo so, ma è quello che è. Se vado nel settore edilizio sarò in grado di imparare.>>

<<Imparare cosa?>>

<<Non so, muratura o impianti idraulici.>>

<<È quello che vuoi?>>

<<I soldi non saranno molti, ma mi offrirà una carriera. Una volta che avrò imparato avrò un salario migliore e finalmente potremmo iniziare a restituire i soldi a tuo padre.>>

<<Non si aspetterà che lo facciamo.>>

<<Lo so, ma lui ha fatto già così tanto per noi, il deposito per la casa, la macchina. E scommetto che ti paga più della tariffa in uso per quei due giorni in cui lavori per lui.>>

<<Mi stai dicendo che non valgo un centesimo? Attento sei in pericolo ti potrei rovesciare la cena sulla testa.>>

<<Sto solo dicendo che mi piacerebbe imparare l'edilizia. Essendo muratore potrei costruire la nostra casa.>>

<<Noi abbiamo già una casa.>>

<<Dovresti sostenermi, non sei felice che io sia ambizioso?>>

<<Scusa, sono cattiva. Si questa è una grande idea. Tu diventerai un bravissimo muratore e ti amerò perché costruirai la nostra casa. Ti piace davvero allora?>>

<<Voglio andare lì, solo per chiedere, cosa offrono. Vuoi venire con me?>>

<<Conta su di me, quando vai?>>

<<Domani nella prima mattinata, i costruttori iniziano presto. Alle 7.30 va bene per te? Così dopo posso andare al lavoro senza prendere un permesso. Se andiamo in macchina dopo vuoi che ti dia un passaggio a casa di tuo padre?>>

Greg usava la nostra macchina per andare al lavoro e la maggior parte delle volte io andavo a piedi da mio padre o prendevo il furgone della biblioteca. Di tanto in tanto prendevo un autobus anche se erano solo due fermate. Mi intrattenevo altri cinque minuti a letto, per me dopo una notte inquieta anche cinque minuti facevano la differenza.

Greg non era contento che guidassi la biblioteca mobile, speravo che avesse a che fare più con la sua preoccupazione per me che per gelosia. Greg aveva già superato l'esame per la patente quando ci eravamo incontrati. Il padre gli aveva pagato le lezioni e gli aveva fatto fare pratica con la loro Ford Cortina. Chiaramente mio padre non aveva potuto farlo con me e giurai che non mi sarei mai seduta dietro ad un volante.

Forse era l'incidente di mio padre che offuscava il mio punto di vista.

<<Perché guidare quando si può andare in bicicletta? È più tranquillo e divertente>> è quello che dicevo a Greg quando, subito dopo che ci eravamo messi insieme, mi tormentava.

<<Quando piove?>>

<<C'è sempre l'autobus.>>

<<Hai paura?>>

<<Perché dovrei avere paura? Da quello che posso vedere non c'è da averne, anche se avere una macchina per iniziare mi aiuterebbe.>>

Un giorno, subito dopo che ci eravamo sposati Greg mi avvertì che sarebbe tornato un po' più tardi del solito ed io avrei dovuto aspettare per preparare la cena.

<<Dunque a che ora mangeremo? Se tu stai andando al pub io potrei anche mangiare da sola e lasciare la tua cena in caldo nel forno.>>

<<Non sto andando al pub. Fidati di me e smetti di fare tante domande>> fu tutto quello che mi disse prima di uscire dal lavoro.

Circa alle sei mentre mi stavo preparando una tazza di te e decidevo se aggiungere uno spuntino veloce, sentii suonare il clacson di una macchina. Il suono era forte e persistente e mi chiesi se ci fosse stato un incidente o altro.

Una volta uscita scoprii il colpevole. Greg era in piedi orgoglioso accanto ad una Mini Morris blu chiaro, con la portiera del guidatore aperta e una mano sul clacson.

<<Basta>> gli urlai <<farai arrivare la polizia per disturbo della quiete pubblica, o probabilmente il carro attrezzi. Cosa stai facendo?>>

<<Ti sto mostrando la nostra nuova macchina. Voglia di guidarla?>>

Un'ora dopo mi ero già ricordata tutto ciò che sapevo sulle macchine.

<<È fantastico. È veramente nostra? Ce la possiamo permettere?>>

<<Sì e sì. Cosa c'è di più bello, da domani posso iniziare a insegnarti a guidare.>>

<<Non so se tu sei coraggioso o stupido.>>

<<Te lo dirò dopo la prima lezione.>>

Sono sicura che Greg era certo che sarei stata veloce ad imparare, e dopo passato l'esame, guidare fu uno dei miei passatempi preferiti.

Immaginai che papà avesse dato un generoso contributo per la nostra macchina, dicendo a Greg che non c'era fretta per la restituzione. Durante la settimana Greg usava la macchina per andare e tornare dal lavoro, ma nel weekend se andavamo insieme a fare una scampagnata avrei voluto guidare io.

Così, quando Phyllis mi incoraggiò a prendere il lavoro della bibliotecaria, il fatto di dover guidare il furgone era l'ultima delle mie preoccupazioni.

Greg, veramente, mi guardava sempre incerto quando facevo manovra con il furgone.

<<Ricorda che questo non è la nostra Mini Morris. Non correre rischi e fai attenzione agli autobus.>>

<<Spero che gli autobus mi evitino. Ti posso ricordare che ho passato l'esame al primo tentativo.>>

Presi in giro Greg quando scoprii che aveva fatto tre tentativi prima di superare l'esame.

<<Tu sei stata solo fortunata>> disse, non piacevo al mio esaminatore, lui era di cattivo umore. Tutto quello che dovevi fare era facile, tirare fuori il tuo smagliante sorriso. Quando ho capito che per lui era una sorta di contesa non ho più insistito.

Wiley Avenue era a pochi minuti in macchina dalla nostra casa e l'ufficio del costruttore era tra due case indipendenti. Il cortile era pieno di mattoni, sabbia, cemento e vari strumenti e attrezzature, ma era ordinato, con tutte le cose impilate con precisione e una grande scopa era opportunamente posizionata, accanto alla porta del prefabbricato che immaginavo fosse l'ufficio. Mentre ci avvicinavamo, un uomo basso e tarchiato stava caricando un piccolo camion con delle assi di legno. Greg si avvicinò e aiutò l'uomo a sollevare uno dei pezzi più lunghi e, una volta sistematolo sul camion, gli tese la mano.

<<Salve, sono Greg. È lei il proprietario?>>

<<Sì sono io. Grazie per il tuo aiuto l'ho molto apprezzato.>>

<<Ho sentito dire che c'è un'offerta di lavoro in corso, è giusto?>>

<<Sì hai sentito bene. Che mestiere fai?>>

<<Sono un pulitore di vetri, ma vorrei imparare un mestiere reale, muratore, idraulico. Io sono un gran lavoratore.>>

<<Il muratore è un bel mestiere per un ragazzo giovane e forte come te. C'è molto da imparare, se non ti importa di iniziare dal basso. Una quantità di sollevamenti e trasporti, lavorare fuori con ogni tipo di tempo, anche se questo non sarà una novità per te. Naturalmente con i mattoni farai qualcosa di permanente che si tratti di un giardino o di un'intera casa. Un lavoro che dura per tutta la vita ecco quello che è. Peccato che mio figlio non la pensi così.>>

<<Cosa devo fare per essere assunto?>>

<<Ti darò un modulo, annota solo pochi particolari e restituiscimelo. Vedo che sei appassionato e questo è sempre un buon inizio. Io pago un salario equo per una giornata di lavoro. Tre settimane all'anno di vacanze ed ho necessità che tu lavori tutti i sabati. Tanti giovani pensano di aver diritto ai soldi senza fare niente. Bene, *Mowbray e F.lli* credono nel dare il meglio, è per questo i nostri clienti ritornano. Ho una buona squadra, sono tutti grandi lavoratori, ma a loro piace anche farsi una risata, anche se possono solo nell'ora di pausa per il tè.>>

<<Grazie signor Mowbray, le sono grato per questa opportunità. Questa è Janie, mia moglie.>>

<<Non aspettarti che dia un lavoro anche a lei?>> Mr Mowbray sorrise e mi strinse la mano. <<Bello che siate venuti insieme, molte mogli non si sarebbero disturbate. Specialmente dal momento che noi costruttori iniziamo presto. Bada bene a lei, penso che tu abbia un tesoro con te. E non ti aspettare che ti

prepari i sandwich. Io li ho fatti da solo per tutta la mia vita lavorativa.>>

<<Sì lo farò>> disse Greg, sembrava leggermente agitato.

<<La verità, è che la Signora Mowbray non mi ha mai messo abbastanza burro>> disse strizzandoci l'occhio.

Greg stava quasi saltando per la strada, mentre tornavamo alla macchina.

<<Che uomo adorabile>> dissi <<gli piaci, non ti sembra? Egli è già nel mio libro dei buoni, dicendoti di prepararti il pranzo da solo. Peccato non ti abbia suggerito anche di stirare.>>

Non ci avevo fatto caso all'inizio, probabilmente perché ero ancora mezza addormentata, ma nel viaggio di ritorno mi venne in mente. *Mowbray e F.lli.* Non era sicuramente un nome comune. Per una volta il destino era dalla mia parte o gli dei mi guardavano favorevolmente, o entrambi.

CAPITOLO 9

Fai attenzione, pericolo al detective che dice: <<È così piccolo che non importa, non sarà, lo dimenticherò.>> In questo modo regna la confusione! Tutto conta.
Poirot a Styles Court – Agatha Christie

Dopo alcuni giorni di pioggia, sembrava che tutti i miei clienti abituali avessero passato le loro serate a leggere, perché il giorno dopo tornarono tutti in biblioteca per riportare i loro libri e prenderne degli altri. Ad un certo punto c'erano così tante persone nel furgone, che suggerii di creare una fila ordinata. Alla fine si organizzarono tra di loro e tutti rimasero contenti.

Non mi accorsi di quando entrò l'ultima coppia di persone, ero molto occupata con il conto della Signora Candy, la quale era una donna dolce come il suo nome, ma raramente riusciva a riportare i suoi libri indietro in tempo.

<<Solo tre giorni di ritardo per questo>> le ho detto mentre mi consegnava *Alice in Wonderland*. <<Lo ha letto ai suoi nipoti? Gli è piaciuto?>>

<<Cosa mia cara?>> l'udito della Signora Candy non era più quello di una volta.

<<Tre giorni>> dissi cercando di non disturbare il resto dei clienti.

<<C'è ne è anche un altro>> disse prendendo un altro libro dalla tasca del suo impermeabile. <<Mi ero scordata di averlo. Lo sa, questo è il primo libro che ho iniziato a leggere>> mi consegnò una copia tutta sgualcita di *The Wind in the Willows.*

<<Questo non appartiene alla biblioteca, forse è suo?>> dissi ridandole indietro il volume.

<<Cosa mia cara?>> La pazienza che avevo con mio padre per la sua cecità non mi stava aiutando ad affrontare le difficoltà della Signora Candy. Mentre rimuginavo su cosa avrei dovuto fare o dire, una persona si è avvicinò al banco. Alzando gli occhi realizzai che era lo stesso cliente che aveva avuto l'attacco di tosse.

<<Ah Signor...? Come posso aiutarla?>>

<<Scriva>> disse.

<<Scusi?>>

<<Scriva a questa persona ciò che vuole che lei capisca sarà più veloce e più silenzioso.>>

<<Buona idea.>> Lui rimase a guardare mentre scrivevo un appunto alla signora Candy e glielo davo. Mentre lei lo leggeva, mi rivolsi all'uomo. <<Penso che lei abbia perso qualcosa quando è stato qui l'ultima volta.>>

<<No, non mi sembra.>>

<<Oh, è solo che ho trovato un biglietto per un bagaglio a mano e mi sono chiesta se poteva essere il suo.>>

<<No, non è mio. Vorrei prendere questo, quando può>> disse tendendomi, insieme alla sua tessera della biblioteca, un libro di storia sulla Seconda guerra mondiale scritto da Winston Churchill.

<<Certamente Signor Furness. Eccolo>> dissi timbrando il libro e rendendoglielo.

La signora Candy aveva messo i suoi soldi sul bancone, preso la sua copia di *The Wind in the Willows* e stava uscendo dalla porta.

<<Tutto bene?>> la chiamai mentre lei stava andando via, prima di rendermi conto che stavo perdendo il mio tempo.

Avevo una scatola di cartone, sotto il bancone, dove mettevo tutti gli oggetti persi dai clienti sperando che venissero reclamati. Nel tempo avevo accumulato una quantità di oggetti interessanti.

C'erano inevitabilmente gli ombrelli, che non potevano entrare nella scatola, e li avevo posati sul pavimento accanto al bancone. Da quando lavoravo lì avevo trovato: due guanti singoli, uno di lana e l'altro di pelle, una custodia per occhiali, uno spillone, una spilla di cammeo antica. Una delle cose più vecchie che avevo messo nella scatola degli oggetti smarriti era un calzino. Comprensibile fosse stato un paio di calzini, ma questo era un solo calzino corto rosa indossato di recente. Desideravo che qualcuno venisse in biblioteca a reclamarlo per poter scoprire perché fosse stato lasciato li senza l'altro corrispondente. Ma nessuno si era mai fatto vivo.

Tirai fuori la scatola da sotto il bancone cercando di nuovo il biglietto del bagaglio lo misi in una bustina per conservarlo e lo rimisi nella scatola. Era strano che non lo avesse perso il signor Furness, ma forse ho letto troppi romanzi polizieschi e vedo misteri dietro ogni angolo.

<<Se vuoi ti riempirò il modulo io>> dissi a Greg quel giorno più tardi.

<<Sono felice che sei entusiasta, io non l'ho ancora guardato.>>

<<Devi solo inserite i tuoi dati, non sarà complicato. Batti il ferro fin che è caldo e tutto è in ballo. Sto pensando, che non mi fido delle poste. Potrei portarlo io domani prima che vado da mio padre.>>

<<Non ho intenzione di farlo questa sera, ho bisogno di tempo per pensarci.>>

<<A cosa devi pensare? Tu vuoi questo lavoro non è vero? Il signor Mowbray sembra una brava persona e ti insegnerà un mestiere. Devo dirti, che sto disegnando la nostra nuova casa. Pensi che possiamo metterci due bagni?>>

<<Tu sei pazza, ricordami perché ti ho sposato? Il nostro Fagiolino sarà grande quando noi avremmo i soldi per costruire una nuova casa. Due bagni vuol dire avere due volte l'acqua calda. Troppo caro. Mia madre ha dovuto accontentarsi di lavarmi nel lavandino, e probabilmente anche la tua lo ha fatto.>>

<<Sì ma siamo nel 1969 ed i tempi sono cambiati. Io ho pensato anche ad una doppia vasca, così inizia a pensare dove troverai i mattoni adatti e per questo ti premierò. Vuoi aiuto per compilare il modulo?>>

Il mattino dopo, mentre andavo verso il cortile dove era il signor Mowbray, stavo cercando di trovare una scusa per giustificare la mia presenza. Il signor Mowbray era fuori a caricare il suo camion con attrezzi e materiali e quando mi vide alzò la mano per salutarmi.

<<Buongiorno, ragazza, ancora un'altra alzataccia per te. Come mai sei venuta tu al posto di tuo marito? In tutti i modi cosa ha deciso per il lavoro? Starà bene qui, ne sono sicuro.>>

<<Salve, grazie sì. Infatti, è per questo che sono qui. Greg è davvero entusiasta ed ha già compilato il modulo che lei gli ha dato.>> Gli diedi la busta sigillata che lui mise nella tasca della giacca.

<<*Mowbray e Figlio*?<< Indicai il cartello sopra la porta del suo ufficio improvvisato.

<<Doveva essere così. Iniziai l'attività subito dopo la nascita di Owen. Pensavo che sarebbe stato fantastico per lui lavorare con suo padre.>>

<<Non è stato così? Mi vuol dire che sta lavorando da un'altra parte?>>

<<No, non gli piace sporcarsi le mani con il lavoro. Sta frequentando l'università, ha preferito i libri ai mattoni. È andato via di casa appena ha potuto e raramente torna a trovarci.<<

<<È un peccato. Penso mancherà molto a lei e alla signora Mowbray. È tanto tempo che non lo vedete?>>

<<Era da tre mesi non avevamo avuto nessuna notizia da lui, neanche una cartolina. Poi alcuni giorni fa è tornato all'improvviso senza darci spiegazioni. Dicendo solo che aveva bisogno di stare con noi per un po'. Sembra che abbia perso il lavoro. Comunque, non vuole parlarne con sua madre.>>

<<Bambini, eh>> mi sentii stupida, perché Owen aveva circa la mia età. Per fortuna il padre non aveva prestato attenzione al mio commento insensato ed inappropriato.

<<Bene mia cara, ora dobbiamo salutarci, devo andare sul posto di lavoro, i ragazzi mi stanno aspettando. Dobbiamo sfruttare al massimo questo tempo, non si sa mai quando cambierà.>>

Stavo arrovellandomi il cervello per trovare un modo per continuare la conversazione.

<<Sembra che Owen stia passando un momento difficile, non è facile tornare perché le cose non hanno funzionato come si sperava.>>

<<Avrebbe bisogno di parlare a lungo con me, se me lo chiedesse. Ma non lo farebbe mai.>>

<<Greg ed io saremmo contenti di andare a prenderci un drink con lui, pensa che questo potrebbe essere utile?>> Cercai di non avere il tono di supplica ed intanto incrociavo le mie dita dietro la schiena mentre parlavo.

<<È gentile, sono sicuro che lui abbia bisogno di uscire e fare festa. Ma penso che sia arrivato per lui anche il momento di imparare come è una dura giornata di lavoro.>>

<<Bene la proposta è fatta.>>

Mentre saliva sul furgone vedevo svanire le mie possibilità.

<<Um, dove possiamo trovarlo, se lui vuole incontrarci?>>

L'avevo presa da lontano, ma fui ben ripagata.

<<23 Leighton Street, si trova dietro l'albergo Dorsetshire al centro della città. Owen probabilmente starà ancora dormendo, è quello che fa da quando è tornato.>>

Greg, aveva ragione, stavo lasciando che la situazione prendesse il sopravvento su di me. Non avevo idea della prossima mossa da fare, e se ce ne doveva essere una. Non c'erano garanzie che Owen era disposto a parlarmi e anche se lo fosse stato che cosa gli avrei detto? Lui ci aveva dichiarato che non vedeva Zara da un paio di anni.

Se ci avesse viste insieme più recentemente perché avrebbe mentito? Più ci pensavo, più mi convincevo che Owen fosse coinvolto più di quello che sembrava.

Più tardi quel giorno andai via da mio padre un po' prima del solito. La lista dei pazienti da aggiornare, quel giorno, non era lunga, ed io misi la scusa che avevo in programma di preparare un piatto speciale. Ma non prima di fare un tentativo di vedere Owen.

Trovai la casa senza difficoltà, ma fui sorpresa di trovare una modesta proprietà a schiera Edoardiana. Avevo immaginato di trovare un imponente edificio indipendente che metteva in mostra le capacità di *Mowbray e F.lli*. Forse dopo questo c'erano meno possibilità di realizzare il mio sogno di due bagni nella nostra nuova casa.

Dopo pochi secondi che avevo suonato il campanello, aprì la porta una donna formosa, i capelli erano tirati indietro in una crocchia, con dei ciuffi che uscivano e cadevano sulla sua faccia arrossata.

<<Scusa cara, sono nel bel mezzo della cottura>> mi salutò con due mani infarinate prima di asciugarle sul grembiule che era ancora più infarinato.

<<Oh, mi scusi il disturbo. Sono Janie Juke. Stavo cercando Owen è qui?>>

<<Piacere di conoscerti cara, sei una amica di Owen? Bene è bello. Noi non abbiamo conosciuto molti suoi amici. Entra metterò il bollitore sul fuoco.>> La sua voce aveva un chiaro accento gallese.

Mi fece segno di seguirla lungo uno stretto corridoio sino alla cucina che era situata sul retro della casa. Il tavolo della cucina era ricoperto da teglie alcune piene, altre unte in attesa. Dal forno, dove c'era in cottura una delle infornate, veniva un buon odore di vaniglia mista a spezie.

<<Le crostate sono ancora calde. Sei arrivata proprio in tempo, vuoi una tazza di tè?>>

<<Lei è così gentile, grazie. Ma non vorrei disturbarla.>>

<<Nessun problema cara, siediti. Posso chiamare Owen, lui si sta riposando. Non si sente troppo bene, sarà felice di vedere una faccia amica.>>

<<Se lei è sicura, ma niente tè per me, grazie. Proverò una delle sue deliziose crostate, posso?>>

Uscì dalla cucina ed urlò da piedi delle scale <<Owen, ci sono visite per te.>>

Non ci fu nessuna risposta e non si sentiva nessun rumore di sopra. Cominciavo a desiderare che non scendesse, ma improvvisamente comparve dalla porta sul retro.

<<Ero qui fuori, mamma. Oh, Janie, ciao. Scusa non mi ero reso conto che tu...>>

<<Tua madre mi ha appena gentilmente offerto una delle sue crostate di marmellata appena fatta. Sono stata fortunata a venire nel giorno giusto.>>

<<Ma come hai fatto?>>

<<É d'avvero una coincidenza. Greg stava pensando di candidarsi per un lavoro al cantiere di tuo padre ed una cosa tira l'altra. Io non pensavo che tu fossi ancora in città.>>

<<No, be...>>

<<Owen starà con noi per un po' di tempo>> disse sua madre, continuando a riempire il resto delle teglie.

<<Benissimo, sono giusto passata per sapere se hai voglia qualche volta di passare una serata fuori, o prendere un drink<< dissi.

<<Sì mi piace.>>

<<Noi viviamo vicino Maze Gardens, ti scrivo l'indirizzo vuoi? Siamo in casa verso sera, sei il benvenuto ogni volta che sei da quelle parti.>>

<<Lo farò. È gentile da parte tua, Janie, veramente.>>

Quello che ora mi preoccupava era come avrei potuto spiegarlo a Greg, quando e se, Owen fosse passato.

CAPITOLO 10

<<Ci ripeti cosa hai sentito della lite?>>
<<Davvero non ricordo di aver sentito niente.>>
<<Intendi dire che non hai sentito le voci?>>
<<Oh, sì, ho sentito le voci, ma non ho capito quello che hanno detto.>>
Poirot a Styles Court - Agatha Christie

Anche se ero in forma, e la gravidanza procedeva bene, il dottore mi aveva raccomandato di frequentare la clinica prenatale. Senza i consigli di mia madre e nessuna amica che avesse partorito da poco, questa esperienza era una novità per me e volevo fare tutto senza errori. Greg era disperato perché avrebbe voluto venire in clinica con me, ma ci avevano detto che era strettamente *off limits* per i padri. Era come se la gravidanza e il parto fossero una questione di segretezza e meraviglia che solo le donne dovevano capire anche se gli uomini erano necessari per iniziare tutto ciò, ma dopo quella fase non erano più necessari.

Stranamente ero un po' agitata, quando mi trovai davanti alla piccola porta laterale, per entrare nel reparto maternità. La clinica Briarsbank Maternity era stata aperta di recente, era stato ristrutturato un vecchio ospedale per i bronchi. L'aspetto esteriore del reparto maternità era austero, ma una volta entrati era accogliente, con pareti dipinte da poco e pavimenti in linoleum levigato. C'erano due reparti, una suite di accoglienza e una grande area di ingresso che era stata usata per la clinica prenatale. Per evitare che le madri si sentissero troppo esposte, avevano diviso l'area della clinica con le tende, che offrivano la privacy durante gli esami importanti. Le ostetriche si occupavano della clinica, ma c'era sempre un medico a portata di mano. Le madri venivano sconsigliate dal partorire a casa, come era sempre stato e come era stato per mia madre e immagino sua madre prima di lei. Avevo già preso un volantino dall'ambulatorio medico che descriveva dettagliatamente la nuova attrezzatura che era disponibile, come pure una nuova terapia del dolore che a mio avviso era la cosa migliore di tutti i recenti progressi della medicina.

Briarsbank era circa a quindici minuti a piedi da casa nostra, anche se ero uscita da casa in tempo, avevo finito per affrettare il passo negli ultimi metri per paura di essere in ritardo. Dopo la camminata ero senza fiato e suppongo un po' arrossata in parte dalla corsa ed in parte dall'agitazione. C'erano già sei donne, tutte sedute in fila su una serie di sedie di legno che mi ricordavano la scuola. Avevo immaginato una ostetrica severa che mi diceva di stare dritta e smettere di ciondolare. Ero anche consapevole che le mie scarpe avevano bisogno di una pulita e sorridevo al pensiero di Greg che mi diceva quanto fossi ridicola. L'odore del disinfettante era penetrante e non aiutava il mio stato permanente di nausea.

Due delle donne avevano con loro bambini piccoli che non avevano intenzione di stare tranquilli. Si rincorrevano su e giù tra le file di sedie finché uno di loro cadde ed iniziò a piangere. Quindi anche l'altro iniziò a piangere forse per solidarietà con il suo amico. Le madri sembravano essere ignare e continuavano a chiacchierare. Alla fine entrambi i bambini smisero di piangere e barcollarono verso le mamme. Il pensiero che dovessero affrontare l'impegno con un nuovo bambino mentre ancora lottavano per controllarne uno mi sembrava terribile. Ho detto un silenzioso grazie al cielo che per me c'era solo un piccolo Fagiolino.

Non conoscevo nessuna delle signore, così sedetti su una delle sedie vuote e sorrisi alla ragazza con le lentiggini che era seduta accanto a me.

<<Salve, mi chiamo Nikki>> mi disse. <<C'è abbastanza da aspettare. Non sembrano molto organizzati, penso che siano a corto di personale.>>

<<Janie>> dissi sorridendo di nuovo.

<<È il primo?>> disse Nikki, accennando con il capo alla mia pancia.

<<Sì, e il tuo?>>

<<Sì, pauroso, non è vero? non è che io non abbia piacere di essere in stato interessante e così via, ma mi mette pensiero di dare alla luce un bambino. Il pensiero che un essere umano possa uscire da un buco come una bottiglia di latte mi riempie di terrore. A volte penso che vorrei poter cambiare idea e mi piacerebbe rispedirlo indietro.>> Nonostante le sue lentiggini, la sua carnagione era pallida.

<<La cosa più difficile sino ad ora è che ho un singhiozzo quasi permanente>> dissi.

<<Davvero fastidioso scommetto?>>

<<Anche imbarazzante. Mi viene ogni volta che sono nervosa o agitata e non fa niente quanta acqua beva e ci mette un'eternità a sparire. E bere il tè era

la cosa che più preferivo, ma ora solo l'odore mi dà la nausea. Hai dovuto eliminare qualcosa tu?>> le chiesi.

<<Tutto praticamente. Solo guardando un toast mi viene voglia di vomitare. L'unica cosa che posso mangiare senza avere problemi è un piatto di patatine, cariche di sale ed aceto. La nostra casa il più delle volte puzza come una friggitoria, ma Frank sembra non farci caso.>>

Mentre aspettavamo di essere chiamate dall'ostetrica noi continuammo a chiacchierare. Scoprii che Nikki si era trasferita dall'Est Anglia. Lei non viveva lontano da me così ci mettemmo d'accordo di tornare insieme a casa una volta uscite dalla clinica.

<<Io e Frank ci siamo trasferiti in una nuova casa in Goldhill Estate>> mi disse mentre camminavamo. <<Mio marito ha avuto un trasferimento. Lui è un sergente detective alla stazione di polizia di Tidehaven. È stato un grande sconvolgimento, con il bambino in arrivo e tutto il resto. Ma per lui è stata una promozione, così ne è valsa la pena.>>

Era difficile immaginare Nikki con il sergente detective Bright. Doveva avere almeno dieci anni più di lei, forse era al suo secondo matrimonio? Lei era piuttosto minutina, con una indole serena e positiva. DS Bright, invece, era un uomo corpulento con una faccia insignificante e i capelli radi e poco fiducioso. Il lavoro investigativo del detective distrugge la tua fiducia nelle persone, dopo un po' potrebbe cambiare la tua personalità.

Noi parlammo dei nostri mariti, i nostri bambini ed il trauma dei traslochi e mentre conversavamo stavo iniziando a formulare un piano.

<<Che ne pensi di trascorrere un po' di tempo insieme la settimana prossima dopo la clinica?>> le chiesi, avevamo raggiunto la fine della via dove le nostre strade si dividevano. Una delle ostetriche ci aveva detto che ogni settimana ci sarebbe stato un incontro o una dimostrazione ed eravamo invitate ad intervenire.

<<Sì, facciamolo. Non andremo in nessun posto per il tè, penso>> mi disse ricordandosi cosa le avevo detto.

<<Oppure toast>> le dissi.

La settimana seguente mi assicurai di arrivare presto in clinica. Le avevo tenuto un posto accanto a me e quando la vidi arrivare la chiamai. Non c'erano tante madri e bambini come l'altra volta e una delle ostetriche stava distribuendo opuscoli sui benefici dell'allattamento al seno rispetto al biberon.

<<Non riesco a capire perché qualcuno vorrebbe l'allattamento con il biberon<< disse Nikki, mentre guardava il volantino. <<Deve essere una grande scocciatura decidere tutto quello che va sterilizzato e quale no. Noi abbiamo tutto ciò di cui abbiamo bisogno qui>> disse, spingendo in fuori il petto e ridendo.

<<Pensi che faccia male?>> dissi. <<In questo volantino dice che alcune persone possono avere problemi con i loro seni. Sembra sgradevole.>>

<<È la cosa più naturale da fare. Ci scommetto che le nostre mamme non avrebbero mai sognato di usare i biberon.>>

Da quello che papà mi raccontava, mia madre era stata felice quando dopo la guerra il latte artificiale era stato ampiamente disponibile, ma feci a meno di parlare di questo. Mi misi il volantino in tasca, avendo già deciso che l'alimentazione con il biberon sarebbe stata molto adatta per me e per il mio Fagiolino.

Dopo che avemmo finito in clinica, ci prendemmo due bevande in lattina e ci sedemmo per un po' nei giardini di Tensing. Era tornata l'estate ed era piacevole sedersi sotto l'ombra degli alberi che sovrastavano le panche. Nel giardino c'era tranquillità, frequentato da poche persone, pochi bar e pochi cani che passeggiavano. Chiacchierammo sull'imminente maternità e su come entrambe ci eravamo ripromesse di non cambiare troppo la nostra vita.

<<Ho detto a Frank che sto pensando, che mi piacerebbe fare qualche lavoro una volta che il bambino sarà un po' cresciuto e andrà a scuola. Lui è saltato su tutte le furie. A volte mi chiedo se lui è così per il lavoro che fa in polizia, ma poi penso a suo padre che è all'antica e non lascerebbe mai che sua madre andasse a lavorare. Il posto della donna è in casa.>>

<<So cosa vuoi dire. Greg sogna una mini squadra di calcio, pensa a me come se fossi una terra fertile, ma può solo sognarselo. Non è lui che deve affrontare il parto o la gravidanza.>>

<<E gli stati d'animo? Sto scoprendo che sono sempre lunatica. Sto facendo diventare pazzo Frank. Finiamo per discutere anche per le stupidaggini. A lui piace parlarmi del suo lavoro, anche se è una cosa che non dovrebbe fare con nessuno, neanche con me. Di solito mi interessava, ma ora non voglio ascoltarlo, è tutto così deprimente.>>

Mi alzai e finii il mio drink. <<Deve essere eccitante quando ottengono una promozione. Ho sempre pensato che il lavoro della polizia sia abbastanza divertente, bene, non divertente, ma ogni giorno con qualche cosa di nuovo.>> Cercavo di mantenere la mia voce senza tremolii.

<<Dovrei mostrare un po' più di interesse, lo so>> disse Nikki. <<Infatti l'altra sera non sono riuscita a fermarlo, era così eccitato - devi sapere le novità riguardo il caso della ragazza scomparsa.>>

Il cuore mi saltò in gola e cercai di tenere a bada il mio singhiozzo. <<Er, si, mi ricordo qualcosa. Un po' di tempo fa penso, non è vero?>>

<<Sì, sembrava che fosse sparita dopo che il suo fidanzato era stato ucciso da un pirata della strada. Così triste. Frank mi ha detto che l'uomo che si occupava originariamente del caso pensava che lei avesse deciso di farla finita, per il dolore. Uno shock come quello puoi immaginare.>>

<<Caspita>> dissi, tenendomi occupata prendendo a calci alcune foglie che si erano raccolte sotto la panca.

<<Ma loro non hanno mai trovato il corpo o avuto notizie di lei. Sono sicura che lei è voluta andare via per cambiare aria. Troppi ricordi. Ma Frank non vuole

sapere la mia opinione. So di essere soltanto una casalinga.>>

Il ritratto che stava facendo Nikki del marito mi lasciava sconfortata.

<<Comunque, ora è il mio Frank che si sta occupando del caso. Hanno detto che avevano bisogno di qualcuno che vedesse da una nuova prospettiva il caso, e l'hanno trovato con la sua promozione ed il suo trasferimento. È una responsabilità, ma lui è molto soddisfatto.>>

Prestai attenzione alle sue parole, ma continuai a distogliere lo sguardo, per essere sicura che dal mio viso non trapelasse il mio interesse.

<<Bene, lui ha letto tutti gli incartamenti sul caso, ha detto che non ha potuto vedere altre angolazioni. Poi improvvisamente qualcuno è entrato nella stazione di polizia. Risulta che sia quel Signor Peters.>>

<<Peters? Non mi sembra di conoscerlo.>>

<<Bene, probabilmente non te lo dovrei dire, ma è il nuovo proprietario del negozio di giornali in Waterstone Avenue.>>

<<Intendi quello che l'ha ripreso dopo il fallimento?>>

<<Non lo so questo, è successo prima che io arrivassi qui.>>

<<Frank non te ne ha parlato?>>

<<No, realmente è stata una coincidenza. Ero andata alla stazione di polizia per portare il pranzo a Frank, lui si era scordato i sandwich a casa, e non volevo vedere andare sprecata tutta quella roba. Stavo aspettando, al bancone, quando è entrato un

uomo, un tizio tarchiato sulla cinquantina. Ha chiesto di parlare con il detective che era incaricato del caso di Zara Carpenter. Una settimana dopo o giù di li, andai dal giornalaio per pagare il mio conto, è lì c'era lui lo stesso uomo. Ecco perché lo conosco. Quando Frank tornò a casa, quella sera, era tutto eccitato e gli chiesi informazioni. Ho scoperto che gli aveva dato alcune nuove informazioni.>>

<<Dio, mi chiedo cosa sa.>>

<<Naturalmente, Frank non può dirmi nient'altro, non sarebbe più degno del suo lavoro.>>

<<Assolutamente>> dissi cambiando oggetto della conversazione.

Avevo saputo quello di cui avevo bisogno.

CAPITOLO 11

<<Bene, penso che sia molto ingiusto nascondermi gli avvenimenti.>>
<<Non sto nascondendo i fatti. Ogni fatto che so è in tuo possesso, puoi trarne le tue deduzioni, questa volta è una questione di idee.>>
Poirot a Styles Court – Agatha Christie

Ancora una volta, le cose mi stavano andando bene. Greg aveva accettato di provare a giocare con la squadra di freccette di alcuni pub locali. Avevano insistito per mesi affinché si unisse a loro, ma lui continuava ad inventare scuse. Quando l'avevo spinto ad affrontare l'argomento, aveva ammesso di essere una schiappa a freccette.

<<Diglielo allora, non vorranno una schiappa nella squadra.>>

<<Non capisci, non posso, è difficile ammettere di non essere bravo in qualcosa di così semplice, tutti sanno giocare a freccette.>>

<<Ci deve essere qualcosa d'altro non può essere solo questo il problema. Stai sbagliando, non tutti sanno giocare a freccette, io non lo so fare.>>

<<Intendo qualsiasi uomo. Chiedi ad un uomo e lui te lo può dire.>>

<<Bene, tu puoi scegliere. O sei onesto e dici loro che sei una schiappa, oppure provi a sorprendere te stesso e fai pratica, diventerai bravissimo.

Quando sentii bussare alla porta, pensai che Greg fosse tornato prima, ed avesse scordato la chiave. Ero pronta a commiserarlo. Invece, aprii la porta e mantenni un'espressione priva di emozione quando trovai Owen sulla porta.

<<Salve>> dissi.

<<Janie, spero non ti dispiaccia.>>

<<Felice di vederti, entra. Greg è al pub. Lo hanno messo in croce per anni per giocare a freccette nella loro squadra. Non dovrei dirlo, ma ho la sensazione che potrebbero essersene pentiti. Diciamo solo che è improbabile vinca qualche trofeo. Si divertirà, però, questa è la cosa più importante. Tè? Caffè? Spremuta?>>

Per tutto il tempo, Owen era rimasto in piedi nel corridoio, decisamente imbarazzato.

<<Vieni, entra siediti. Vuoi bere qualcosa?>>

<<Tè, con due cucchiaini di zucchero, se non ti spiace.>>

Pensai che fosse venuto per parlare, ma non sapesse da che parte iniziare. Cercavo il modo migliore per rompere il silenzio, ma poi lui lo fece per primo.

<<Sono venuto per scusarmi.>>

<<Scusarti? Per cosa?>>

<<Non sono stato del tutto onesto con te.>>

Gli porsi la tazza di tè e notai la sua mano leggermente tremante, mentre la prendeva.

<<Ti avevo detto che erano due anni che non vedevo Zara, ebbene questa non è tutta la verità.>>

<<Non è?>> Per un momento desiderai che Greg fosse li come testimone, non gli avrei dovuto dire, te lo avevo detto. Anche se, a seconda delle rivelazioni di Owen, c'era la grande possibilità che non avrei detto una parola a Greg, non della visita inaspettata

di Owen, o della confessione che stavo aspettando con impazienza.

<<Tu le sei amica e sento di doverti dire la verità>> disse.

<<Lo fai?>>

Mi sedetti sul divano, mentre Owen si agitava sulla sedia di fronte a me. Mentre parlava guardava le sue mani strettamente incrociate.

<<Zara ed io eravamo più che amici. Siamo usciti per un po'. Per abbastanza tempo, in realtà, cinque mesi e sei giorni.>>

<<Oh vedo>> era chiaro dal contegno di Owen che, almeno per lui, non era stata una relazione di poco conto.

<<La incontrai ad un congresso antinucleare. Il relatore era brillante, egli ebbe una standing ovation, e Zara ed io ci facemmo strada tra la folla per cercare di avere un incontro con lui alla fine del congresso. Noi iniziammo a parlare nello stesso momento, ed alla fine ci siamo messi a ridere. Mentre ci stavamo scusando a vicenda, il relatore è uscito da una porta di servizio e noi perdemmo la nostra occasione. Cominciammo a parlare e da allora...>>

<<Siete usciti per un periodo, ma non ha funzionato?>>

<<Noi stavamo benissimo insieme, e non era solo per le idee politiche che avevamo in comune. Ci piacevano gli stessi libri, la stessa musica. Noi parlavamo per ore. Lei era appassionata di giustizia e uguaglianza.>> Mentre parlava la sua espressione era intensa, le sue mascelle serrate, e gli occhi lucidi.

<<Deve essere stato stupendo che abbiate trovato tanto in comune. Cosa è successo? Ti sei allontanato?>>

Si interruppe e sorseggiò il tè. Quindi si alzò e andò alla finestra. Era chiaro che stava cercando le parole giuste e io ero ansiosa di sapere che altro stava per dire.

<<Non so cosa abbia mai visto in Joel.>>

Ripensai ad una conversazione che avevo avuto con Zara una sera d'estate. C'eravamo prese un po' di riposo ed eravamo andate in spiaggia, a turno lanciavamo i sassolini sulle onde che lambivano dolcemente la riva.

<<Joel è così talentuoso, Janie>> mi disse. <<Può facilmente trovare lavoro a Londra, ci sono persone che pagherebbero una fortuna per quello che sa fare lui.>>

<<Londra, caspita. Vorresti andarci anche tu? Se lui si trasferisse a Londra, tu andresti con lui?>>

Lei sorrise e chinò la testa.

<<La sua ambizione è di aprire una sua galleria fotografica>> disse. <<Ci riuscirà un giorno, sono sicura.>>

<<Ritratti?>>

<<I matrimoni e tutto il resto è solo un trampolino di lancio per lui. La sua passione è creare una storia con le foto. Lo sai potrebbe fare una grande differenza. Fare in modo che le persone guardino il mondo attraverso i suoi scatti. È eccitante.>>

Rivolsi nuovamente la mia attenzione a Owen.

<<Joel? Tu lo hai conosciuto?>> gli chiesi.

<<Sì, ebbene, lo conoscevo. Non ho mai parlato con lui, ma ho potuto constatare come Zara fosse cambiata da quando lui era comparso.>>

<<Lei ha troncato con te per uscire con Joel?>>

Non si era riseduto, ora girava per la stanza, sembrando sempre più agitato. Sentii che stava rivivendo la sua vita con Zara, chiedendosi quanto mi avrebbe dovuto dire. Guardava dietro di me, senza concentrarsi su nulla e disse, <<Io ho fatto un grosso sbaglio. Ho chiesto a lei di scegliere, pensavo che ci ripensasse ed avrebbe fatto marcia indietro...>>

<<Deve essere stato un periodo difficile per te.>>

<<Io l'amavo, puoi vederlo, ancora l'amo. Quando Zara ha troncato con me la mia vita è crollata. Avevo preso in affitto una grande casa in Brighton, volevo che venisse a vivere con me. Lei non lo ha mai saputo. Mi disse di dimenticarla, mi disse che stava andando via con Joel. È stato tutto così improvviso, ed io sono ritornato a Tamarisk Bay. Avevo bisogno di vederla, per persuaderla di non farlo. Non era quello giusto per lei, tu devi averlo visto. Tu e Greg avete passato del tempo con loro, vero?>>

Mi stavo sforzando di credere a tutto quello che Owen mi stava dicendo. Zara aveva vissuto in Brighton prima che si trasferisse con Joel, ma lei parlando non mi aveva mai menzionato Owen. Ho ripensato al giorno in cui feci il bagaglio per Zara con la borsa ricamata, mettendoci sopra il diario. Forse c'erano degli indizi nel diario, ma ormai era troppo tardi, il diario era sparito con Zara.

<<La fine di una relazione non è mai facile>> dissi. Mi era venuta in mente un'immagine della rubrica

della Marjorie Proops e dovetti mordermi il labbro per non sorridere. <<Cosa è successo?>>

<<L'ho visto solo una volta. Sono venuto per un weekend dai miei genitori e sono andato dalle parti di Joel per vedere se riuscivo ad incontrare Zara da sola.>>

<<L'hai incontrata?>>

<<Sì, ma per poco. Era l'ora del pranzo e loro sono usciti fuori insieme. Se ne andarono in direzioni separate, ed io l'ho incontrata fuori da *Flay*.>>

<<Il fruttivendolo?>>

<<Sì.>>

<<Cosa successe? È stata sorpresa nel vederti?>>

<<Siamo andati a prendere un caffè, è stato allora che lei mi ha parlato di te, che ti ha rincontrato dopo tanti anni, ed era contenta di averti come amica.>>

Desiderai di avere un blocco notes per prendere appunti di quello che mi stava raccontando così avrei potute elaborare una cronologia dei fatti. Ebbi l'impressione che ci fosse molto di più di una semplice rottura e più parlava, più mi sentivo in ansia.

<<Come mi hai riconosciuta? In discoteca l'altra sera...?>>

<<Lei mi disse che tu ti occupavi della biblioteca mobile. Ci sono stato una o due volte. Avevo la pazza idea di poterti chiedere di intervenire a mio favore, di parlarle di Joel, persuadendola a lasciarlo. Lei avrebbe potuto ascoltarti.>>

<<Quando hai preso il caffè con lei, le hai chiesto di Joel? Le hai chiesto se era felice con lui?>>

<<Stavo per farlo, ma alla fine...>>

«Cosa è successo?»

«Persi la pazienza.»

«In che modo?»

«Le dissi che era stupida, che Joel non era l'uomo adatto a lei, che lui alla fine l'avrebbe ferita. Gli uomini come Joel, si può dire, che sono interessati solo a una cosa.»

Alzai un sopracciglio. «Sono sicura che lui si è davvero preso cura di lei. Capisco che eri ferito perché l'ha portata via da te, ma Joel era un brav'uomo. Lui le faceva sempre regali, portandola fuori. Loro erano molto felici insieme.»

«Proprietà. Lui voleva solo averla come se possedesse un trofeo, tutto qui.»

«E tu glielo hai detto?»

«Sì, e lei era arrabbiata con me.»

«Posso immaginarlo.»

«In tutti i modi, abbiamo discusso, lei mi ha detto di pensare ai fatti miei e di lasciarla in pace. Questo è successo dopo che l'ho fatto.»

«Cosa hai fatto.»

«L'ho picchiata.»

Non si accorse che trattenni il respiro. Il mio impulso era di allontanarmi da lui, ma invece mi sedetti e studiai il suo viso. «L'hai picchiata?»

«Non sono fiero di me stesso. Non so cosa mi sia successo, lei mi stava dicendo che preferiva lui a me.»

«E lei che cosa ha fatto?»

«Lei si è alzata ed è uscita dal caffè. Da allora non l'ho più vista.»

<<Oh, Owen.>> Non sapevo cosa altro dire. La mia mente stava lottando per assorbire quello che mi aveva detto e cercavo di capire se avesse qualcosa a che fare con la sparizione di Zara.

Non potevo esserne sicura, ma ora che era davanti a me sembrava molto mortificato per quello che aveva fatto. Piegò la testa e si coprì il viso con le mani.

<<E le persone che erano nel caffè? Qualcuno ti ha detto qualcosa per quello che avevi fatto?>>

Lui scosse la testa e non rispose. Restai seduta per pochi momenti, immaginando nella mia mente la scena. Pensai a Greg, non solo lui era gentile di natura, ma metteva tutto il suo impegno per la nuova famiglia, non era un dominatore o uno che menava alle donne.

<<Non dirlo a nessuno>> disse Owen, la sua voce era quasi un sussurro. <<Non sopporto che la gente lo sappia. Continuo ad immaginare cosa penserebbero di me.>>

Mi chiedevo se i suoi genitori fossero a conoscenza della sua relazione con Zara e delle difficoltà che aveva il loro figlio nel controllare la sua rabbia.

<<Pensi che Zara tornerà?>> disse.

<<Sino ad ora, non so neanche dove sia andata, ma sto facendo del tutto per trovarla.>>

Si sedette e prese in mano la tazza di tè, girandola tra le mani, sembrava che non avesse intenzione di bere.

<<Hai visto gli articoli dei giornali che parlavano della sparizione di Zara?>> dissi. <<Sei sicuro di non sapere altro che mi possa aiutare a rintracciarla?>> dissi.

<<No, come ti ho detto, non l'ho più vista da quel giorno. Ho letto dell'incidente di Joel sul Brighton Argus e ho avuto la tentazione di tornare per vedere se le potevo essere di aiuto, e confortarla.>>

<<E pensi che questa sarebbe stata una buona idea?>>

<<Io ancora la amo.>>

<<Sì, lo vedo, ma lei ha passato un brutto periodo per accettare la morte di Joel. Qualunque cosa tu abbia pensato di Joel, lui era molto caro a Zara.>>

C'era poco altro da dire e volevo che se ne andasse prima che Greg rientrasse a casa.

<<Se ti viene in mente qualche altra cosa che mi possa aiutare a trovarla, torna di nuovo ne parliamo>> dissi. <<Forse sarà meglio se vieni alla biblioteca mobile, lì sei certo di trovarmi. Non vorrei che facessi un viaggio a vuoto.>>

Si fermò sulla porta.

<<Grazie>> disse.

<<Di cosa?>>

<<Tu lo sai, io non l'ho mai fatto prima. Picchiare una donna come ho fatto. Spero che tu la ritrovi.>>

<<Anche io lo spero.>>

È stato solo molto tardi, quella sera, quando potei riflettere su tutto quello che Owen mi aveva raccontato. Gli ero grata per essersi confidato con me, ma avevo la sensazione che ancora mi nascondesse qualcosa. Le sue rivelazioni mi avevano messo un pensiero fisso in testa che avrei voluto scrollarmi di dosso. Forse Owen aveva fatto di più che picchiare Zara. Speravo ferventemente di essere in errore.

CAPITOLO 12

Poirot mi diede un'occhiata, il che trasmetteva una compassionevole pietà, e la sua sensazione dell'assoluta assurdità di una tale idea.
Poirot a Styles Court - Agatha Christie

Becca, la sorella di Greg, è come il gioiello della corona nella famiglia Juke. Lei ha frequentato il college da quando ha finito le scuole ed ha accumulato tanti titoli di studio più di quanti si possa immaginare. Aveva appena saputo di aver ottenuto un posto nell'Università del Sussex e tutta la famiglia ne parlava. Becca, al contrario, era sorprendentemente muta sull'argomento.

I genitori di Greg avevano organizzato una festa per questa occasione, che a me sembrava più una opportunità per mostrare la figlia intelligente a vari conoscenti e vicini. Come suoceri Jimmy e Nell Juke mi andavano bene, ma spesso ero a disagio quando rendevano un po' troppo ovvie le loro critiche. Non gliene avevo mai parlato a Greg, sapendo che avrebbe preso le loro difese, come era del tutto comprensibile. È facile per tutti noi criticare i membri della nostra famiglia, ma diventiamo come una bestia feroce che protegge i suoi piccoli se qualcun altro osa farlo.

Jimmy Juke era OK, in effetti Greg aveva preso molto da lui, era pratico, gran lavoratore e onesto. Ma avevo la sensazione che Nell credesse che tutto le fosse dovuto, più di quanto meritava. Per quanto ne sapevo, aveva avuto alle spalle una famiglia abbastanza normale, ma in lei c'era sempre un'aria di superiorità. Sono sicura che quando incontrò per la prima volta Jimmy, che era un impiegato di banca, avevo previsto una sua rapida promozione a direttore di banca e con essa una vita di classe agiata. Purtroppo scoppiò la guerra. Dopo il servizio militare Jimmy tornò al suo lavoro in banca, ma non andò mai oltre il ruolo di impiegato. Dopo la nascita di Greg ed in seguito quella di Becca, Nell ebbe la scusa di non potersi trovare un lavoro. Ma con un solo stipendio, era fuori questione, la speranza che aveva di possedere un'imponente casa indipendente nei quartieri alti.

La loro modesta abitazione in Roselands Avenue era una casa popolare, ma Nell si era fatta promettere che fosse una cosa temporanea per poi trasferirsi in un posto più grande. La temporaneità era durata più di venti anni, ma nessuno aveva osato mai farlo notare.

Con tre anni di differenza fra di loro, Greg e Becca erano molto legati, come buoni fratello e sorella. Greg era sempre stato quello pratico, amava stare all'aria aperta ed era attivo, non era il tipo di starsene seduto troppo a lungo. Becca, al contrario, era bravissima a scuola ed era felice solo quando aveva la testa su un libro. Era quasi scontato che lei alla fine sarebbe andata all'Università. L'unico dubbio era quale avrebbe scelto. Fummo sorpresi quando lei ne scelse una vicino casa, più che altro fui io quella che rimase più colpita. Probabilmente era la mia vaga antipatia nei confronti di Nell Juke che mi faceva pensare che se fossi stata io sua figlia, mi avrebbe fatto scegliere solo tra le due Aberdeen o Dundee.

Ma la nuova università in Brighton era stupenda e offriva a Becca esattamente il corso che voleva, il che significava lo studio sui libri ad un livello completamente nuovo. Io amavo i libri, passavo la maggior parte della mia settimana lavorativa circondata da loro, ma passare mesi a decostruire e sezionare un romanzo non era il mio divertimento. Suppongo ci voglia molta volontà.

Eravamo andati a trovare i genitori di Greg alcuni giorni prima per annunciargli che sarebbero diventati nonni. <<Ben fatto ragazzo>> gli disse il padre, stringendo la mano a Greg così forte che pensai non lo avrebbe più lasciato andare. Per un momento fu come se io fossi diventata trasparente. Quindi venne Nell e mi diede una pacca sulla spalla.

<<Oh Jimmy, il nostro primo nipote. Greg ora devi badare a lei, viziarla un po'>> disse.

<<Cosa vuol dire? Io la vizio sempre>> disse Greg. <<L'altra mattina le ho persino portato a letto una tazza di tè, ma lei lo ha rifiutato.>>

Non era il momento di entrare in merito ai dettagli sul mio problema riguardo al tè, così presi la mano di Greg e dissi <<Lui è un marito perfetto, non vi preoccupate.>>

<<E dovrai lasciarci viziare quel bambino, dico che non puoi non amare così tanto un nipotino>> lei arrossì un po' mentre parlava, le sue emozioni stavano avendo la meglio su di lei.

Cercai di dissipare il pensiero che mi veniva naturale immaginando Nell che si agitava intorno a Fagiolino, dandomi consigli su come nutrirmi o intenta ad esaminare i pannolini lavati di recente, per controllare che fossero più bianchi del bianco. Invece sorrisi appena e le dissi <<È un bambino fortunato perché avrà due nonni così infatuati.>>

<<È proprio come dovrebbe essere>> disse.

Non rispondemmo, non avevo idea di cosa volesse dire e non penso che Greg fosse più sagace.

<<Bene saremo sempre a disposizione per fare da babysitter, lo sapete>> disse. <<Dopo tutto, tuo padre non è in grado di...>>

Trattenni il respiro, chiedendomi come avrebbe finito la frase senza cadere in una gaffe. Poi Jimmy venne in suo soccorso.

<<Noi ci dobbiamo incontrare tutti insieme per festeggiare, fai venire anche tuo padre, naturalmente. Decidiamo una data sul calendario>> disse.

Io sorrisi, tirando fuori il mio sorriso più dolce e fui contenta quando Greg disse che era ora di andare.

<<Grazie, papà. Parleremo con Philip e decideremo una data>> disse Greg, apparentemente inconsapevole che ci fosse una tensione da disinnescare.

<<Se viene mio padre, viene anche Charlie e tua madre non ama i cani, vero?>> dissi a Greg più tardi quando fummo in casa.

<<Oh, lei starà bene, non ti preoccupare delle sue lamentele, è sempre tutto complicato con lei.>>

<<Bene, poi non dare la colpa a me se si lamenta dei peli del cane.>>

Fortunatamente, né Jimmy né Nell parlarono più di questo incontro, grazie anche alla provvidenziale festa per Becca che occupò del tutto Nell. La festa era organizzata a casa loro per una domenica pomeriggio. Si prevedeva una stupenda giornata estiva, e quindi gli ospiti avrebbero avuto la possibilità di uscire fuori nel giardino ben curato di Nell. Nel menu era prevista una delicata pasta di pesce, sandwich al cetriolo e piccole focaccine fatte in casa.

Avevo promesso a Greg che avrei dato una mano, così la domenica mattina presto andai in Roselands Avenue pronta a dare tutto il mio aiuto.

<<Eccomi qui, il capo dei lavabottiglie e burro sul pane, pronto>> dissi, quando Nell rispose alla porta.

Non fui sorpresa nel vedere che non sorrideva, raramente le mie battute strappavano una risatina a mia suocera, ma questa volta la sua espressione indicava di più che una mancanza di umorismo.

<<È tutto a posto?>> le chiesi, seguendola verso la cucina dove ogni superficie era coperta di salatini e focaccine in fase di preparazione.

<<È Becca?>>

<<Sta male? Che problema ha?>>

<<Sì è chiusa nella sua stanza>> disse, asciugandosi le mani sul grembiule. <<È stata di malumore per tutta la settimana, ed ora dice che non vuole uscire e possiamo fare la festa senza di lei.>>

<<Ah, che situazione difficile. Sai perché è arrabbiata?>>

<<Arrabbiata? Glielo do io arrabbiata. Ho fatto tutto questo per lei e lei è così che mi ripaga. Egoista, ecco quello che è.>>

<<Faccio venire Greg? Forse con lui parla? Lui contava di venire qui tra due ore, ma posso andare a prenderlo ora se vuoi?

<<Suo padre ha già cercato di parlarle. Gli ho detto di darle un ultimatum, ma lui è troppo debole con lei. Parole severe, ecco quello che ci vuole con lei. Quando io avevo la sua età non mi era nemmeno permesso di esprimere la mia opinione.>>

<<Forse mi ascolterà? Vuoi che provi?>>

<<Buona fortuna>> disse conducendomi lungo il corridoio e tornando indietro in cucina senza dire altro.

<<Bene>> borbottai tra me e me. <<Quindi dovrò solo salire, lo faccio?>>

Non ero mai stata prima di allora nella stanza di Becca, ma sapevo che era quella di fronte alla camera di Greg. La porta era chiusa, all'inizio bussai gentilmente, poi un po' più forte, visto che non avevo avuto nessuna risposta. Dopo pochi momenti spinsi la porta e feci capolino con la testa e vidi Becca che era raggomitolata sul suo letto con la schiena rivolta verso di me e le braccia che le nascondevano il viso.

<<Vai via>> disse senza girarsi a guardare.

<<Stai bene? Posso entrare?>>

Senza aspettare la sua risposta entrai nella stanza e chiusi la porta dietro di me. Presi una sedia che era accanto alla finestra e la misi accanto al letto per affrontarla.

<<Hai una brutta giornata oggi?>> dissi.

<<Io glielo avevo detto, non volevo una stupida festa. Quale è il punto? Lei non ha invitato nessuno dei miei amici, solo tutti i suoi vecchi amici ed i

ficcanaso dei vicini. Lei vuole solo vantarsi. Tutti penseranno che è lei che va all'università.>>

<<Lei è orgogliosa di te, e tutto ciò che vuole è farti apprezzare dagli altri.>>

<<Molto di più, mettersi in mostra lei.>>

<<Greg ed io ci saremo, e tutto durerà un paio di ore. Noi tre possiamo sgattaiolare in un angolo del giardino. Non vuoi deludere tuo fratello maggiore, vero? Lui ci tiene tanto.>>

<<No, lui non ci tiene, mi ha detto che temeva questa festa.>>

<<Bene, il cibo sembra delizioso. Lei ha faticato tanto per questo.>>

Becca si mise a sedere e fece oscillare le gambe oltre il bordo del letto. Si tolse i capelli dal viso, che era ancora bagnato di lacrime.

<<Ehi, non è così male. Solo uno sciocco pomeriggio e poi sarai libera di fare come ti pare. Tu devi essere così eccitata per il corso, tu sei stata così brava, hai studiato tanto.>>

<<Desideravo andarmene oggi. Ci sono ancora due settimane prima che inizi.>>

<<Ci devono essere molte cose da risolvere. I tuoi libri? Ne devi comprare molti? Se vuoi te li cercherò in biblioteca, ma suppongo che la nostra selezione non è proprio quella che tu cerchi.>>

<<La biblioteca dell'università è abbastanza completa. Ce l'hanno fatta vedere quando siamo andati nella giornata dell'open day. Ti piacerebbe, anche se non ci sono molti racconti sui crimini.>>

La famiglia Juke era ben consapevole del mio debole per Agatha Christie e Jimmy spesso mi prendeva in giro per questo. Greg una volta mi aveva detto che il padre mi aveva soprannominata Miss Marple. Per fortuna non me lo aveva mai detto in faccia.

<<Come vanno i tuoi preparativi, è tutto organizzato? Vai a stare in un campus?>>

<<Stavo per andarci, ma ho avuto una offerta di condividere un appartamento.>>

<<Con una delle tue amiche?>>

<<All'incirca, è un amico di un'amica. Si chiama Owen Mowbray. Lui ha affittato una casa grande in Brighton e sta cercando qualcuno con cui condividerla. Anche la mia amica Melanie ci andrà. Sarà divertente.>>

Becca era troppo occupata nel guardarsi allo specchio per rifarsi il trucco che non notò il mio indietreggiare dopo le sue parole. Lei era giovane e vulnerabile. Forse la mia immaginazione era troppo fertile, ma non potevo starmi zitta e non dire nulla a Becca lasciandola andare con qualcuno che poteva essere pericoloso. Il problema era che non riuscivo a pensare in quale modo impedirglielo, senza raccontargli tutto.

Stavo alla festa e stavo pensando di andare a prendere gli involtini di salsiccia, quando Jimmy si avvicinò a me liberandosi da uno dei suoi vicini che aveva una voce acuta ed una risata che era più simile a uno schiamazzo.

<<Come stai? Tutto a posto con il bambino?>> disse.

<<Sì, tutto a posto.>>

<<Non ci sono novità riguardo la tua amica? Fatto terribile. Tuttavia, non deve essere stato facile aver vissuto con lei per tutto quel tempo.>>

<<Ti ha detto qualcosa Greg?>> Sentivo che mi stava venendo il singhiozzo per l'ansia.

<<Greg? No, lo stavo pensando io... è una cosa non chiara, lei non è uscita mai dalla porta per un anno intero da quello che avete raccontato?>>

<<Toglierò alcuni di questi piatti, do una mano a Nell in cucina.>>

Non riuscivo a decidere cosa mi rendesse più arrabbiata; Greg che si lamentava con il padre, o il fatto che entrambi non avessero capito la situazione. Noi avevamo provato ad offrire aiuto ad una buona amica nel momento che la sua vita era crollata. Secondo le mie regole non doveva essere criticata per quante volte era andata o no per negozi.

<<La festa mi ha esaurito>> disse Greg, buttandosi su una sedia, appena fummo a casa.

<<Sei buffo. Perché? Non sei stato tu a preparare i cibi o ripulire tutto. Ho notato che hai detto di andarcene prima che tua madre ti catturasse per lavare i piatti.>>

Non c'era motivo di raccontare a Greg della mia conversazione con il padre. Avrebbe scatenato una discussione ed io non avevo la forza di affrontarla.

<<Tutto quello che mi dici è noioso. Preferirei essere giù nel pub>> disse.

<<O qui con la tua amata moglie?>>

«Yeah, anche. Tu hai agito bene con Becca, parlandole. Sono sicuro che mamma te ne sarà grata.»

«Non avete più parlato con papà di incontrarci tutti? Per festeggiare l'arrivo di Fagiolino.»

«Non c'è fretta?»

Quella notte mi misi a letto e cercai di dividere le mie preoccupazioni in piccoli schedari. Greg, Fagiolino, Becca, Owen, Zara. Il sonno doveva essere accantonato per un po' di tempo.

CAPITOLO 13

<<Ho una piccola idea, un'idea molto strana, e probabilmente assolutamente impossibile. Eppure...si adatta.>>
Poirot a Styles Court - Agatha Christie

Per non mettere a dura prova la mia fortuna, quando incontrai Nikki alla clinica prenatale, evitai accuratamente l'argomento sul Signor Peters. Fortunatamente, la sua mente era altrove, perché l'ostetrica le aveva comunicato che stava aspettando due gemelli.

<<Che notizia>> fu tutto quello che mi limitai a dire, non sapendo se lei fosse felice o terrorizzata. Anche se l'espressione del suo viso mi fece capire subito che per lei non era un problema.

<<Ho sempre desiderato due gemelli. Famiglia istantanea>> disse, poi tornò a parlare per dieci minuti del loro progetto per allestire la camera dei bambini.

<<Frank ha paura. Pensa che ora io debba abbandonare qualsiasi idea di andare a lavorare. Dovrò stare a casa a fare la mamma. Per fare le cose correttamente.>>

Dal tono della sua voce si vedeva che l'idea l'allettava, decisamente la sua opinione era notevolmente cambiata dalla nostra recente conversazione.

<<Congratulazioni, sono molto felice per te. Molto eccitante>> dissi, pensando al mio terrore di gestire una piccola persona, figuriamoci due.

Andai dal giornalaio e prenotai una consegna giornaliera. Né io né Greg eravamo molto interessati all'attualità, ma ci piacevano tanto le parole crociate, così scelsi un giornale dove c'erano molti puzzle, un ottimo passatempo per noi.

Il signor Peters sembrava che gestisse da solo il negozio. Sperai di avere l'occasione di poter conversare con lui, senza essere disturbati da altro personale, sebbene non avessi nessuna certezza riguardo all'eventuale arrivo di clienti.

Lasciai passare una settimana ed il pomeriggio di martedì, sul tardi, andai a pagare il mio conto. La mia speranza era che se arrivavo mentre il signor Peters stava chiudendo avevo più possibilità di trovarlo da solo. Non avevo idea di come intavolare la conversazione riguardo Zara, in effetti, sarebbe stato difficile intraprendere qualsiasi conversazione.

Come arrivai al negozio, trovai il signor Peters che stava spazzando fuori dalla porta. Lui spazzava di gusto, la sua robusta corpulenza spingeva la scopa con colpi energici. La sua attenzione era solo sul cumulo di polvere, di rifiuti e di foglie che si erano accumulate davanti alla scopa, così quando mi avvicinai da dietro e lo salutai, si voltò e sembrò sorpreso.

«Scusi, sono venuta per pagare il mio conto. È troppo tardi?»

Lui guardò il mio crescente pancione e sorrise.

«Naturalmente no, mia cara, entri. Prenda una sedia se vuole. Non ho ancora iniziato a fare la chiusura di cassa.»

Mi colpì il fatto che il Fagiolino si fosse rivelato utile per raccogliere informazioni come un cane può esserlo per qualcuno che cerca le tracce.

<<Prenderò una sedia, se non le spiace. Sto scoprendo che in questi giorni mi stanco presto facilmente.>> Lo seguii nel negozio e lui sparì nel retro, ritornando con una sedia pieghevole per me.

<<Ecco qui, si riposi per alcuni minuti. Quale è il suo nome? Guarderò il suo conto.>>

<<Signora Juke. Penso che deve solo una settimana.>>

Sfogliò il suo libro dei conti ed io presi al balzo il momento.

<<Devo dire che è bello che questo posto sia aperto di nuovo. Prima che lei lo prendesse, noi andavamo a comprare i giornali al negozio in fondo a Church Street, ma qui per noi è molto più comodo, ed è l'ideale avere la consegna a domicilio. Lei ha un posto che sembra incontaminato.>>

Incontaminato, pensai, *che cosa stai dicendo? Chi descriverebbe un negozio di giornali incontaminato?*

<<Grazie, mia cara, è gentile da parte sua.>>

<<Deve essere complicato gestirlo, ordinare e tutto il resto. Mi aspetto che lei abbia già lavorato nel mondo dei giornali per un periodo?>>

Prendi al volo l'occasione, Janie, stai chiacchierando.

<<No, in verità ho aiutato ogni tanto quando ero fuori al campo estivo.>>

<<Campo estivo?>>

<<Sì, lavoravo nel grande campo estivo vicino Bognor. Sono stato lì per una stagione, ma poi ho deciso di tornare a casa.>>

<<Oh, sembra divertente. È di queste parti? Che cosa è che lo ha fatto ritornare?>>

<<Ho sentito parlare di questo posto da un vecchio amico, che pensava fosse un'occasione da non farsi sfuggire.>>

La conversazione stava prendendo la giusta direzione, avevo solo bisogno di fare un piccolo passo in più. <<Posso capire la sua voglia di ritornare>> dissi. <<Io ho vissuto qui tutta la mia vita e amo questo posto. Qui ti senti sicuro, sembra che non ti possa succedere nulla, e questa è una cosa molto positiva.>>

<<Le cose stanno cambiando. Deve solo leggere il giornale locale. Giovani che corrono in motocicletta, prendono droghe, si ubriacano. Loro parlano di pace e non di guerra, ma sono solo parole. E non hanno rispetto. Devo sempre pulire le loro sporcizie fuori dal negozio, loro buttano lattine e bottiglie dappertutto. Io do colpa ai genitori. Non penso di sbagliare, cara, non parlo di giovani come lei, sono i teenager, vengono qui ed usano un linguaggio. Se mio padre mi avesse mai sentito dire certe parole, mi avrebbe dato uno schiaffo, sono sicuro. Devo essere così attento, se volti le spalle un minuto si riempiono le tasche di tutto.>>

Ero contenta di lasciarlo continuare a parlare pensavo che era il modo migliore per portare la conversazione nella direzione che speravo.

<<Ha pienamente ragione, naturalmente>> dissi, quando lui smise di parlare. <<Mio padre è stato nella polizia anni fa ed i casi peggiori con cui aveva a che fare erano delle ragazzate. Posso solo immaginare ciò che la povera polizia deve affrontare al giorno d'oggi. Come dice lei, giovani che fanno la rivolta.>> Cercavo di non pensare alla reazione di Greg, se mi avesse sentito parlare come una quindicenne, altrimenti non avrei potuto mantenere il mio viso serio.

<<Potrei dirle una cosa o due riguardo la polizia. Se me lo chiede, non hanno idea di come si possono trattare bene le persone oneste.>>

<<Cosa vuol dire?>>

<<Sono stato alla stazione di polizia l'altro giorno. E sa, invece di ringraziarmi per essermi fatto avanti, mi hanno trattato come se fossi il colpevole.>>

<<Cavolo, deve essere stato terribile. Cosa è successo?>>

<<Quella ragazza scomparsa, conosce il caso? Lei aveva circa la sua età.>>

<<Er, sì, so di cosa sta parlando. Ho sentito che la polizia aveva un nuovo indizio, quindi è stato lei a rivelarlo? Vero?>>

<<Sì giusto, mia cara, io la vidi proprio il giorno in cui è scomparsa. Io sono la persona che sta aiutando la polizia nelle loro indagini.>>

Il signor Peters mi stava dicendo tutto quello che volevo sapere senza dovergli fare alcuna domanda. Mi spiegò che il giorno in cui lei era sparita era stata al cimitero di Santa Marta. I genitori del signor Peters erano entrambi sepolti in una tomba di famiglia pronta anche per lui, ma fra molti anni, mi disse facendomi l'occhiolino. Il suo approccio spensierato alla morte mi fece sentire a disagio.

Lui era arrivato al cimitero nel tardo pomeriggio, quello era l'orario che preferiva, come mi spiegò, perché trovava il cimitero sempre vuoto.

<<Mi piace stare li a parlare, ed è meglio quando non ci sono persone in giro>> disse. <<Ho sempre parlato con loro, mi sembra che mi rimandino un consiglio. Ero lì quel giorno a spiegargli i miei progetti, riguardo l'acquisto del negozio di giornali. Ero sicuro che fossero sempre dietro di me.>>

A questo punto mi guardò come se si aspettasse da me un sorrisetto ironico. Io rimasi impassibile ed annuii.

<<Fu allora che la vidi. Sentii un rumore metallico, alzai lo sguardo e vidi una giovane donna. Si avvicinò a una delle lapidi, si inginocchiò e fece qualcosa alla tomba, ma non riuscii a vedere cosa. Poi si alzò in piedi e se ne andò. Io non vidi né fiori né altro. Mi piace pensare che stesse facendo la stessa cosa che faccio io. Gli spiriti sono sempre pronti a sentirti, lo sa, e se tu riesci a riconoscere i loro segnali, spesso ti indirizzano nella giusta direzione.>>

Vedevo il signor Peters sviare di nuovo il discorso, sul mondo spirituale, mentre avevo bisogno che lui si concentrasse di più su quello presente.

<<Questo è quello che ha detto alla polizia, che ha visto una giovane donna? Perché pensa che sia quella scomparsa? Vuol dire che l'ha riconosciuta?>>

<<Bella cosa, non posso aver sbagliato. Pelle olivastra, begli occhi. Aspetti un momento le mostro qualcosa.>>

Andò nel retro, ritornando con qualcosa arrotolato sotto il braccio. Sapevo esattamente cosa avrei visto quando l'avesse srotolato. C'era il volto di Zara, che mi fissava.

<<Quando ho rilevato il negozio ho trovato questo poster. Penso che ci fossero ovunque quando lei sparì. Lei deve averlo già visto?>>

<<Er, sì, li ricordo, ora lei me lo sta ricordando.>>

<<Bene, appena vista la sua faccia, mi sono ricordato di quel giorno nel cimitero. Sono andato subito alla stazione di polizia per dirglielo. E sono stati grati? Oh no, neanche un po'.>>

<<Sono sicura che lo siano stati, penso che non siano autorizzati a dire molto, essendo un caso ancora in corso?>>

<<Un caso in corso dei miei stivali. No, loro non hanno mostrato nessun interesse. Tutti volevano sapere come mai ci avevo messo tanto tempo per parlare, come se avessi qualcosa da nascondere. Così non gli ho detto il resto.>>

<<Il resto?>> Il cuore iniziò a battermi nel petto e sperai che lui non se ne accorgesse.

<<Non gli ho detto cosa portava. Era una borsa o qualcosa di simile, larga, come un borsone. Era troppo distante da me per vedere i dettagli, ma era molto colorata, di questo sono certo.>>

A questo punto rimasi a bocca aperta. Mi confermava il filo di speranza che avevo da quando Zara era scomparsa. Ora ero certa che lei aveva ancora la borsa quando era andata sulla tomba di Joel. Se lei avesse pianificato un suicidio l'avrebbe buttata da qualche parte, oppure non l'avrebbe mai portata con sé. Realizzai che sarebbe stato peggio se entrando nella sua camera da letto avessi visto ancora la borsa ricamata sulla sedia.

<<Bene>> dissi <<questa è la cosa giusta.>>

<<È>> disse <<non mi sembra molto, ma sembra che io sia l'ultima persona che l'ha vista, e mi sento una certa responsabilità. Suppongo che avendo un borsone con sé, sia andata da qualche parte.>>

<<Sì, penso di sì. Lei non ha nominato la borsa alla polizia?>>

La domanda mi era uscita prima che potessi fermarmi.

<<No, me ne sono ricordato dopo, ma loro sono stati così maleducati con me. Bene, non voglio fare la stessa esperienza un'altra volta. Loro hanno solo preso la mia dichiarazione, e me l'hanno riletta, facendomela firmare e questo è tutto.>>

Si fermò guardando fisso. <<Penso sia proprio un caso strano, non le sembra?>>

<<Sì>> annuii <<lo è.>>

Dopo la nostra chiacchierata, lasciai velocemente il signor Peters non senza aver pagato il mio conto. Avevo fatto un passo avanti nel sapere qualcosa riguardo al giorno in cui Zara era andata via dalla nostra casa. Già sapevo che lei aveva portato con sé le sue cose, e questa non era una novità per me. La sola cosa rilevante era che era passata dal cimitero. Immaginavo che la polizia non avesse cambiato idea dopo le informazioni del signor Peters. Era questa la mia supposizione. Mi chiedevo perché la polizia lo aveva annunciato come se fosse un nuovo indizio. Forse il signor Peters sapeva più di quanto dicesse.

CAPITOLO 14

Un 'uomo di metodo' era, secondo Poirot, il massimo elogio che poteva essere conferito a qualsiasi individuo.
Poirot a Styles Court - Agatha Christie

L'amara ironia della sorte, questo è un modo per descrivere quello che successe a mio padre. Era solo un ragazzo quando era finita la Seconda guerra mondiale, ma abbastanza grande da essere mandato a combattere. Era sopravvissuto alla morte e la distruzione che la guerra porta con sé per poi essere investito da un autobus e l'incidente lo aveva reso cieco. Papà non parlava mai di questo. Né dei combattimenti e né dell'incidente. Avevo cinque anni quando attraversò la strada in quella mattinata mentre nevicava. Era la prima nevicata che vedevo e papà mi promise di andare al parco così potevamo fare il più grande pupazzo di neve. Non arrivammo mai al parco e da allora io ho odiato la neve.

Il ricordo di quel giorno è ancora vivo nella mia mente.

L'autobus era in ritardo e papà disse che ci sarebbe stato molto da attendere avevamo tempo per prendere un tè.

<<Tu aspettami qui, Janie. Io vado a comprare qualche ciambella rosa per la mia piccola principessa rosa>> disse.

<<Non essere sciocco papà, non sono una principessa, e non sono rosa>> dissi. Tutto il mio mondo era rosa, dalla mia camera da letto al mio paio di guanti preferito.

In seguito, le ciambelle erano sparse sulla neve al lato della strada, accanto all'autobus. Fu strano come l'autobus non avesse schiacciato le ciambelle, ma solo mio padre, in particolare la sua testa.

Quando successe, ricordo che mi sentivo strana, come quando stai facendo un sogno e quando finisce tu sai di essere sveglio, ma non puoi sentire o fare niente.

C'erano le persone attorno a mio padre e vedevo i movimenti delle loro bocche, ma non potevo sentire cosa stessero dicendo. Prima che arrivasse l'autobus, mi faceva male la pancia, perché ero molto affamata e le mie mani e piedi erano gelati. Dopo l'accaduto, fu come se non avessi più la pancia o le mani o i piedi, come se fossi un po' fluttuante. Ma non era una sensazione piacevole, infatti non appena riacquistai consapevolezza del mio corpo, capii che stavo per sentirmi male. Fu quando udii le sirene dell'ambulanza e della macchina della polizia e le urla della gente. Sentii tutti i rumori insieme e mi faceva male la testa. Una signora con un cappello tipo copriteiera mi sorrise. Mi prese per mano e mi accompagnò ad una panchina per farmi sedere.

<<Non è stata una bella cosa da vedere, vero? Può scioccarti.>>

<<Grazie>> fu tutto quello che riuscii a dire. Mi lasciai prendere la mano; lei mi teneva con i miei guanti rosa, anche se le mie mani erano nei guanti erano ancora ghiacciate.

<<Con chi sei qui, amore? Sei uscita con tua madre o tuo padre? Voltiamoci, guardiamo laggiù al parco,

vediamo come nevica sugli alberi e scintilla con il sole.>>

<<Non mi piace più la neve>> dissi. La neve aveva fatto slittare l'autobus. Non si era potuto fermare. Andava solo avanti. Non voglio mai più ciambelle, voglio solo mio padre. Lasciai la sua mano e corsi verso l'ambulanza. Due uomini con il cappotto giallo stavano mettendo mio padre su una barella.

<<Devo venire in ambulanza, devo tenere la mano a mio padre.>>

Non ricordo nemmeno le sirene eppure ogni volta che vedo un veicolo di emergenza correre lungo la strada con la luce che lampeggia, penso a quel giorno.

La prima volta che mia madre mi portò a far visita a mio padre in ospedale mi vestì come se dovessi andare ad una festa. Mi mise il mio vestito più bello, nastri legati tra i miei capelli dando al mio viso uno splendore extra. Lei ci mise poco a prepararsi. Si mise il suo vestito della domenica, un cardigan che non avevo mai visto, o era appena comprato o preso in prestito. Intorno al collo mise una collana di perle. Io non avevo mai visto quelle perle prima di allora e non le vidi neanche dopo quel giorno.

Mi prese la mano ed insieme entrammo nel reparto dell'ospedale dove mio padre era ricoverato con gli occhi bendati.

<<Tuo padre non potrà più vederti, Janie>> mi disse. Per me è rimasto sempre un mistero perché allora si fosse data tanto da fare per curare il nostro aspetto esteriore. Mi ricordo l'espressione del suo volto quando vide mio padre. Era come se l'avesse delusa, come se fosse lei a soffrire.

Io corsi accanto a lui ed afferrandogli la mano gli dissi <<Ciao papà, sono io, Janie.>>

<<Ciao principessa>> Fece un grande sorriso, il volto non era rasato, ed era pallido e tirato. <<Sentire la tua voce è la migliore medicina che possa avere. <<Vieni e siediti qui vicino e raccontami tutto quello che hai fatto.>>

La parte posteriore della sua testa aveva subito il trauma ed era per questo che era diventato cieco. Quando fui abbastanza grande da fare la domanda e capire la risposta, mio padre mi spiegò che era stato danneggiato il lobo occipitale. Se fosse stata un'altra parte del suo cervello, avrebbe potuto non uscire vivo dall'ospedale. Sarebbe potuto morire quel giorno. Il suo punto di vista era che la cecità era un prezzo relativamente basso da pagare, se si consideravano le alternative.

Lui non si lamentava mai o inveiva contro il suo destino e dal giorno che mia madre era andata via non aveva mai detto una parola contro di lei. Aveva smesso di fingere che noi eravamo importanti per lei e non ho tuttora idea di cosa stia facendo. Avevamo un suo indirizzo, sapevamo che era da qualche parte a nord, ma non era interessata alle nostre vite ed il sentimento era reciproco.

Appena sposati mia madre e mio padre non si potevano permettere una casa loro, perciò erano andati a stare a casa della madre di mio padre. Io non ho mai conosciuto mia nonna, ma mio padre ha un buon ricordo di lei. Quando lei morì mio padre continuò a pagare il mutuo della casa. È stata la casa dove sono cresciuta e dove mio padre ancora vive. È vecchia e sconnessa e ha un gran bisogno di riparazioni, ma papà ed io la amiamo. I pavimenti irregolari e le scale ripide non sono esattamente l'ideale per un uomo cieco, ma papà ne conosce ogni cigolio e gemito. Nei giorni che vado a scrivere a macchina per mio padre e fare le faccende domestiche mi sento come se torno nella mia giovinezza, ma solo nei momenti migliori.

Quella che era la mia camera da letto guarda sul piccolo giardino sul retro e la carta da parati è rimasta invariata dalla mia adolescenza. Intorno ai miei tredici anni amavo tutte le cose arancioni ed io e zia Jessica avevamo lavorato con colla per carta da parati e pennelli, ottenendo più colla e vernice su di noi che sulle pareti. Di tanto in tanto, quando vado a casa di mio padre, mi siedo nella mia vecchia camera da letto, guardando fuori dalla finestra e ricordando.

Da parecchio tempo non sentivo più la mancanza di mia madre, ma ora che ero in stato interessante mi ritrovavo a pensare a lei più spesso. Mi chiedevo cosa avesse provato quando aveva scoperto che mi aspettava. Mi piace credere che lei e papà erano contenti ed ancora innamorati. Mi rende triste pensare che mio padre vivesse una relazione con qualcuno che non apprezzava il tesoro che aveva accanto, lui meritava di meglio.

Quando fui più grande e conobbi le prime ansie dell'amore di gioventù, e provai l'eccitazione e la disperazione di aver perso qualcuno, desideravo che anche lui potesse rivivere le stesse emozioni. Solo perché non vedeva, non significava che non aveva il diritto di provare questi sentimenti.

<<Pensi che ti potrai innamorare di nuovo?>> gli chiesi una volta.

<<Piccola Janie, sei cresciuta. Ti sento parlare dell'amore.>>

<<Questa non è una risposta.>>

<<Io ho te.>>

<<Sì, mi avrai sempre. Io non mi sposerò, rimarrò indipendente, farò una favolosa carriera, farò tanti soldi per mantenere mio padre nel modo che merita.>>

Invece, incontrai Greg, mi innamorai e non riuscii a ritagliarmi una carriera più o meno pagata.

La mamma di Greg cercava di sovracompensare. A volte mi guardava ed immagino che pensasse, *poverina, senza madre che ti ha aiutata a crescere ed anche un padre cieco, come hai potuto affrontare tutto questo?* Anche se questi pensieri non me li aveva mai esternati. C'è una evidente possibilità che il desiderio di Greg di vedermi occupata con una grande covata di piccoli fosse collegato a tutto il povero scenario di Janie senza madre. Come se diventare una madre prolifica potesse sradicare tutto quello che è successo prima.

Nei giorni che passavo con mio padre, mi assicuravo che i suoi documenti e le cartelle cliniche fossero aggiornati, così come cercavo di fare qualsiasi altra cosa utile per semplificare la sua vita.

<<Greg pensa che non dovrei essere coinvolta>> dissi mentre ci sedevamo in cucina, sorseggiando le nostre bevande. Avevo scoperto che l'acqua calda e limone erano una buona alternativa al solito tè.

<<Nel cercare Zara, vuoi dire?>>

<<Sì.>>

<<Tu cosa ne pensi?>>

Sono come mio padre, sfidatemi a risolvere un caso e sarò un cane da caccia, non lascerò la presa sino a quando non l'avrò risolto. In più di una occasione, quando ero cresciuta, avevo scoperto che il dirmi di non fare una cosa era un modo infallibile per farmela fare.

<<Lei era la mia amica, papà. Glielo devo l'aiuto.>>

<<L'hai già aiutata molto, lei ha vissuto con voi per un anno, agli occhi della gente è sembrato anche troppo.>>

Raccontai a mio padre di Owen e del signor Peters. Quando gli parlai della violenza di Owen, mio padre scosse la testa.

<<Questo non è bello, assolutamente non si deve fare>> disse.

<<È passato un mese da quando la polizia ha detto che c'erano nuovi indizi, ma da quello che vedo non hanno fatto ancora nulla. E se Zara fosse spaventata? Owen ha vissuto a Brighton. Lei viveva lì prima di incontrare Joel. Forse Owen la stava perseguitando. Potrebbe essere così spaventata che si sta nascondendo da lui.>>

<<Tu pensi che sia il tipo di uomo che veramente potrebbe farle del male?>>

<<Lui l'ha picchiata, non ti pare?>>

<<Ma davvero l'ha ferita?>>

<<Non lo so.>>

<<Tu lo sai come la penso?>> disse. <<Partiamo dalle basi. Cancella tutto ciò che sai su di lei e ricomincia. Fai una lista accurata.>>

<<Mi stai prendendo in giro adesso?>> Mio padre e Greg mi prendevano sempre in giro per la mia incapacità di seguire una regola. Come ho detto, io ero la persona meno adatta da scegliere per essere una bibliotecaria o un detective dilettante.

<<C'è qualcosa d'altro che tu puoi fare.>>

Io aspettai.

<<Fai uso di tutti i romanzi di Agatha Christie che hai letto da quando eri piccola e che rileggi ancora.>>

<<Cosa vuol dire 'farne uso'?>>

<<Cerca schemi, indizi, come farebbe Poirot.>>

<<Buona idea, ma quella è una finzione. Questa è la realtà.>>

<<Non farà male, provarci.>>

Il consiglio di mio padre di iniziare da zero mi aveva spinto ad organizzarmi. Il suo suggerimento di fare come Poirot di Agatha mi faceva sorridere, ma quando ci riflettei di più realizzai che mi sarebbe stato utile. Alcune settimane prima avevo ricominciato a leggere *Poirot a Styles Court*, così decisi di setacciare il libro per vedere se potevo prendere qualche spunto dall'adorabile Poirot ed il suo compagno Hastings.

Volevo affrontare questa indagine in modo professionale, e dovevo dimenticare che questa era una ricerca per un'amica intima. Comprai un taccuino ed iniziai a creare delle liste. Gran parte delle cose che scrissi riguardavano le strade che avevamo seguito subito dopo la sparizione di Zara. Avevamo parlato con chiunque la conosceva, ma le nostre domande non ci avevano portato a nulla.

Noi andammo anche a trovare la sorella.

Prima di conoscere Zara e Gabrielle non avevo mai pensato che due sorelle gemelle potessero essere così diverse. Il carattere di Gabrielle era l'esatto contrario di quello di Zara. Era come se avessero inventato loro insieme la classica personalità del Dr Jekyll e Mr Hyde.

Zara ed io eravamo diventate amiche quando entrò a far parte del corso della scuola Grosvenor al quarto anno.

Le gemelle arrivarono all'inizio del periodo estivo. Zara fu inserita nella mia classe e Gabrielle nella classe della signora Bone. Mi era sembrato un po' strano che le avessero separate, ma penso che a loro piacesse in quel modo. Zara ed io, durante le pause del pranzo, ci appostavamo alla ricerca di posti tranquilli nella scuola. Gabrielle non si univa mai a noi. Lei aveva una sua cerchia di amiche che avevano al centro delle conversazioni solo i ragazzi. Loro si fermavano, il sabato mattina, fuori dal caffè bar Pam al centro della città. Alcune volte io e Zara passeggiavamo insieme in città per ascoltare gli ultimi singoli di successo. Una volta facemmo una passeggiata in Queens Road e lì c'era Gabrielle con le sue amiche più care, Milly e Rose. Zara mi aveva preso sottobraccio e allungato il passo, facendole solo un breve cenno di saluto. Pensai che fosse strano, ma quando chiesi a Zara come mai erano così distanti, lei non mi rispose.

Nel periodo che Zara ed io ci eravamo rincontrate e lei era stata ad abitare con noi per un anno, non avevamo avuto niente a che fare con Gabrielle. Zara mi aveva detto che sua sorella era tornata in zona, ma nello stesso tempo ho intuito che avrebbe preferito non lo avesse fatto. Le chiesi se quando vivevano in Brighton avessero condiviso un appartamento, ma lei scosse la testa. Sembrava che fossero lontane come sempre.

Così quando Zara scomparve fummo sicuri che l'appartamento di Gabrielle sarebbe stato l'ultimo posto dove sarebbe andata, ma valeva la pena di controllare. Greg venne con me e quando suonai il campanello all'appartamento 3C si sentì un urlo dall'interno. Guardando in alto vidi il viso di Gabrielle che sporgeva dalla finestra.

<<Sì>> disse <<che cosa c'è?>> Con i suoi modi altezzosi sarebbe stata un'eccellente caposala in ospedale, anche se non riuscivo ad immaginare che si potesse sporcare le mani.

<<C'è Zara>> ho urlato alzando la testa. <<Lei è scomparsa. Vorremmo sapere se è venuta qui, ci sei in contatto?>>

<<Qui? Perché sarebbe dovuta venire qui?>>

<<Noi siamo preoccupati per lei>> disse Greg.

<<No, non è qui>> disse tirando giù il battente della finestra, tutto qui.

Ma ora mi sembrava necessario andargli di nuovo a fare visita. Per quanto non mi piacesse l'idea di essere di nuovo non ascoltata, non potevo ignorare il fatto che Gabrielle fosse l'unica persona che mi avrebbe potuto raccontare qualcosa di Zara. Non avevo scelta dovevo affrontarla, ma questa volta pensavo di andarci da sola.

CAPITOLO 15

<<Dimmi, sei attratto da qualcosa? Ognuno di solito, lo è da qualcosa di assurdo.>>
<<Riderai di me.>>
Lei sorrise.
<<Forse.>>
<<Ho sempre avuto un desiderio segreto di essere un detective.>>
Poirot a Styles Court – Agatha Christie

La mia città natale è Tamarisk Bay si trova ad ovest di Tidehaven e potrebbe essere descritta come il più piccolo dei suoi centri vicini. È strano immaginare che originariamente fu costruita nel diciannovesimo secolo, come una città moderna, con eleganti edifici progettati per i benestanti. La geografia del luogo l'ha vista sorgere dal lungomare, e prima bruscamente e poi costantemente, si è inerpicata sui dolci pendii con una manciata di parchi e giardini e ampie strade.

L'appartamento di Gabrielle era in Sutherland Road, in un quartiere alla moda della città preferito da artisti e musicisti. L'architetto che aveva fatto il piano originale di questa area aveva anche lavorato in alcune proprietà in Bloomsbury, verso la fine del diciottesimo secolo.

Le strade erano larghe con grandi palazzi Edoardiani che ora erano stati suddivisi in tre o quattro appartamenti. La facciata di ciascuno era notevole, con cornici e pietre decorative intorno ai telai delle grandi finestre. Non ero mai stata in nessuno di quegli appartamenti, ma immaginavo che gli interni fossero altrettanto fastosi. Mi piaceva immaginare le famiglie che dovevano aver vissuto in questi palazzi nel periodo del loro massimo splendore. Forse loro avevano dei servitori, un salotto con un gran pianoforte a coda, divani rivestiti in velluto ed una stanza da pranzo, che poteva ospitare fino a venti commensali.

Salii i gradini di pietra e suonai il campanello dell'appartamento 3C. L'ultima volta che avevo tentato di parlare con Gabrielle, mi aveva risposto da una finestra e non aveva avuto la cortesia di farmi entrare. Questa volta ero più decisa. Sentii dei passi ed uno scricchiolio mentre toglieva il catenaccio ed apriva la porta.

<<Ciao Gabrielle. Posso entrare?>>

<<Stavo proprio uscendo>> disse.

<<Certamente, ma prima possiamo fare una brevissima chiacchierata?>> La guardai dritta negli occhi, sfidandola a mandarmi via. <<Tua sorella non merita almeno cinque minuti del tuo tempo? Ti prometto non ti tratterrò a lungo.>> Forse era stato un errore nominare Zara prima che mi avesse fatto entrare, ma ormai le parole mi erano uscite di bocca e non potevo ritrarle.

<<Sarà meglio che entri>> disse guardandomi il pancione. Forse aveva avuto pietà di una povera donna in stato interessante, ma per qualsiasi ragione lo avesse fatto non me lo feci ripetere due volte. La seguii su per tre piani di scale e attraverso una pesante porta di legno entrammo nel corridoio del suo appartamento.

La sua casa era bellissima come avevo immaginato, forse ancora di più. Passammo attraverso un lungo corridoio nel salotto dove il pavimento di legno lucido era ricoperto da tappeti cinesi. I soffitti alti con pesanti architravi davano un senso di luce e di spazio. Su tutte le pareti c'erano una gamma eclettica di fotografie e quadri, e arazzi. Mi fece cenno di sedermi su una delle tre poltrone. Mi sedetti sul bordo della poltrona, non volevo appoggiarmi sui cuscini di seta per paura di sgualcirli.

<<Vuoi qualcosa da bere>> mi chiese, senza aspettare una risposta, si voltò ed andò verso il corridoio. La sua assenza mi diede la possibilità di esaminare la sua mostra di arte fotografica nei dettagli. Ne sapevo poco di arte moderna o classica, ma da quello che potevo vedere Gabrielle ne aveva un grande interesse. Nel dipinto centrale c'era descritto che era di un impressionista francese, non era una sorpresa, visto i suoi scorsi familiari, vi erano pure diversi pezzi moderni. Non riconobbi questi ultimi dipinti, ma quando si trattava di arte ero meno che un principiante. Alcune delle stampe erano incorniciate, ed altre erano larghi poster. Tra di loro erano state messe delle fotografie in bianco e nero, che davano un perfetto contrasto con quelli più colorati che gli stavano accanto. Zara aveva ereditato dalla madre il talento per lo stile e la moda, mentre i quadri di Gabrielle denotavano la sua tendenza più all'arte nel senso tradizionale.

Mentre guardavo i dettagli delle fotografie mi accorsi che in nessuna di esse erano mostrati i volti. Piuttosto che paesaggi o nature morte, erano raffigurate delle persone, ma ogni persona o gruppo veniva mostrato a distanza o di dietro. Sulla mensola del caminetto erano disposti alcuni oggetti dall'aspetto costoso, ma non c'era traccia di nessuna foto di famiglia, certamente non di Zara, ma nemmeno dei suoi genitori. Era come se si fosse creata con cura un mondo dentro il suo appartamento dove non aveva alcun bisogno di relazionarsi con le persone.

Stavo guardando un poster di Monet quando Gabrielle ritornò nella stanza con un vassoio.

«Sbalorditivo, vero?» disse, poggiando il vassoio sul vetro del tavolino da caffè. « La sua bravura di creare luci ed ombre è magistrale.»

Non riuscii a pensare ad una risposta, così fui costretta a fare un debole sorriso e mi risedetti in punta alla poltrona.

«Latte o limone?» disse, con la teiera sospesa sopra una delicata tazza cinese.

«Um, limone, grazie.» Non mi andava di raccontargli le mie difficoltà nel bere il tè e sperai che Fagiolino mi aiutasse lasciandomi bere una tazza di tè in pace, senza farmi correre nel bagno. Ero anche in ansia che mi venisse il singhiozzo, proprio ora che ero faccia a faccia con Gabrielle. Anche se eravamo coetanee in lei c'era qualcosa che la faceva sembrare molto più grande di me.

«Quando hai iniziato ad amare l'arte?» le chiesi. «Noi non ci conoscevamo bene ai tempi della scuola, è qualcosa che ti piaceva già da allora?»

«No, tu eri amica di Zara. Molto unite tutte e due. Mi sono sorpresa che non siete rimaste in contatto dopo che ci eravamo trasferiti.»

<<Sono senza speranza nello scrivere le lettere, non riesco mai a pensare a qualcosa di interessante da scrivere.>>

<<Cosa vuoi?>> mi disse porgendomi la tazza e lo zucchero.

<<Niente, non voglio niente, tranne la possibilità di parlare di Zara. Sono sicura che mi sarebbe di aiuto per saperne di più di lei.>>

<<Perché ti dovrebbe aiutare?>>

Sapevo che la conversazione si stava facendo ardua e probabilmente non avrebbe portato ad alcun risultato. Stavo pensando di andarmene, in questo modo avrei anche evitato di dover bere il tè.

<<Gabrielle, sarò diretta. Mi sto preoccupando per Zara. Io non ho fatto parte della sua vita per tanto tempo, ma questo anno lei è vissuta con noi, con Greg e me, io ho instaurato un legame con lei. Ed ora voglio fare tutto quello che posso per rintracciarla, per assicurarmi che lei stia bene. Tu sei la sua sorella gemella, quindi sei il legame più vicino. Ho pensato che forse tu puoi raccontarmi un po' di come lei era, cioè è. Qualcosa di quegli anni che sono trascorsi dopo lasciata la scuola e prima che ci incontrassimo di nuovo. Cosa faceva? Dove viveva? Aveva un lavoro? Con chi era fidanzata?>> Feci una pausa, sperando che le mie parole a raffica fossero state abbastanza persuasive da farla aprire.

<<Non ne ho idea>> disse.

<<Per carità, lei è tua sorella. Sicuramente devi sapere qualcosa della sua vita?>>

<<Devi sapere qualcosa di fondamentale che riguarda me e mia sorella. Noi non avevamo alcuna

relazione. Si nelle nostre vene scorre lo stesso sangue, ma non è tutto. Mi ha sempre chiarito che voleva vivere la propria vita. Io l'ho rispettata ed anche io ho vissuto la mia vita. Così il gioco è fatto. Tu probabilmente la conosci meglio di me.>>

<<Ne dubito>> dissi con l'irritazione che mi saliva dentro. <<E quando eravate piccole, non siete mai state amiche?>>

<<Questo è stato una vita fa>> disse guardando distante. <<Non so cosa potrei dirti per aiutarti. Posso dirti quello che dissi alla polizia quando mi interrogarono se vuoi, se pensi che ti sia utile.>>

<<Sì, tutto è utile. Non importa quanto sia preciso.>>

<<A Zara piacque una causa.>>

<<Cosa vuol dire?>>

<<Le piaceva sostenere i perdenti, voleva combattere contro i mali del mondo. Andava alle marce di protesta, sventolava le bandiere. Non ho mai avuto lo stesso punto di vista. Il mondo è incasinato e non c'è marcia che ci salverà da noi stessi. L'essere umano alla fine sarà responsabile della propria scomparsa. Mi concentro sulle belle cose, come puoi vedere>> indicò i quadri e le foto.

<<Era un membro di gruppi di protesta, di un partito politico?>>

<<Non ne ho idea. Questo è tutto quello che so, ed ora se non ti dispiace dovresti andare perché farò tardi ad un appuntamento.>> Si alzò facendomi chiaramente capire che la nostra conversazione era terminata.

Come si alzò, lo scialle che aveva sulle spalle cadde e per un momento mi sembrò di avere Zara dinanzi a

137

me. A scuola, gli insegnanti avevano patito per distinguere le sorelle, ma le distinguevano dal fatto che Zara portava i capelli tagliati corti e Gabrielle li aveva lunghi e di solito erano intrecciati ed arrotolati intorno alla sua testa. Ma sia io che le altre amiche di Zara sapevamo che c'era un'altra caratteristica che la distingueva dalla sua gemella. Lei aveva sul collo un piccolo segno dalla nascita delle dimensioni di una ciliegia. Me lo stavo ricordando ora quando era caduto lo scialle di Gabrielle, e vedevo la sua pelle olivastra, senza alcun segno.

<<Mi farai sapere se avrai qualsiasi notizia di lei?>> dissi, mentre mi accompagnava verso la porta principale.

<<Non lo farò.>>

<<Non me lo farai sapere?>>

<<Non la sentirò, credimi, conosco mia sorella. Lei probabilmente è andata ad unirsi ad una comune da qualche parte. Meglio se non ti preoccupi per lei. Tu hai altre cose da pensare in questo momento, non è vero?>> Disse indicandomi il mio pancione.

<<Come ti ho detto, lei è mia amica ed io voglio sapere se sta bene.>>

<<Bene, sei venuta dalla persona sbagliata. Ciao Janie. Riguardati.>>

Nonostante la sua antipatia nei confronti di me e sua sorella, Gabrielle aveva contribuito a confermare ciò che Owen aveva detto. Zara non sopportava le disuguaglianze di qualsiasi tipo. Lei si preoccupava per il modo in cui il più forte sopraffaceva il più debole e si sentiva triste nel vedere la pace e l'armonia distrutte dall'acrimonia e dal rancore.

Durante le nostre ultime conversazioni, c'erano degli indizi che avrei dovuto cogliere.

C'era così tanto da imparare dalla mia amica se fossi stata più consapevole, sarei stata una più attenta ascoltatrice. Mentre scendevo le scale ero irritata e grata di essere figlia unica.

CAPITOLO 16

<<Dico, qual era il fine di quel messaggio? Dirlo di nuovo, vuoi?>>
Poirot a Styles Court - Agatha Christie

Alzarsi presto sembra essere parte dell'impegno di essere in stato interessante. Il modo in cui la natura ti abitua alle notti insonni e svegliarsi all'alba. Mentre mettevo le gambe fuori dal letto ed infilavo le pantofole ebbi un fugace pensiero che il mio prossimo parto sarebbe stato quando Fagiolino avrebbe avuto diciotto anni e se ne sarebbe andato di casa.

Greg borbottò qualcosa che riguardava il suo desiderio di voler continuare a dormire, mentre riempivo la vasca da bagno. Era ancora buio. Quando avevo comprato l'orologio che avevo accanto al mio letto, c'era scritto *'numeri illuminati'* Non ci misi molto ad accorgermi che la promessa non era vera, ma non mi presi la briga di riportarlo indietro a Woolworths e decisi che l'orario sarebbe stato irrilevante. Se il bambino piangeva dovevo alzarmi.

Greg è un bravissimo pulisci vetri ma molto meno bravo per tutto ciò che concerne l'idraulica. Di conseguenza il rumore della cassetta del wc quando tiriamo la catena è sufficiente per svegliare i morti. Decisi di controllare l'ora dall'orologio della cucina in modo da non disturbare ulteriormente mio marito. Andai in punta dei piedi al piano di sotto, evitando accuratamente di far scricchiolare le assi del pavimento, accesi la luce della cucina e scoprii che erano solamente le 5.30. Un'ora prima di quando si doveva alzare Greg. Un'ora tranquilla per organizzare i miei pensieri e fare alcuni piani.

Tolsi il fischio al bollitore prima di metterlo sul fuoco e presi il mio notes dalla borsa. Come aprii il notes una foto di Zara cadde sul tavolo, la fissai a lungo e duramente, desiderando che mi desse delle risposte.

<<Oh Zara, dove sei?>> sussurrai, ero consapevole che mio padre mi avrebbe creduta pazza se avesse sentito che parlavo con una foto. Il bollitore emise un flusso di vapore, mi preparai la mia bevanda calda al limone e mi sedetti, tenendo la foto nelle mie mani, e ripensando alla mia conversazione con Gabrielle. Non era solo Gabrielle a sembrare disinteressata al benessere della sorella. Anche i genitori di Zara sembravano essere noncuranti.

Avevo incontrato i genitori di Zara solo una volta. Fu nell'ultimo anno di scuola quando lei era stata scelta per esibirsi in *A Midsummer Night's Dream*. Io ero alla porta controllando i biglietti e prendendo i cappotti. Ai genitori degli attori principali erano riservati i posti in prima fila, quindi dovevo chiedere i nomi e spuntarli sulla lista. Riconobbi i genitori di Zara prima che loro parlassero, perché la madre aveva gli stessi occhi a mandorla e la pelle olivastra. Lei poteva essere una modella, e forse lo era.

<<Signor e Signora...?>> Chiesi, mentre prendevo i loro biglietti.

<<Carpenter>> dissero contemporaneamente. Lui mi sorrise mentre mi porgeva il biglietto, lei rimase inespressiva, come se un sorriso l'avrebbe fatta stancare.

<<Oh, salve, voi dovete essere i genitori di Zara. Io sono Janie, la sua...>> mi fermai. Ero io la sua migliore amica? Non ne potevo esserne certa. <<...sua amica>> finii la frase, facendo l'atto di stringergli la mano. Invece tutto quello che loro fecero fu che lei annuì e lui sorrise di nuovo.

<<Freddi?>> disse mio padre il giorno dopo quando glielo raccontai.

<<Più che di ghiaccio>> dissi, sentendomi sgomenta.

Zara era bravissima nel ruolo di Helena. La sua figura flessuosa, le gambe lunghe ed i movimenti aggraziati confacevano perfettamente alla parte. Lei rendeva reale il suo amore possessivo per Demetrio e sono sicura che faceva sentire anche il pubblico coinvolto.

Quando lo spettacolo finì andai dietro le quinte. Zara stava parlando con i suoi genitori, ed io mi trattenni non volevo interromperli. La madre stava mettendo una mano sulla spalla di Zara, ma la figlia gliela spinse via. Visto che la conversazione si era conclusa, mi avvicinai a loro.

<<Eri completamente incredibile, decisamente la protagonista>> dissi.

<<Vedi cara, è quello che ti stavo dicendo anche io. Tu hai un vero talento>> disse sua madre, con il miglior accento francese.

<<Non è vero, niente di questo è vero>> disse Zara.

<<La fantasia spesso può essere meglio della vita reale>> disse suo padre.

Zara veniva regolarmente a casa nostra, ma io non avevo mai messo piede a casa sua. Però non mi dispiaceva, dato che tra le due scelte, ero più contenta di essere vicina a mio padre. Lui non aveva bisogno che lo guardassi, o nulla di simile visto che aveva Charlie il secondo, e loro due erano indomabili.

Il predecessore di Charlie era diventato anziano e si meritava di andare in pensione. Una famiglia che abitava tre strade più giù si offrì di prenderlo, questo ci avrebbe permesso a me e mio padre di andare a vederlo di tanto in tanto. Quando andò via, lo andai a trovare abbastanza spesso. Era stato il mio compagno per la maggior parte della mia infanzia, e ci univa un legame, ma capii che le mie visite creavano un conflitto. Penso che stesse dividendo la lealtà. Nella nuova casa stava cercando di abituarsi a un modo diverso di vivere con una nuova famiglia, senza lavorare, semplicemente passeggiate molto rilassanti. Se mi fossi presentata si sarebbe ricordato della sua vita di lavoro e dei doveri che aveva con papà. Dopo un po', interruppi quelle visite e mi accontentai di scorgerlo nel parco, o in giro, gli avrei potuto fare una breve effusione e poi andare in un'altra direzione.

La mia amicizia con Charlie il secondo era diversa perché quando venne da noi ero già una teenager ed ero più interessata alla moda e alla musica che correre in giro per il giardino. Il suo carattere era molto più serio del suo predecessore. Aveva preso molto seriamente i suoi doveri verso papà e raramente si allontanava. Lui era molto fedele.

Quando io e Zara diventammo amiche, lei veniva due o tre pomeriggi a settimana, facevamo i compiti e poi accendevamo la radio a transistor e saltavamo per tutta la stanza da letto. Ma in alcune di queste visite tutto ciò che riuscivo a fare era convincerla a parlare, figuriamoci a ballare. Lei sfogliava i miei dischi, e sceglieva il disco più triste e più sentito. Poi si sedeva sul letto, chiudendo gli occhi immergendosi in uno stato surreale. In quei giorni era difficile conoscere cosa avesse.

<<Raccontami Zara>> le dissi, in una delle occasioni.

<<Sei fuori dal tuo mondo, dove ti piacerebbe stare? C'è qualcosa che ti ha fatto arrabbiare? O qualcuno?>>

Lei non mi rispondeva mai e dovetti accettare che c'era una parte di Zara che lei voleva tenere per se. Charlie pensai fosse un buon rompighiaccio, perché lei parlava con lui come se fosse una persona.

<<Abbiamo così tanto da imparare dai cani>> mi disse un giorno. <<Loro sono più intelligenti delle persone.>>

Alzai un sopracciglio.

<<Non ridere, è la verità. I cani sanno per istinto cosa è meglio per i loro piccoli e per tutti gli altri. Solo perché non possono parlare non vuol dire che essi non sappiano cosa stia succedendo.

<<Già, ma loro imparano copiando, non è vero? Non è così l'addestramento del cane? Punizione e ricompensa?>>

<<Non si è mai sentito di un cane che inizi una guerra non credi?>>

<<No, ma hai sentito parlare di lotte tra cani e spesso sono i più piccoli quelli che sono i peggiori.>>

Era giusto che Zara volesse sostenere una causa. Era chiaro che pensasse che il mondo aveva bisogno di qualcosa di buono.

In quei giorni il mio obiettivo era il divertimento e immaginavo che fosse anche il suo. Fu Zara che mi persuase a sperimentare il trucco ed un giorno lei afferrò uno dei miei foulard, lo arrotolò, me lo avvolse intorno alla testa, rimboccando la mia frangia ribelle al suo interno, lasciando i lunghi lati della sciarpa che scendevano dietro.

«Ecco, piccola, tutto in ordine» disse.

Lei spesso mi chiamava 'piccola' sebbene fossi solo tre centimetri più bassa di lei. Dopo quella volta ero raramente uscita senza una fascia nei capelli, anche se quando andavo a scuola con l'uniforme la dovevo togliere. Era considerata inappropriata per una ragazza. Non che io sia mai stata davvero così anticonformista.

Stringendomi nella vestaglia, mi alzai per andare verso il paraspifferi vicino alla porta sul retro. La nostra casa era piena di spifferi, aveva bisogno di più lavori di quanti Greg fosse in grado di fare. Nei giorni tranquilli sfogliavo le riviste con le foto di case nuove con il riscaldamento centralizzato e sognavo. Le nostre possibilità di permetterci un tale lusso erano probabilmente le stesse di vincere la schedina del totocalcio. Ma se lui avesse iniziato a lavorare con il padre di Owen, chissà cosa sarebbe potuto succedere.

Mi sedetti ascoltando tutti i rumori della casa. In verità amavo la nostra casa e non ci avrei rinunciato per andare a vivere in un posto senza anima, nonostante il riscaldamento centralizzato. I cigolii del pavimento erano ormai familiari, come lo era il ronzio del nostro piccolo frigorifero ed il rombo lontano dei treni. La linea ferroviaria correva dietro la nostra strada, a circa mezzo miglio di distanza. Mi piaceva immaginare i viaggiatori seduti in accoglienti carrozze mentre andavano al lavoro.

Quando mi alzai per rimettere il bollitore sul gas, sentii di sopra tirare la catena, ed il flusso di acqua scorrere nei tubi. Presi un'altra tazza e lo zucchero, preparai la teiera per la prima tazza del giorno di Greg. È in quel momento che sentii, un tintinnio più che un bussare alla porta. Mi fermai per capire se lo avevo solo immaginato o era un vero rumore, o se era Greg che faceva più rumore del solito chiudendo la porta del bagno. Lo sentii di nuovo e realizzai che veniva dall'ingresso. Era ancora buio fuori e non avevo intenzione di andare nel vialetto. Andai nell'ingresso, proprio mentre Greg stava scendendo le scale, e vidi una busta sullo zerbino.

<<Buongiorno>> disse mentre si dirigeva in cucina.

<<Il bollitore è pronto>> dissi mentre si allontanava. Greg è come in semicoma prima di prendere la sua prima tazza di tè. Forte, nero, con due cucchiaini di zucchero e subito dopo è pronto per affrontare la giornata.

Mi chinai e presi la semplice busta marrone. La girai, non mi aspettavo chissà quale contenuto visto lo scarabocchio scritto a mano sul davanti che diceva semplicemente, *'Vuoi fare soldi sicuri?'*

Era stata recapitata a mano, non c'erano francobolli e niente indirizzo ed immaginai che il tintinnio che avevo udito era dipeso proprio dalla sua consegnata. Aprii la porta d'ingresso e sbirciai su e giù per la strada vuota. Quindi, chiusi la porta e il più tranquillamente che potevo, misi la busta nella tasca della mia vestaglia ed andai in cucina per raggiungere Greg.

Più tardi in mattinata, dopo che Greg era uscito per andare al lavoro ed io avevo pulito le tazze della colazione, mi sedetti in cucina con davanti a me la busta misteriosa. Usai il mio prezioso tagliacarte per aprirla. A me piaceva sempre usare il mio tagliacarte, non avevo più di quattro anni quando lo vedevo usare da mio padre. L'aprire una lettera con un tagliacarte mi faceva sentire grande. Lo avevo sempre raccontato a Greg quando parlavamo della nostra infanzia.

A Natale mi aveva regalato un tagliacarte, con le mie iniziali incise sul manico.

<<Ora puoi andare>> disse. Greg non è un tipo che dice parole romantiche, ma sa come farmi felice.

C'erano due fogli di carta nella busta. Il primo era sigillato. Lo aprii e vidi che c'era l'articolo che era stato scritto subito dopo che Zara era sparita. Il giornale locale aveva pubblicato la storia per una settimana o due, con degli articoli che parlavano dell'incremento del pericolo sulle strade. Loro riferivano dell'incidente di Joel e suggerivano una campagna locale per avere una legge sui limiti di velocità in città.

Mi ero infastidita dal momento che non erano più interessati a cercare Zara. Se loro avessero messo la sua foto in prima pagina del loro settimanale, sarebbe stato utile, ma no, la storia prendeva due paragrafi a pagina 8. Sembrava che la stampa pensasse la stessa cosa della polizia, che Zara era triste e se ne era andata via per farla finita.

Ero in pensiero perché sapevo che io ero l'unica persona alla quale lei mancava, l'unica che piangeva. Questo mi rendeva incessantemente triste. Aprii il secondo foglio, c'era una piccola frase scritta a mano, che diceva solamente:

'Siamo pronti a pagare per qualsiasi informazione che porti al ritrovamento di Zara Carpenter. Ci faremo presto vivi di nuovo.'

Io lo lessi di nuovo, per cercare di intuire qualcosa di più. Chi sarebbe stato disposto a pagare per sapere dove si trovava Zara? Piegai entrambi i pezzi di carta e li rimisi nella busta. Ero certa che chi aveva scritto la lettera si sarebbe fatto vivo di nuovo e fino allora volevo aspettare senza dire nulla.

CAPITOLO 17

<<Ma, Poirot>> protestai.
<<Oh, amico mio, non ti ho mai detto che non ho prove. Una cosa è sapere che un uomo è colpevole, e tutt'altra cosa dimostrarlo.>>
Poirot a Styles Court - Agatha Christie

I giorni che passavo con papà non erano dedicati solo ai lavori di ufficio. Lui gestiva la sua vita con organizzazione e precisione e non aveva bisogno che lo accudissi, ma mi piaceva dargli attenzioni. Ogni volta che andavo controllavo il frigorifero per vedere se ci fossero cibi scaduti e mi assicuravo che la stanza dove riceveva i clienti fosse pulita come lui l'avrebbe tenuta se avesse potuto vedere.

Mio padre non ha mai accettato la pietà. Dal giorno dell'incidente, e durante tutti i giorni mesi ed anni che ha dovuto imparare a vivere una nuova vita, lui ha affrontato tutto con determinazione.

Quando io avevo circa dieci o undici anni, raggiunsi l'età in cui cominciai a fare dei confronti. Sino ad allora mio padre era stato il mio eroe, indipendentemente dalla sua cecità. Era quello che mi aveva insegnato ad amare i libri, essere curiosa, ad amare la natura e rispettare i vecchi ed i giovani nello stesso modo. Ma verso la fine della scuola primaria era come se osservassi le cose con nuovi occhi; iniziai a vedere i difetti del mio eroe. In principio notai i suoi capelli che erano radi, o la sua barba troppo lunga. Avrei voluto non svegliarmi la sera tardi quando lo sentivo andare a letto ed essere irritata dai buffi rumori per schiarirsi la gola mentre si lavava i denti. Il mio eroe era diventato un uomo ed ero portata a confrontarlo con gli altri padri. Non era solo papà che paragonavo. Notavo la differenza tra il nostro piccolo e semplice arredamento e l'arredamento più lussuoso ed eclettico delle case dei miei amici.

Così un giorno gli chiesi <<Vorresti non essere cieco?>> Ripensandoci ora, non posso credere di averlo chiesto e che lui non abbia neanche battuto ciglio prima di rispondere.

<<Ci sono cose peggiori che quella di essere cieco>> disse.

<<Solo essere morto>> ricordo di essere rimasta infastidita dal fatto che fosse così calmo al riguardo. Volevo che gridasse e urlasse e stavo provando a provocare una sua reazione.

<<Ci sono molti modi per morire>> disse. <<Puoi essere vivo avere la vista e tutto il tuo corpo sano, ma puoi essere morto nel tuo cuore. Paura di amare la vita, paura di affrontarla ogni giorno come un'avventura. L'incidente mi ha tolto la vista, ma non mi ha portato via tutte le altre belle cose che rendono la mia vita preziosa.>>

<<Quali cose?>> probabilmente stavo cercando a questo punto di farmi dire che ero io la cosa più importante.

<<Sì, tu sei il numero uno nella lista.>>

<<Che altro?>>

<<Avevo cinque sensi, ora ne ho quattro. Questo è tutto. Posso sentire il tepore del sole, udire gli uccelli, toccare i fiori e assaggiare le deliziose crostate di mele che fa tua zia Jessica. Posso pensare, imparare e sognare.>>

<<Ma tu non puoi più vedere.>>

<<Ho la mia immaginazione ed i miei ricordi. Io so come eri quando avevi cinque anni e sono sicuro dell'immagine che ho di te ora, una donna matura, vicina alla perfezione.>>

Avevamo avuto conversazioni simili poche volte ed ogni volta papà mi dimostrava che, nei paragoni, ero sempre la vincitrice. Localmente divenne rinomato per il suo talento come fisioterapista. Lui aveva sempre tanti pazienti che lo aspettavano più di quanti ne potesse vedere in una settimana. Loro preferivano lui a chiunque altro, con le loro ginocchia distorte, le spalle bloccate e la sciatica. Lui sarebbe stato sprecato nella polizia. Forse certe cose è destino che accadano.

<<Owen ha offerto a Becca di condividere una casa in Brighton. Becca la sorella di Greg. Quando lei dovrà iniziare l'università.>> Lo dissi a mio padre, mentre piegavo gli asciugamani e pulivo le superfici nella stanza dove lavorava. Charlie era sdraiato nella sua cuccia sotto la finestra, e non perdeva d'occhio mio padre.

<<Oh.>>

<<Esattamente, non so cosa fare.>>

<<Che scelta hai.>>

<<Dirlo a Greg rischio una discussione. Dirlo a Becca rischio di spaventarla più del necessario, o non dire nulla, che non è una opzione valida.>>

<<Puoi parlarne con Owen.>>

<<Per dirgli cosa?>>

<<Sii sincera, digli che ti preoccupi per Becca, lei è giovane e vulnerabile e sarebbe meglio che lei vivesse in un campus.>>

<<Penserà che sono strana, non credi? Se fosse che sono io che sto immaginando tutto mentre lui è un ragazzo normale che ha perso la calma solo in una occasione?>>

<<Parlagli, ci sentiremmo tutti più tranquilli se lo farai. Il lavoro investigativo non è del tutto semplice, sai. Devi affrontare anche le onde e le tempeste.>>

<<Hm>> fu tutto quello che riuscii a dire, sapendo che papà aveva ragione, come al solito.

Il giorno dopo stavo guardando Greg mentre si preparava per andare al cantiere dei costruttori, indossando il suo unico vestito e cravatta.

<<Lo sai che stai andando ad un lavoro come costruttore, no come un impiegato di banca, lo sai? Non è un colloquio formale, vogliono solo parlarti, spiegarti di cosa si tratta ed assicurarsi che tu sia abbastanza interessato.>>

<<Voglio fare una buona impressione.>>

<<Bene, se fossi io ad intervistarti non avrei dubbi. In effetti, non mi ero resa conto di aver sposato un così bel ragazzo. Dovresti abbandonare quelle magliette trasandate più spesso.>>

<<Cosa pensi che mi chiederanno?>>

<<Puoi piegarti e sollevare pesi, alzarti presto, fare il tè questo genere di cose.>>

<<Non scherzare, stiamo parlando del mio futuro. Nostro futuro.>>

<<Ah, sì la mia nuova casa con due bagni. Vai e sii solo te stesso ed andrai avanti.>>

<<Così parla una ragazza che non ha mai dovuto subire un colloquio di lavoro nella sua vita.>>

<<Solo alcuni di noi nascono fortunati.>>

Non gli dissi te lo avevo detto quando ritornò, raggiante, come se avesse vinto al totocalcio.

<<Splendido, posso iniziare a scegliere le maioliche per il bagno, vero? Seriamente, sono così orgogliosa di te, ed anche Fagiolino lo è. Dammi la mano vedi se riesci a sentire il suo sfarfallio. È come se fossero le ali di una farfallina che cerca di scappare dalla gabbia, ma mi aspetto che presto sarà come un calciatore che tira i goal.>>

Gli presi la mano e l'appoggiai sul mio pancione, ma come lo feci tutto tornò fermo e tranquillo all'interno.

<<Tipico. Sono sicura che Fagiolino usa fare il sonnellino pomeridiano, che per me sarebbe perfetto. Dunque, quando inizi il nuovo lavoro?>>

<<Ho detto a Jim e Nick che starò con loro ancora un altro mese. È giusto, non voglio abbandonarli, ma Jim mi ha detto che ci sarebbe un apprendista che vorrebbe assumere, così non gli mancherò troppo a lungo.>>

<<Quanto ci vorrà prima che imparerai a costruire le mura di un edificio? Ho messo gli occhi su un piccolo progetto di giardinaggio per farti iniziare.>>

<<Dacci una possibilità>> Mise la testa sul mio ombelico. <<Fagiolino, tua madre è un comandante di

schiavi. Ti avviso ti conviene stare dove sei ora. È l'unico modo per vivere in pace.>>

Non volevo far passare troppo tempo per confrontarmi con Owen di nuovo. Da quel che ne sapevo, Becca non aveva detto né a Greg ne' ai genitori della casa da condividere, così prima sarei intervenuta meglio sarebbe stato. Decisi di andare alla casa dei Mowbray prima che Greg iniziasse a lavorare per loro. La casa e il cortile del costruttore non erano vicini, ma non volevo correre rischi.

Scelsi un mercoledì pomeriggio sul tardi, andando via da mio padre un pochino prima del solito. C'era una grande possibilità che Owen non fosse in casa, infatti poteva anche essere ritornato a Brighton. Quello che mi occorreva era un amuleto, una specie di portafortuna.

Come mi avvicinai alla casa, c'era la signora Mowbray nella parte anteriore del giardino.

<<Salve>> dissi <<l'estirpare le erbe è un lavoro senza fine, non è vero?>>

Alzò lo sguardo mentre era inginocchiata dietro la recinzione del davanti e poi lentamente si alzò in piedi.

<<Janie>> disse, in un tono che era lontanamente accogliente e si notava un netto cambiamento rispetto alla gentile donna che quando l'avevo vista l'ultima volta mi forzava a mangiare le sue crostate con la marmellata.

<<Cosa vuoi?>> disse.

<<Er, mi stavo chiedendo se Owen fosse in casa? Ho fatto un salto per una chiacchierata veloce, ma forse non è il momento giusto?>>

<<Dipende.>>

<<Scusi, non ho capito casa vuole dirmi.>>

<<Hai intenzione di farlo arrabbiare di nuovo?>>

<<Farlo arrabbiare?>>

<<Era così sconvolto quando è tornato da te, l'altro giorno. È entrato ed è andato direttamente a letto, non ha voluto neanche una bevanda calda.>>

<<Non le ha detto che cosa è successo che lo ha fatto arrabbiare?>>

<<Non me lo ha voluto raccontare. E non c'è stato verso che il padre riuscisse a cavargli qualcosa, perché loro due sono stati ai ferri corti per anni. Suo padre non lo ha mai perdonato per non essersi unito all'azienda di famiglia. Ho detto a Owen che non l'ho mai biasimato, neanche per un minuto.>>

<<Lei no?>>

<<Ha un cervello, no? Potrebbe pure usarlo, piuttosto che stare fuori con ogni condizione atmosferica. È un lavoro duro tu lo sai. Oh, è bello quando sei giovane, ma dopo un po' di anni, bene, il signor Mowbray alcuni giorni può a malapena piegarsi per allacciarsi le scarpe.>>

Mi passò nella mente l'immagine di Greg, tra qualche anno, sul divano della fisioterapia di mio padre. Non fu un pensiero piacevole.

<<Mi dispiace, signora Mowbray, ma sono certa di non aver detto nulla per far arrabbiare suo figlio. Infatti, come mi ricordo, ho parlato molto poco. È venuto per dirmi quanto si era preso cura della mia

amica Zara. Forse parlando di questo gli ho suscitato dei ricordi?»

«Quella ragazza non è stata che un guaio sin dall'inizio.»

«Davvero? In che modo?»

«Owen si turba facilmente. Prima lo ha coinvolto appieno nella sua vita facendolo partecipare anche alle manifestazioni di protesta e altro e poi dice che non vuole essere la sua fidanzata. Lui era a pezzi, lo puoi immaginare. Pensavo che non lo avrebbe mai superato. Non voglio più sentirla nominare in questa casa e mi dispiace dirti che sono contenta che sia scomparsa. Dico una buona liberazione.»

Io rimasi sorpresa dalla sua veemenza. Sembrava che Owen avesse preso da sua madre quando si trattava di temperamento.

«Vado a chiedergli se ti vuole vedere» disse, senza nascondere il tono rammaricato nella sua voce. «Aspetta qui. Non mi parlare di questa amica, o non so come reagirò.»

Mi sentivo opportunamente ammonita e cercavo disperatamente di capire come affrontare la conversazione in modo da non alienare tutta la famiglia Mowbray. C'era il rischio di mettere a repentaglio le prospettive del nuovo lavoro di Greg, sarebbe stato più sicuro se me ne fossi andata in quel momento.

Mi ero fermata nel giardino davanti, ammirando le rose rampicanti che correvano a profusione dall'altra parte del recinto, oltre che intorno alla veranda. Immaginavo come sarebbe stato essere una mamma, con il pollice verde, casalinga, con tanti piccoli bambini che le tiravano il grembiule. Ma questo pensiero svanì in un attimo, non appena pensai alle notti insonni ed i giorni impegnativi, senza nemmeno il tempo di immergermi nella lettura di un buon libro o di farmi un bagno caldo senza interruzioni.

Sentii dei passi sul vialetto di ghiaia e c'era Owen dinanzi a me.

«Stavi immersa in pensieri profondi» disse.

«Stavo ammirando l'operato di tua madre. Lei è una bravissima giardiniera.»

«Mamma mi ha detto che volevi parlarmi? Non ho niente altro da dirti riguardo a Zara, ti ho già detto tutto quello che sapevo.»

Evitava di guardarmi mentre parlava e si mise entrambe le mani in tasca. Era un uomo colpevole? Se era colpevole, cosa aveva fatto e perché?

«Tu hai conosciuto Becca la sorella di Greg?»

«No, non penso.»

«Lei mi ha detto che tu le hai offerto gentilmente una stanza nella tua casa in Brighton?»

«Oh giusto, no, non ho incontrato Becca, ma penso deve essere l'amica di Mel. Mel è la figlioccia di mia madre. Veramente è stata mia madre ad organizzare tutto. Lei ha detto a Mel che c'era anche una stanza per un'altra ragazza e suppongo che Mel lo abbia detto a Becca. A mamma non piace l'idea che io viva da solo, si preoccupa.»

«Il problema è che i genitori di Becca preferiscono che lei viva in un campus. Lei è una ragazza piuttosto timida, vedi, così i suoi genitori sarebbero più contenti se stesse più vicino all'università. Sul posto, per così dire. Senza dover viaggiare.»

Mi resi conto che stavo dicendo solo chiacchiere e che non sembravo convincente. <<I genitori, eh>> aggiunsi.

<<Dove abito non è distante dall'università e comunque lei starà con Mel. Non pensi che starebbe meglio?>>

<<Sono solo iperprotettivi, ma che vuoi fare. È la prima volta che vivrà lontana da casa.>>

<<Giusto, quindi, perché non lo ha detto a Melanie, o a mia madre di questo problema?>>

<<Lei è in imbarazzo, non vuole deludere nessuno.>>

<<Bene, non è un problema. Sono sicuro che Mel ha un'altra amica.>>

<<Grazie per essere così comprensivo>> dissi. Si strinse nelle spalle e si girò per rientrare in casa.

<<Allora io vado>> dissi.

<<Hai fatto passi avanti per trovare Zara?>> disse, senza voltarsi. <<Pensavo che era per questo che eri venuta a parlarmi, io penso a lei tutti i giorni. La sola cosa positiva che è scaturita da tutto questo è che lei si è liberata di Joel.>>

<<Non penso che lei sia della stessa opinione.>>

<<Credimi, lui non era adatto a lei>> disse, prendendo una grande rosa fiorita accanto alla porta di ingresso e stritolandola nella sua mano. <<Certe cose non sono come appaiono all'inizio. Guarda questa rosa, i suoi petali sono delicati, ma le sue spine ti pungono e ti fanno sanguinare.>>

CAPITOLO 18

<<Chi? Questa è la domanda. Perché? Ah, se solo lo sapessi.>>
Poirot a Styles Court – Agatha Christie

Dopo la mia chiacchierata con Gabrielle avevo un nuovo spunto su cui indagare. Lei mi aveva dato un nuovo indizio sulla vita di Zara, relativo, particolarmente, al periodo che non eravamo state in contatto. C'era una possibilità che cercando negli interessi che Zara aveva in quegli anni avrei potuto rintracciare un gruppo di amici che non conoscevo, gente che probabilmente sapeva più notizie riguardo dove poteva essere andata e dove lei viveva.

Non ho mai avuto la predisposizione per il mondo degli affari. Papà era appassionato di politica e attualità e spesso mi chiedeva di tacere mentre continuavo a parlare durante il notiziario.

<<Se tu non conosci cosa succede intorno a te, principessa, non puoi farti un'opinione>> lui mi diceva frequentemente. Ancora dubito sull'avere un'opinione, visto che è evidente di come ti possa mettere nei guai. Il mio problema è che di solito sono persuasa da entrambi I lati di un argomento, così trovo più semplice stare nel mezzo. Che cosa è che ti fa arrabbiare delle cose che non puoi cambiare? Sono sempre inquietanti le persone che amano più la guerra che la pace, persone che hanno più soldi di quelli che possono riuscire a spendere nella loro vita ed altri che possono a malapena permettersi di mangiare. Ogni tanto mettevo alcuni scellini nella

scatola per la beneficenza e proseguivo, senza fare nient'altro in seguito per i beneficiari di quella carità.

Ora il mio scopo era diverso. Il mio obiettivo era Zara e ero fiduciosa che mi avrebbe aiutato a mettermi nei sui panni, in modo di cercare di capire le sue passioni. Ogni sera mentre ero tranquillamente seduta guardavamo i reportage televisivi delle varie atrocità che si svolgevano in tutto il mondo. All'inizio Greg commentava che non mi aveva mai visto così tranquilla, quando lo persuasi che stavo preparandomi ad essere responsabile per la mia maternità, lui sembrò contento.

<<Quando Fagiolino avrebbe cominciato a farmi delle domande volevo avere le risposte giuste come mio padre lo aveva fatto con me. Non è bello se non sono a conoscenza delle cose che succedono nel mondo. Devo pensare al futuro del nostro bambino>> dissi. Stavo credendo persino io alla mia stessa argomentazione.

Ma le notizie erano così tutte deprimenti. C'erano stati molti disordini razziali in America, ed ora le truppe Britanniche stavano cercando di portare la pace nell'Irlanda del Nord. Era stata un'estate d'amore, con i giovani che si radunavano a Woodstock, e cantavano la pace e l'amore, eppure tutto intorno c'era la morte e la distruzione.

Allo stesso modo in cui cercavo di sapere qualcosa sugli interessi di Zara, speravo di saperne di più riguardo ai suoi genitori. Mi aveva colpito la mancanza di qualsiasi vicinanza tra Zara e sua madre e suo padre doveva essere scaturita da qualcosa. Non potevo credere che si fossero allontanati solo per il loro disinteresse. Sia Zara che Gabrielle erano persone accattivanti e questo dovevano averlo ereditato o da uno o da entrambi i loro genitori. È improbabile che passione e disinteresse vadano di pari passo.

Zara mi aveva detto che i genitori erano ritornati in Francia alcuni anni prima. Forse Gabrielle era ancora in contatto con loro, lei non li aveva nominati quando avevamo parlato. Avevo perso l'opportunità di chiederglielo durante la mia visita certamente non mi piaceva ritornarci, incontrarla con la sua aria di superiorità e lo sguardo gelido.

C'era un'altra persona che conosceva Joel e Zara, anche se più che una conoscente, era piuttosto un'amica. Mi sembrava valesse la pena avere una conversazione con Petula, la ragazza che lavorava il sabato mattina nello studio di Joel. Lei lavorava per Joel quando Zara era andata ad abitare sopra lo studio.

Dopo il funerale di Joel avevo rivisto solo una volta Petula. Era venuta a casa nostra per vedere Zara, ma lei era voluta restare nella sua camera. In quei primi mesi dopo l'incidente Zara non aveva voluto parlare con nessuno, a malapena passava il tempo con Greg e me. Quando venne Petula a farle visita, le feci una tazza di tè e parlammo per un po' e quando se ne andò le promisi di trasmettere a Zara i suoi migliori auguri. Ora stavo cercando disperatamente di ricordare la conversazione e se avesse detto che stava cercando un nuovo lavoro. Mi rimproverai di essere così disattenta.

Senza nessun indizio su dove potesse lavorare ora, avevo bisogno di provare in alcuni posti più ovvi della città. Passare un sabato mattina a bighellonare nei negozi e nei caffè potrebbe essere per la gente come essere in Paradiso. Era discutibile, ma in ogni caso non era un gran sacrificio.

Dopo circa un'ora, ebbi fortuna. Andai da Woolworth, prendi e porti via, e lei era li.

<<Salve, sei Petula vero? Sono Janie, l'amica di Zara.>>

Dapprima mi guardò inespressiva e poi, quando mi riconobbe, un sorriso apparve sul suo viso. La sua massa di capelli color rame e la pelle chiara senza macchie le conferiva un aspetto luminoso. Avevo la sensazione che sarebbe stata sorpresa di sentirsi dire che era carina e imbarazzata se un ragazzo le avesse chiesto di uscire. Avrei potuto sbagliarmi, dopotutto l'avevo incontrata solo una manciata di volte. Per quel che ne sapevo, avrebbe potuto trastullarsi con una lunga fila di ammiratori.

Fortunatamente, non c'erano altri clienti che avevano bisogno di lei, così mi sentii sicura di iniziare a parlare.

<<Ti deve mancare il vecchio lavoro?>> dissi.

<<Sono stata fortunata a trovare questo.>>

<<Hai lavorato per Joel a lungo?>>

<<Era quasi un anno, io stavo imparando molto. Lui era gentile, mi faceva usare le sue macchinette fotografiche, alcune erano molto costose.>>

<<Hai mantenuto il tuo interesse per la fotografia?>>

<<No, mio padre dice che è un hobby troppo costoso per noi. No fino a quando non ho un vero e proprio lavoro.>>

<<Dunque Joel era un buon capo?>>

<<Come ho detto, era gentile con me, anche se...>> si fermò ed arrossì, allontanandosi da me mentre si avvicinava un cliente. Mi alzai per un po', divertendomi a riempire un sacchetto di carta con lacci di liquirizia e dischi volanti di sorbetto, gioiosi richiami dell'età scolastica e paghetta.

<<Stavi dicendo?>> dissi, a Petula, dandole il sacchetto, quando il cliente aveva pagato ed era andato via.

<<A volte mi sentivo a disagio, quando diventava un po' troppo amichevole>> disse.

<<Cosa vuoi dire?>>

<<All'inizio ero abbastanza lusingata, lui era più grande di me, ma poi cominciò ad essere insistente e mi abbracciava. Mi prendeva in giro, dicendo che mi avrebbe dato il mio stipendio solo se gli avessi dato un bacio.>>

<<Ha provato a baciarti?>>

<<E poi, quando Zara si trasferì, pensai bene che si sarebbe fermato, ma continuava a dire che era solo un gioco. È per divertimento, finché non siamo scoperti, diceva. Mi mostrò la stanza per lo sviluppo, io pensai che sarebbe stata un'occasione per imparare, ma invece...>>

<<Caspita, Petula, non lo hai mai detto a nessuno? L'hai detto a tuo padre? Tu sai che quello che stava facendo Joel era sbagliato, tu hai solo quindici anni,

non avrebbe mai dovuto approfittarsi di te in quel modo.>>

Per favore non dirlo a nessuno, non avrei dovuto dirtelo. È stata colpa mia, probabilmente avrebbe potuto dire che lui mi piaceva. Ero lusingata che qualcuno come lui si interessasse a me.>>

<<Tu sei una bella ragazza giovane e Joel doveva saperlo bene. Ha approfittato di te nel modo più terribile. Tu devi essere libera di scegliere chi baciare e chi ti deve baciare, anche con ragazzi della tua stessa età. Pensi che Zara lo sapesse?>>

<<No, sono sicura di no. Anche se a lui sembrava piacere il pericolo, perché a volte lui sapeva che Zara doveva venire nel negozio, e con una scusa mi chiamava nel retro.>>

Non volevo più sentire. Le immagini che le parole di Petula avevano evocato nella mia mente erano brutte. Quello che mi aveva detto di Joel lo metteva in una nuova luce, un nuovo aspetto che era decisamente oscuro e spiacevole. Avevo bisogno di parlarne con mio padre.

La routine abituale di mio padre la domenica mattina consisteva nel fare presto una breve camminata con Charlie e poi tornare a casa per fare la colazione, seguita da l'ascoltare la radio per un paio di ore.

Gli piacevano alcuni programmi regolari della BBC. Alcuni, come *The Navy Lark*, che lo faceva ridere e altri, come il riepilogo delle notizie del fine settimana, che ascoltava con attenzione.

Arrivai a casa di mio padre a metà mattinata. Greg aveva promesso di passare la mattinata a dare un'occhiata al tiraggio della finestra della cucina, visto che i cigolii e le rotture stavano diventando un problema reale. Avevo i miei dubbi che il suo controllo avrebbe portato a qualcosa di immediato, ma almeno era un inizio.

<<Ciao, sono solo io>> esclamai, mentre stavo entrando dalla porta principale. Charlie mi venne incontro per salutarmi e prendersi le carezze, lo seguii in cucina, dove trovai mio padre seduto, che aveva in mano una tazza di tè ed ascoltava la radio.

<<Ciao amore, è bello sentire la tua voce. Vuoi il tè? O il tuo strano intruglio? Il bollitore è pronto. Siediti un minuto. Voglio solo sentire le ultime battute di questo programma, sta parlando delle marce di protesta in America. È così triste, tutti quei giovani che muoiono e sembra non aver fine.>>

Presi la mia bevanda e mi sedetti in silenzio ascoltando il resto del programma. Per quanto trovavo difficile prestare la mia attenzione a tutti i fatti e gli argomenti che riguardavano la guerra in Vietnam. Questa era una guerra che stava accadendo così lontana che per me era priva di significato. Non sapevo nemmeno dove fosse il Vietnam.

<<Questo è esattamente quello di cui ti voglio parlare>> dissi, una volta che ebbi la sua completa attenzione.

<<La guerra? Non te ne sei mai interessata prima. Che cosa ti ha fatto cambiare idea?>>

Gli raccontai della mia conversazione con Gabrielle.

<<Zara era appassionata delle cause, forse aveva trasformato il suo dolore in qualcosa di positivo.

165

Forse lei era da qualche parte a fare la differenza, a far ascoltare la sua voce.>>

Papà era silenzioso e sembrava pensieroso. <<Tu non pensi che sia entrata a far parte di una setta, vero? Ho sentito parlare di persone giovani che sono state persuase ad unirsi a questi gruppi e poi hanno subìto il lavaggio del cervello, incoraggiandole a fare cose pericolose, ed infrangere la legge.>>

<<Tu dici come una comune. Non è più una cosa americana? Non immagino Zara che possa infrangere la legge, lei è un'anima così gentile.>>

<<Tu hai detto che lei è andata alle marce di protesta, è questo che ti ha detto sua sorella? Anche quel tipo Owen te ne ha parlato, non è vero?>>

<<Sì, ma marce pacifiche, da quanto ho capito. Se lei protestava per la guerra doveva credere nella pace, non ti pare? Potresti avere ragione però, lei potrebbe essersi unita ad un gruppo religioso o simile. Forse il suo stato mentale era aperto a delle influenze?>>

<<Per quello che sai di lei, la descriveresti come un personaggio debole? Pensi si sia fatta trasportare facilmente?>>

<<No, al contrario. Lei era gentile, ma forte, questo fa la differenza. Sono sicura che non ha lasciato che nessuno la forzasse a fare qualcosa che pensava non fosse giusto, in cui non credeva. Ma sto constatando ora che era così attratta da Joel da non scoprire la verità su di lui.>>

<<Sai cosa dicono dell'amore.>>

<<Forse lei sperava di usare la sua abilità fotografica per farsi aiutare con le sue cause, per un reportage veritiero. In realtà penso che a Joel

piacesse solo accarezzare visi graziosi, sia attraverso una lente che in altro modo.>>

<<Non conosco l'amore, ma mi preoccupo per te. Nel giro di pochi mesi diventerai madre per la prima volta. Ti dovresti concentrare solo su questo, piuttosto che inseguire un'amica ribelle? Forse ci sono cose nella vita di Zara che non conosceremo o capiremo mai e tu devi accettarlo.>>

<<Papà, io sto bene ed il bambino sta bene. È già abbastanza brutto avere Greg che cerca di tenermi nella bambagia, senza che lo voglia fare anche tu. Tu mi hai sempre detto di seguire il mio istinto ed il mio istinto ora mi dice che Zara è da qualche parte ed ha bisogno del mio aiuto. Starò attenta, ma non chiedermi di arrendermi, non ancora.>>

<<L'opinione di Poirot sul problema?>> disse mio padre.

<<*Sistemare i fatti, ordinatamente, ognuno al proprio posto. Esaminare e riutilizzare. Quelli di nessuna importanza, pouf! Soffiali via!* Se fosse solo così sarebbe facile.>>

<<Un passo alla volta.>>

CAPITOLO 19

<<Devo confessare che le conclusioni che ho tratto da quelle poche parole scarabocchiate sono state piuttosto errate.>>
Sorrise.
<<Hai dato troppa briglia sciolta alla tua immaginazione, l'immaginazione è un buon servitore, ed un cattivo maestro. La spiegazione più semplice è sempre la più probabile.>>
Poirot a Styles Court - Agatha Christie

Era un tipico lunedì mattina tranquillo nel furgone della biblioteca. Io ripensavo a quello che mi aveva detto Petula su Joel. Il consiglio che mi aveva dato mio padre era di ricominciare tutto da capo, così la prima cosa da fare era di riandare sul posto dove era morto Joel. Il mio proposito era di cancellare dalla mia mente qualsiasi preconcetto e considerare il tutto con occhi nuovi.

Il parco Fortune è lungo due chilometri, costeggiato da entrambi i lati da due strade. A ovest c'è Upper Park Road, a est Lower Park Road. Tre piccole strade attraversano il parco dividendolo in tre parti. La prima parte, più vicina al centro città, è piena di divertimenti per giovani e meno giovani, un lago per andare in barca e un'area giochi con una giostra e altalene. I fiori piantati a regola d'arte, costeggiano i viali dove le famiglie passeggiano per ammirarli. Ci sono molte panchine ed i prati dove io e mio padre, prima dell'incidente, giocavamo a palla. Mia madre non veniva mai con noi.

<<Andate voi due>> ci diceva <<così ho l'occasione di poter pulire a fondo la casa.>> Penso che lei non

vedesse l'ora che sparissimo per qualche ora per restarsene un po' in pace da sola.

La seconda parte del parco è riservata ai campi da tennis e la terza è tutto bosco, con tracce di animali che si inoltrano tra gli alberi. Questa terza parte era la mia preferita.

Era qui che si potevano vedere gli scoiattoli correre sui tronchi d'albero e conigli che scappavano nelle loro tane. Quando papà era stato dimesso dall'ospedale e stava in convalescenza, convinsi zia Jessica a portarci lì. Lei spingeva papà sulla sedia a rotelle che l'ospedale ci aveva dato in prestito. Io correvo accanto, strillando di gioia ogni volta che una coda bianca scompariva sotto un cespuglio, o una rondine svolazzava tra i rami. Papà mi faceva delle domande, descrivimi gli alberi, la forma delle foglie. Fu in quelle passeggiate che io imparai ad essere una osservatrice.

<<Non ti scordare una cosa, Janie>> disse. <<Osserva attentamente e inizierai a vedere tutto come nuovo. Non dare nulla per scontato. Nota tutte le sfumature di verde e marrone. Ricordateli, perché la prossima volta che verremo saranno di nuovo diversi.>>

Era una lunga camminata per zia Jessica e troppa fatica a spingere la sedia a rotelle, così ci andammo solo una volta con mio padre. Un paio di volte mi ci portò con l'autobus e lasciammo papà a casa. Al mio ritorno mi interrogava a lungo.

<<Descrivimi esattamente cosa hai visto. Fammi un disegno con le parole.>>

Io a volte sono irruente, a volte confusa, ma la mia caratteristica principale si può definire con una parola è attenta questa è la definizione che più mi si addice.

Scesi dall'autobus numero 76 e camminai lungo Lower Park Road, girando a sinistra in Cromwell Avenue, dove c'era il posto in cui era successo l'incidente. C'erano tre macchine parcheggiate lungo Cromwell Avenue, tutte raggruppate insieme alla fine della strada. Non c'erano case in questa strada, era solo una intersezione che divideva la seconda e la terza parte del parco. Immaginai che i proprietari di queste auto erano in visita da amici nelle vicinanze ed avevano deciso che questo era un buon posto per lasciare le auto. Nella maggior parte delle strade Upper e Lower Park erano state appena dipinte doppie linee gialle, quindi se non c'era un vialetto vuoto restavi praticamente bloccato.

L'incidente di Joel era successo una sera di aprile. Doveva essere quasi buio. La polizia aveva supposto che il pirata della strada non avesse visto Joel mentre lui correva e attraversava da una parte all'altra del parco. Tuttavia, non avevamo capito perché lui stesse correndo a quell'ora nel parco. Aveva iniziato a correre qualche mese prima, ma di solito correva nel parco la mattina presto, o nei weekend. Secondo Zara lui le chiedeva costantemente di unirsi a lui, ma lei era l'ultima persona alla quale piacesse correre. Lei preferiva bighellonare nella vita, almeno fino al 10 aprile 1968.

Mi tirai su il bavero voltando le spalle al vento che aveva iniziato a soffiare. Greg rideva di me quando mi coprivo a metà agosto, ma ero abituata alle sue prese in giro. La difficoltà tra noi era trovare una via di mezzo dato che eravamo alle due estremità della scala della temperatura. Il beneficio è che ho sempre potuto scaldarmi con lui i miei piedi freddi.

Cercai di ripercorrere i passi di Joel, per quanto li conoscevo. Entrai attraverso l'ingresso del parco, evidenziato nettamente da una siepe ritagliata. Non volevo avventurarmi troppo in là, ma mi fermai un momento per osservare ciò che mi circondava. Proprio accanto all'ingresso del parco c'era un lampione che illuminava il marciapiede e la parte della strada dove aveva attraversato Joel. Il suo corpo era stato trovato accasciato in parte sul marciapiede ed in parte sulla strada. Guardando ora la scena dell'incidente, mi ero resa conto che mentre usciva sul viale avrebbe dovuto avere a suo favore il fascio di luce del lampione. Supponendo che la luce fosse accesa lui doveva essere ben visibile, nonostante il fatto che stesse indossando degli indumenti scuri. Mi ricordai che il poliziotto che venne a casa mia a parlare con Zara aveva ricostruito il tutto di nuovo con lei. Uno degli ufficiali disse quanto era stato sfortunato Joel perché non avesse indossato abiti più visibili, come se fosse stata colpa sua. Mi ricordo che mi arrabbiai molto al posto di Zara.

<<L'autista aveva i fari, vero? Lui deve averlo visto.>>

Greg era lì e mi diceva di stare calma, dato che avevo alzato la voce. Veramente avrei voluto urlare. Questo pazzo aveva investito Joel e non si era nemmeno fermato.

<<Deve aver sentito il colpo del corpo sulla macchina>> avevo gridato all'ufficiale di polizia. Mi sentivo quasi isterica anche se lui non era il mio ragazzo. Zara era rimasta in silenzio per tutto il tempo. Era come se avesse perso tutto il senso del tempo e del posto. Non sono sicura che lei sentisse qualcosa dei dettagli che l'ufficiale di polizia gli stava dando. Anche quando avevo provato ad abbracciarla, a confortarla, lei si era irrigidita.

<<È sotto shock>> aveva detto l'ufficiale di polizia.

Stare di nuovo sul posto dell'incidente era così terribile che stavo rivivendo alcune di quelle emozioni. Mi ricordai le parole che mi aveva detto mio padre, *rimani concentrata*. Entrata nell'ingresso del parco mi concentrai sui miei sensi. Sentii l'odore di uno dei bidoni di spazzatura che era stato lasciato pieno traboccante. Lasciai che la mia mano toccasse gli acuti spuntoni dei berberi. Immaginai come doveva essere la notte, dove ogni colore spariva, e diventava tutto grigio e nero.

Mi immaginai nei panni di Joel. Avrebbe corso sul sentiero, concentrandosi forse sul suo passo e sul suo respiro. Forse aveva avuto dei crampi e si era fermato per qualche momento per alleviare il dolore poi, volendo recuperare il ritmo, si poteva essere slanciato attraverso l'ingresso del parco. Era stato in quel momento, mentre scendeva dal marciapiede, ed attraversava la strada Lower Park Road, che era sopraggiunta la macchina che lo aveva investito.

Rimasi immobile e guardai di nuovo il probabile percorso della vettura. Il mio cuore iniziò a battere velocemente ed ebbi bisogno di fare respiri profondi per riacquistare la calma. Proprio al momento giusto mi iniziò anche il singhiozzo.

Perché nessuno prima di ora aveva realizzato quanto questo fosse assurdo? Una macchina che svolta a sinistra provenendo da Lower Park Road in Cromwell Avenue sarebbe stata sul lato sinistro della strada. Ma quando il giovane ufficiale di polizia aveva trovato Joel alle prime ore dell'alba, il corpo di Joel era steso tra il marciapiede e la strada dal lato opposto. Qualcosa non quadrava.

L'auto avrebbe potuto investirlo solo se stava provenendo dalla parte bassa del parco. Ma se così fosse accaduto il suo corpo sarebbe stato dall'altra parte del marciapiede. L'unica altra possibilità era che la macchina stava provenendo dalla direzione opposta, lungo Cromwell Avenue verso Lower Park Road. In questo caso il guidatore lo avrebbe visto già da lontano con i fari ed i lampioni, e Joel si sarebbe accorto dell'arrivo della macchina verso di lui e si sarebbe fermato o scansato.

Presi il mio taccuino, disegnai una pianta approssimativa del posto dell'incidente e scarabocchiai qualche appunto. Non perché dubitavo di scordarmi qualcosa, ma volevo essere scrupolosa e dimostrare a me stessa, e a mio padre, che non ero una svitata.

Sull'autobus che mi riportava a casa rilessi di nuovo le mie annotazioni sul taccuino.

Forse la polizia si era sbagliata quando aveva spiegato a Zara cosa era successo, ma questo non sembrava possibile. I poliziotti dovevano essere precisi nel loro lavoro. Loro dovevano aver fatto una registrazione dettagliata di ogni particolare dell'incidente. Non c'erano stati testimoni dell'incidente, ed era per questo che il corpo di Joel non era stato trovato fino al mattino presto. Chissà se Joel era morto all'istante, o si sarebbe potuto salvare se qualcuno fosse stato li ed avesse chiamato un'ambulanza?

Quando tornai a casa non dissi nulla a Greg di dove ero stata. Gli lasciai credere che fossi andata da mio padre ad aiutarlo con le scartoffie. So cosa avrebbe detto Greg se avesse saputo la verità.

<<Devi pensare a Fagiolino>> mi diceva sempre. A volte sentivo che per lui era più importante Fagiolino di me ed ancora non era nato.

Passai una notte insonne, rivedendo nella mia mente all'infinito la scena dell'incidente. Fui contenta quando divenne giorno. Mi alzai, feci la doccia e la colazione prima che Greg comparisse con gli occhi annebbiati.

<<Accidenti, Janie, sei mattiniera. Ti stai preparando per quei pasti mattutini? Dicono che il corpo si prepara per notti insonni, almeno così mi ha detto Fred. Sua moglie ha quattro figli, ed il quinto in arrivo.>>

Il sottinteso del suo saluto mattutino non mi piacque. Un piccolo Fagiolino già era sufficiente per me nella nostra famiglia e certamente io non intendevo diventare una moglie casalinga. Io avevo altri piani, ma questo non era il momento per coltivarli.

<<Ho promesso a mio padre di andare presto, lui ha bisogno di aiuto per un paziente.>> Afferrai la mia borsa prima che lui potesse chiedermi altro e lo salutai mentre già stavo uscendo dalla porta.

Quando arrivai da mio padre era ancora fuori per la sua passeggiata mattutina con Charlie. Avevo la mia chiave ed entrai e mentre stavo prendendo le tazze per preparare una bevanda calda li sentii arrivare dalla porta del retro.

«Bollitore pronto» strillai.

«Buongiorno» mi rispose mio padre, mentre Charlie strusciava il suo muso umido sulla mia gamba. Fortunatamente, il peggio lo presero i miei stivali al ginocchio, poi Charlie decise di scuotere il suo corpo, facendo una breve doccia a mio padre.

«Grazie amico» dissi carezzandogli la testa.

«Vai a cuccia» disse mio padre e Charlie si allontanò obbediente, mentre noi ci sedevamo per prenderci la bevanda calda. Tirai fuori il mio taccuino e riferii tutte le mie scoperte a mio padre, il quale mi ascoltava senza interrompermi.

Alla fine, disse <<quale è il tuo prossimo passo?>>

<<Non ne ho idea, speravo che tu mi dessi un suggerimento. Sei tu quello che hai la mentalità di un poliziotto.>>

<<Sì, ma questa volta la palla è dalla tua parte. Tu hai voglia di fare l'investigatrice, allora investiga. Inizia individuando tutti i motivi per cui lo scenario potrebbe non essere quello che pensavamo.>>

<<La polizia ha fatto degli errori?>>

<<Sì, questa potrebbe essere una possibilità.>>

<<Improbabile.>>

<<Lo spero.>>

<<Se la macchina veniva verso Joel dall'altra parte della strada il conducente avrebbe dovuto vederlo, ed avrebbe avuto il tempo di rallentare e Joel avrebbe avuto il tempo di scansarsi.>>

<<Certo, allora perché la macchina non ha rallentato?>>

<<Il guidatore era distratto? I freni della macchina erano rotti?>>

<<Sì, due scenari realistici. Che altro?>>

Posai la tazza e guardai mio padre in viso, cercando di capire la sua espressione. Sapevo quello che stava pensando, ma era meglio che non me lo dicesse ad alta voce.

<<Non è stato un incidente. L'autista aveva intenzione di investirlo>> dissi.

Lui annuì e mi tese la mano.

<<Penso che dobbiamo considerare seriamente questa possibilità.>>

CAPITOLO 20

*«*Mi perdoni signora, per averle ricordato cose spiacevoli, ma ho una piccola idea.*»* Le piccole idee di Poirot stavano diventando un perfetto sinonimo...*»*
Poirot a Styles Court - Agatha Christie

Avevo realizzato in parte il tentativo di proteggere la sorella piccola di Greg da una minaccia che forse poteva esistere solo nella mia immaginazione. Ora dovevo solo trovare il modo migliore per comunicare a Becca il cambio di programma, senza farla alterare.

C'era anche una possibilità che mi fossi scavata la fossa senza motivo. Anche se l'immagine di Owen che schiacciava crudelmente la rosa nella sua mano mi faceva sentire sicura della mia decisione. C'era un lato oscuro di Owen e non volevo che Becca rischiasse di scoprire quale fosse.

*«*Potremmo invitare i tuoi genitori per una cena nel weekend per festeggiare il tuo nuovo lavoro*»* dissi a Greg quella sera. *«*Così si risparmieranno la preoccupazione di dover organizzare un'altra riunione.*»*

*«*Ho pensato che dobbiamo uscire, e fare tutto il possibile ora che siamo liberi prima che arrivi Fagiolino.*»*

*«*Sarebbe bello, ma è tempo che invitiamo la tua famiglia. Possiamo chiedere di venire anche a Becca, per parlare dei suoi progetti per l'università.*»*

*«*Becca non vorrà passare un sabato sera con noi, lei preferirà uscire per andare a ballare con i suoi amici.*»*

<<Proviamo a chiederglielo, può sempre dire di no.>>

Andai a casa Juke e fortunatamente li trovai tutti in casa. Ancora mi sentivo a disagio di chiamare i genitori di Greg per nome, sebbene chiamarli signore e signora Juke mi sembrava strano. Non mi abituavo ancora all'idea che anche io ero la signora Juke.

Rinunciando al mio nome da nubile mi sembrava di rinunciare a mio padre e segretamente, continuavo a pensare a me come Janie Chandler.

<<Greg sarebbe contento se ci incontrassimo per festeggiare il suo nuovo lavoro.>>

<<Possiamo brindare al nostro nipotino. Idea eccellente. Per quando stavi pensando?>> chiese la madre di Greg. <<Se vuoi io posso portare un dolce.>>

<<Questo sabato sera?>>

<<Non mi contare>> disse Becca. <<Devo incontrarmi con Mel. Andiamo al *Saturn Club*, lei ha i biglietti gratis.>>

<<Oh, questo è un vero peccato. Greg sarà dispiaciuto. Mi stava proprio dicendo questa mattina come fosse stato bene alla tua festa.>> Speravo che non mi capitasse qualcosa per aver raccontato tutte queste bugie.

<<È un gran cambiamento per lui, questo nuovo lavoro. Gli daresti un grande incitamento se tu potessi esserci.>>

Becca fece un verso e distolse lo sguardo da me, fissando le sue unghie dai colori vivaci.

<<Melanie può fare senza di te per una volta>> disse Nell. <<Janie ha ragione, tuo fratello ha bisogno del tuo

appoggio. Presto andrai via e poi non ti vedremo per mesi.>>

<<Cosa devo dirti>> dissi, provando disperatamente di salvare la situazione. <<Che ne dici di esserci per un'ora o giù di lì? Se vuoi puoi anche portare Melanie. Potete prendere degli stuzzichini, abbracciare tuo fratello e quindi uscire per andare al nightclub e lasciare noi vecchi.>>

Essendo riuscita a farli venire tutti, ora dovevo elaborare la prossima parte del mio piano. Non avevo mai visto Melaine, e non ero sicura che fosse facile convincerla di ciò che avevo in mente.

Passai il sabato mattina a fare la spesa e le pulizie, lasciandomi tutto il pomeriggio libero per cucinare. Non avevo idea di come qualcuno potesse divertirsi intrattenendosi ad osservare chi era indaffarato. Greg si limitava a ridere dei miei continui sospiri stando seduto a guardarmi mentre giravo a vuoto.

<<Almeno vai in cucina, fuori dai piedi>> dissi <<o esci fuori?>>

Invece, sorrise e alzò i piedi mentre ci passavo sotto l'aspirapolvere.

<<Se non esci, allora puoi aiutarmi. Pela le patate e le carote e pulisci i bicchieri.>>

<<Sto uscendo, non starò via tanto>> disse, con un sorriso sfacciato.

Gli feci una linguaccia mentre lui prendeva la giacca ed usciva. In verità era meglio avere campo libero.

Il nostro invito era per le sei del pomeriggio. Io ero pronta con un'ora di anticipo, così ebbi il tempo per immergermi nella vasca da bagno prima di cambiarmi d'abito. Greg ritornò con alcune birre il sidro ed un mazzo di fiori.

<<Accidenti, sono per me?>>

<<Certo, non sono per me. Mi è permesso trattare bene mia moglie, posso? Inoltre, ti meriti un ringraziamento. Tu hai lavorato tutto il giorno duramente ed io no. Ma non mi sento in colpa, perché ho lavorato duramente tutta la settimana, mentre tu per vivere leggi i libri.>>

<<Stai molto attento, o il tuo pranzo finirà nella spazzatura, insieme ai tuoi bellissimi fiori.>>

Misi le mie braccia intorno alla sua vita tirandolo a me e dandogli un bacio sulle labbra. <<Hai ragione riguardo ai libri, e tutto quello che faccio tutto il giorno è prendere tazze di tè, mentre canto filastrocche. E tu trasporti carichi.>>

<<Ehm, forse, anche se ancora non so cosa sia un carico. Mi aspetto che farà parte delle mie prime lezioni. Il bacio mi è piaciuto, ne posso avere un altro?>>

<<No, signor Juke, non puoi, mi devo preparare per accogliere gli ospiti.>>

I Juke arrivarono in orario e Melanie e Becca andarono diritte in cucina, mentre Greg preparava da bere per i genitori.

<<Voi due mi potete aiutare, vi va?>> Dissi alle ragazze. <<Non sono abituata a fare tante cose tutte in una volta. Becca, puoi controllare l'arrosto, forse bisogna girarlo? Usa il guanto da forno, il nostro è abbastanza potente.>>

Melanie stava in piedi da una parte e le diedi una tovaglietta da te. <<Probabilmente è maleducazione chiedere agli ospiti di aiutarti, ma io sono negata per quanto riguarda il protocollo. Come hai fatto ad avere i biglietti gratis per il *Saturn Club*? Questo è un colpo di fortuna.>>

<<Sii, amico di amici, lui conosce uno dei buttafuori. Ci sei mai stata?>>

<<L'Aquarius è la nostra meta preferita, è lì che io e Greg ci siamo conosciuti.>>

<<Penso che tu ora non vada molto a ballare vero?>> disse, indicando con il cenno della testa il mio pancione.

<<In effetti tra un po' non potrò più farlo, ed è per questo abbiamo deciso di andarci recentemente. Giusto per ricordarci che non siamo ancora del tutto vecchi. In effetti, ci siamo incontrati con qualcuno che tu conosci.>>

<< Oh bene, chi era?>>

<<Owen Mowbray, penso che la madre sia la tua madrina, è vero?>>

A questo punto Greg entrò in cucina per vedere che cosa ci trattenesse. <<Mamma e papà vogliono sapere se c'è qualcosa che possono fare per aiutare?>>

<<No, ringraziali, ma le ragazze mi stanno dando già un grande aiuto. Verremo tra un minuto. Non lasciarli soli, porta queste noccioline.>> Gli detti una ciotola di noccioline cercando di non fargli capire che lo stavo allontanando a proposito dalla cucina. <<Se rimani qui a lungo sarai arruolato.>>

<<Quindi non ti piace cucinare?>> mi chiese Melanie, mentre avevo preso l'arrosto dal forno e cercavo di capire come tagliarlo.

<<Diciamo solo che non mi riesce naturale.>> Cercai nel cassetto un coltello decente per tagliare. <<Voi due dovete essere impazienti di andare all'università. È l'ideale che andiate insieme, avete preso la stessa facoltà?>>

<<Mel la pensa differentemente da me, però farà anche lei francese>> disse Becca.

<<Owen mi stava dicendo quanto gli dispiace di non potervi aiutare con il vostro alloggio. Sembra che lui non starà molto a lungo ancora in quella casa>> dissi, sorprendendomi di quanto stessi diventando brava a dire bugie.

<<Cosa vuoi dire?>> disse Becca, con la voce tremula per l'ansia. <<Tu lo sapevi Mel?>>

<<No, lui non mi ha detto niente. Oh, Dio, cosa facciamo adesso. Noi abbiamo solo un mese di tempo o quasi prima che iniziamo. Questo è tipico di lui, ho sempre pensato che fosse un po' strano. Non volevo nemmeno condividere la sua stupida casa, ma mia madre e la signora Mowbray si conoscono da anni e una volta che mamma ha deciso qualcosa, dobbiamo tutti fare quello che ha deciso lei. Questo ora è un completo incubo, cosa faremo ora?>>

<<Me lo ha appena detto di sfuggita>> dissi, provando a far vedere che ragionavo con calma. <<Penso che lui si senta un po' in imbarazzo con voi, non vuole deludervi, ma non sa come dirvelo. Suppongo che quando ha incontrato Greg e me gli è sembrata una buona opportunità.>>

<<Ora cosa?>> disse Becca, nella sua espressione era evidente la frustrazione.

<<Se fossi in te, scandaglierei gli annunci degli alloggi del campus e poi glielo farei sapere, senza fare storie.>>

Le ragazze stettero con noi per l'inizio della cena, e facendo le loro scuse andarono via per prepararsi alla loro uscita notturna. Mentre servivo l'arrosto, che dovevo ammettere era riuscito meglio di quanto mi aspettassi, mi diedi una immaginaria pacca sulla spalla. Avevo evitato un potenziale disastro e speravo che tutti ne fossero usciti illesi. Dubitavo che Mel o Becca volessero parlarne con Owen per conoscere i dettagli sui perché e percome e una volta che la nuova sistemazione fosse a posto, ero certa che entrambe le famiglie sarebbero state contente. Owen certamente non sarebbe stato contento, ma speravo che la famiglia Mowbray non si sarebbe infastidita troppo per la mia intromissione. Era chiaro che più mi ero lasciata coinvolgere in questo compito di investigatrice dilettante, più erano necessari tatto e diplomazia. La comunità di Tamarisk Bay era affiatata. Molte famiglie erano legate, chi con legami di sangue e chi di amicizia ed ora che Greg stava pianificando di lavorare per i Mowbray io dovevo andarci con i piedi di piombo, altrimenti avrei avuto a che fare con un marito molto infelice.

Quando i Juke furono andati via, Greg mi aiutò a lavare i piatti e poi andammo nel salotto. Ero così assorta nei miei pensieri che non mi ero resa conto di aver lasciato sulla credenza molti bicchieri sporchi, fino a quando Greg non iniziò a prenderli.

<<Sei mai stato geloso di Becca?>> gli chiesi.

<<Che razza di domanda è questa?>>

<<È solo che tua madre la fa così tanto lunga con lei, con il suo posto universitario e tutto il resto. Ed io mi sono chiesta questo.>>

<<Perché dovrei essere geloso? L'università per me è come un incubo. Tu sai come sono io. Il pensiero di stare chiuso in un'aula per ore e ore. È già stato abbastanza brutto quando andavo a scuola.>>

<<Tua madre è orgogliosa di te, lo sai. Anche se lei non lo dimostra spesso.>>

<<Non sono sicuro di cosa stai cercando di fare. Credimi, mia madre ed io siamo in sintonia. Anche io e mio padre, stiamo d'accordo. Becca fa ciò che ha sempre sognato. Buona fortuna a lei.>>

Prese il giornale locale, facendomi capire che quel particolare argomento di conversazione era finito.

<<Se avessi una sorella, vorrei starle vicino, essere amiche>> dissi, spingendo il suo piede di lato in modo da potermi sedere accanto a lui.

<<Per carità, siamo amici, non ci serve di dircelo ogni cinque minuti. Becca ha i suoi amici ed io ho te.>>

<<Lo so, stavo solo pensando a Zara e Gabrielle. È così brutto che loro non siano amiche. Capisco che tu e Becca la pensiate in modo diverso, ma loro sono gemelle. Continuo a ripensarci e non ha alcun senso.>>

<<Tu pensi troppo.>>

<<Probabilmente. Quando è il tuo prossimo incontro di freccette? Vuoi che venga con te, per un supporto morale?>>

<<Grazie, ma no grazie. Se farò una brutta figura preferirei non avere spettatori.>>

Misi le gambe sul divano e mi accoccolai vicino a lui. Lui mi abbracciò e fece cadere il giornale sul pavimento. <<Allora è tutto qui?>> disse, girandosi a guardarmi.

<<Tutto cosa?>>

<<Tu e Zara, la tua fissazione di rintracciarla. È perché tu desideri avere una sorella?>>

Non risposi, perché non potevo. Non avrei saputo cosa rispondere.

CAPITOLO 21

<<Non ora, non ora, mon ami. Ho bisogno di riflettere. La mia mente è in disordine, il che non va bene.>>
Per circa dieci minuti rimase seduto in un silenzio di tomba, perfettamente immobile, tranne che per diversi movimenti espressivi delle sue sopracciglia, e per tutto il tempo i suoi occhi divennero sempre più verdi. Alla fine, emise un profondo sospiro.
<<Sta bene, il brutto momento è passato, ora tutto e organizzato è classificato, non bisogna mai permettere la confusione. Il caso non è ancora chiaro, perché è il più complicato!>>
Poirot a Styles Court - Agatha Christie

Ammetto che mi sentivo un po' stressata per tutto quello che stava succedendo. Papà ebbe alcuni giorni pieni con i suoi pazienti, così non mi restò abbastanza tempo per pensare al mio lavoro di detective, e di parlare con lui dei miei progressi, o la mancanza di essi. Tenevo il mio taccuino a portata di mano e nei rari momenti di quiete lo studiavo per vedere se saltasse fuori qualcosa che valesse la pena di approfondire.

Era l'inizio di una nuova settimana di lavoro, ma io ero già distrutta ed appena tornai a casa dopo aver lasciato il furgone della biblioteca abbandonai la borsa sul tavolo della cucina ed andai di sopra a farmi un bagno. Per tutto il giorno avevo desiderato di fare un lungo bagno e immergermi in una lettura comica a cuor leggero. Con le bolle che fluttuavano intorno a me, sfogliavo pigramente una rivista, guardando le foto. Sentii la porta d'entrata e la voce di Greg che gridava ciao, lo sentii che borbottava in cucina.

<<Stai bene? Gli urlai, ma in quel momento la radio era accesa e sapevo che non potevo farmi sentire, così mi sdraiai di nuovo nell'acqua calda e canticchiai. Ad un certo punto la musica si fermò e sentii Greg che saliva le scale. La porta del bagno si aprì e lui rimase a fissarmi con il mio taccuino in mano.

<<Che diavolo è questo?>> disse, guardandomi così arrabbiato come non lo avevo mai visto.

<<Il mio taccuino>> dissi, avendo voglia di immergermi sott'acqua per evitare quello che prevedevo sarebbe inevitabilmente successo.

<<Questo è pazzesco. Tu stai aspettando il nostro primo bambino, tu vai in giro a guidare il furgone della biblioteca e lavori anche per tuo padre ed ora hai iniziato una campagna per dare la caccia a qualcuno che conosciamo a malapena.>>

<<La conosciamo, ha vissuto con noi per un anno intero.>>

<<Sì e probabilmente, ha detto venti parole in dodici mesi.>>

<<Non esagerare.>>

<<Sono veramente arrabbiato con te. Non ti prendi cura di Fagiolino?>>

<<Non essere ridicolo, certo che lo faccio.>>

<<Tu sei quella ridicola. Lo sa tuo padre di questa tua assurda idea?>>

Io non volevo coinvolgere mio padre, così scelsi di non rispondere, mi chiedevo se Greg sarebbe stato meno arrabbiato sapendo che mio padre stava monitorando le mie imprese. Lui aveva un grande rispetto per mio padre e la cosa era reciproca.

<<Non sto facendo niente di pericoloso>> dissi. <<Sto solo cercando di pensare ai contorni e esplorare vie che la polizia potrebbe non aver pensato.>>

<<Oh, per favore, non mi dire che hai condiviso qualcosa di questo con la polizia.>>

<<Bene, io...>>

<<Sai che se tieni qualsiasi cosa per te potresti essere accusata di trattenere prove preziose. Vuoi che il nostro bambino nasca in prigione?>>

<<Oh, ora sei proprio sciocco. Lasciami uscire dal bagno e metti il bollitore sul fuoco e continueremo questa discussione di sotto. L'acqua sta diventando un po' fredda.>>

Mi lasciò asciugarmi e vestirmi, sbattendo la porta del bagno mentre se ne andava. Quando arrivai in cucina lui era seduto al tavolo stringendo in mano una tazza di tè, aveva preparato una bevanda anche per me ma avvertivo distintamente la sua lontananza.

<<Greg, dai, non litighiamo. È rilevante il fatto che la polizia abbia appena rinunciato, devi ammetterlo.>>

<<Loro hanno nuovi indizi, loro sono sul caso.>>

<<No, loro hanno una nuova pista è l'avvistamento di cui mi ha parlato il signor Peters. Da quanto ne so non hanno fatto nulla al riguardo.>>

<<Ho bisogno che tu mi prometta che non farai più queste sciocchezze. Zara sarà trovata o no dalla polizia, non è una tua responsabilità cercarla.>>

<<Ma lei è mia amica, nostra amica.>>

<<E tu sei mia moglie.>>

<<Oh, per carità, siamo nel 1960, non nel 1860.>>

L'argomento stava prendendo una brutta piega e presto uno di noi o entrambi avremmo detto qualcosa di cui pentirci.

<<Greg, io ti amo e non farei mai niente che mettesse a repentaglio la salute del nostro bambino, te lo prometto.>>

<<Mi prometti di smettere di cercare Zara?>>

<<No amore, non posso farlo. Ti prometto di stare attenta e non correre alcun rischio.>>

Allungai la mano sul tavolo verso di lui, ma lui si allontanò velocemente e si alzò.

<<Vado al pub, mangerò li.>>

<<Bene, questo ci aiuterà molto, vero. Vai ad ubriacarti e poi tieni il broncio per giorni e giorni.>>

Prima che avessi finito di parlare, aveva preso la sua giacca ed era uscito.

Quando Greg tornò a casa quella sera tardi ero già a letto. Ero in dormiveglia, così quando venne a letto mi girai per abbracciarlo. Invece mi voltò le spalle e si mise in punta al letto dalla sua parte. Nel giro di pochi secondi russava rumorosamente ed io mi trovai sola con i miei pensieri.

Quando Greg scese al piano di sotto la mattina seguente, avevo preparato una buona colazione cucinata all'Inglese, sperando che mi aiutasse a convincerlo del mio punto di vista sull'argomento.

<<Che buon profumo>> disse, alzando il coperchio che avevo messo sulla padella con la pancetta per evitare gli schizzi da tutte le parti.

<<Buongiorno marito>> dissi abbracciandolo. <<Ti rendi conto che Fagiolino sta letteralmente tra di noi

e non è ancora nato. Siediti e lascia che ti vizi per una volta. Cosa desidera signore, caffè o tè?»

A colazione parlammo solo di banalità, entrambi evitammo attentamente qualsiasi polemica.

«Lavo i piatti» disse Greg, dopo che avevamo condiviso l'ultima fetta di pane tostato. «Lo so che tu non ne vuoi più parlare ed anche io, ma ti voglio solo dire che ti amo e mi preoccupo per te, questo è tutto.»

«Lo so.»

«È tutto molto triste, certo che lo è. Tutti potevano vedere quanto fossero felici insieme Joel e Zara. Non c'è da meravigliarsi se è uscita fuori di senno quando lui è morto.»

«Sì, loro erano felici, non è vero?» Stavo iniziando a dubitare di tutto, anche del ricordo degli ultimi mesi di vita di Joel.

«Prendi quella mattina quando li ho visti correre insieme, sembravano così innamorati.»

«Correre? Quando è successo?»

«Ti ricordi, sono dovuto andare la mattina presto al lavoro alla Mansion House. Loro avevano una funzione e volevano i vetri splendenti prima del weekend. Comunque, stavo guidando in Upper Park Road e loro erano lì, correvano insieme, lungo il parco.»

«Joel e Zara che corrono insieme, al mattino presto?»

«Lui insisteva sempre che lei andasse con lui, non ti ricordi? Lui la stuzzicava in continuo.»

<<Sì, lo so, ma lei odiava questa idea. Sono sicura che non mi hai mai raccontato questa cosa. Me lo ricorderei. Così tu li hai visti correre insieme?>>

<<Bene, in realtà non proprio correre, ma erano entrambi in tenuta da corsa, almeno, lui aveva i suoi soliti pantaloncini e canottiera e lei indossava jeans e maglietta, ma quando li ho visti sembrava che si fossero semplicemente fermati per una sosta. Bada bene, si stavano baciando e coccolando durante la pausa, se capisci cosa voglio dire. Il punto è che loro sembravano felici, ed innamorati.>>

Pensai molto alle osservazioni di Greg. Sembrava che infierisse perché noi non esternavamo l'amore dell'uno per l'altro come Zara e Joel facevano, ma non era quello che mi dava fastidio. Greg ed io stavamo bene insieme ed una volta che avesse smesso di preoccuparsi delle mie azioni da buffo detective saremmo andati d'accordo. Noi non avevamo bisogno di gridare il nostro amore da sopra una montagna, il nostro era un amore silenzioso, e secondo il mio pensiero molto solido.

Il vero obiettivo dei miei pensieri era che non mi ero mai soffermata ad analizzare la relazione di Zara con Joel. Lo aveva incontrato, si era innamorata e trasferita nel suo appartamento. Nelle poche occasioni in cui eravamo usciti in quattro sembravano felici. Lei si teneva sempre stretta al suo braccio mentre camminavano.

Pensavo fosse piuttosto dolce vederla appoggiata a lui. Così quando lui era morto, non ero stata sorpresa di vederla a pezzi. Ma ora dovevo prendere in considerazione la relazione di Owen con Zara, così come tutto ciò che Petula mi aveva detto del comportamento di Joel. In più, c'era qualcosa in contrasto tra Zara, la fidanzata stravagante e Zara, la ragazza pronta a partecipare a marce di protesta, con forti opinioni.

Non potevo fare a meno di pensare che qualcosa non quadrava.

C'era un pensiero molesto in fondo alla mia mente che non voleva andare via. Per ora, annotai pochi appunti nel mio taccuino. Fortunatamente, l'avevo recuperato incolume da Greg e avevo deciso, d'ora in poi, di metterlo in un posto più sicuro.

Le informazioni che avevo acquisito fino a quel momento mi avevano fornito un antefatto, ma non avevo fatto passi avanti per rintracciare la mia amica. Il signor Peters aveva confermato che il giorno che lei era scomparsa era andata al cimitero. Era sensato quindi riandare al cimitero per vedere se lì ci fossero degli indizi.

Joel era sepolto nel cimitero di Santa Marta, che è a pochi passi da casa nostra. Ero rimasta sorpresa quando i suoi genitori avevano scelto di non portare il loro unico figlio con loro in Scozia, ma più osservo certe persone, più mi rendo conto di non capirle.

La vicinanza del cimitero da casa nostra era una delle ragioni per le quali ci sembrava strano che Zara non fosse mai andata a fargli visita in tutto il tempo che lei era stata da noi. Neanche una visita nell'intero anno, eppure, era il posto in cui era stata notata nel giorno del primo anniversario della morte di Joel.

Forse lei era andata li per salutarlo. Forse per dirgli che presto sarebbe stata con lui. Cercai di mandare via questo pensiero dalla mia testa. Zara doveva essere viva, non ero pronta a tollerare un'alternativa.

Santa Marta è un luogo tranquillo, come suppongo lo siano la maggior parte dei cimiteri. È un posto dove i morti riposano in pace e i vivi possono visitarli per dei momenti di raccoglimento e riflessione. Girovagando per il cimitero lessi alcune iscrizioni. *'Vai ma non scordarci'*, *'Il Paradiso ha un altro angelo'*, *'Sei sempre nei nostri pensieri'*. Tutte parole che servivano per i vivi.

Non avevo mai pensato molto alla morte. Nella strana occasione in cui la parola morte si presentò durante una conversazione con Zara, mi resi conto che aveva passato del tempo a cercare di farsene una opinione. Nonostante sua madre fosse una fervente cattolica francese, Zara mi raccontò, i primi tempi che eravamo amiche, che non appena era stata grande abbastanza per imporre la sua opinione, aveva rifiutato il cattolicesimo.

Quando eravamo a scuola aveva fatto alcune osservazioni sull'ipocrisia dei fedeli la domenica. Mi aveva colpito il fatto che lei stesse combattendo contro una specie di demone interiore che l'avrebbe fatta chiudere in sé stessa. Se questo avesse a che fare con la religione o la politica, o la sua lotta per trovare il suo posto nel mondo, non ero mai riuscita a capirlo.

Poi, quando avevo rincontrato Zara, mi ero resa conto che il suo interesse per George Harrison e John Lennon andava ben oltre la musica. Una volta avevo sbirciato il titolo di un libricino che stava leggendo, prima che lo facesse sparire nella sua borsa; parlava del Buddismo. Mi dispiaceva di non aver parlato con lei delle sue idee sull'aldilà. Forse mi avrebbe dato alcune indicazioni sul motivo per cui aveva avuto la necessità di andare via.

Il cimitero non è il mio posto preferito, tuttavia mi ero impegnata ad andare regolarmente a fare visita alla tomba di Joel. Nonostante fosse ben voluto nella cittadina, era in dubbio che i clienti riconoscenti pensassero di commemorarlo e con i genitori in Scozia non c'era nessun altro che lo andasse a trovare.

Tutte le volte che ero andata, da quando era morto, non avevo mai trovato fiori nei vasi di rame se non i miei.

Mentre mi stavo avvicinando per un momento pensai di essermi sbagliata. Di solito arrivavo in quel punto del cimitero dal percorso superiore, ma quel giorno, avevo camminato a lungo ed ero arrivata da un'altra parte. Ma, no, non mi ero sbagliata. Per la prima volta da quando Joel era morto qualcuno era stato sulla sua tomba. Il vaso di rame conteneva un mazzo di crisantemi.

Mi fermai accanto alla lapide e pensai a Zara. Forse lei ci era stata di nuovo, il che voleva dire che lei doveva essere da qualche parte nelle vicinanze. Feci una lista mentale, cercando di indovinare chi altro potesse aver portato quei fiori. I genitori di Joel erano in Scozia ed ero certa che se avessero deciso di fare un viaggio mi avrebbero contattata. Petula era stata al funerale, ma dopo quello che mi aveva raccontato non potevo pensare che fosse stata lei a visitare la tomba.

Alla fine, annotai una riga nel mio taccuino con la data del giorno, e cercai di non pensarci troppo. Era probabile che un estraneo avesse lasciato qualche fiore dispiacendosi di vedere la tomba di un giovane che sembrava nuda e non amata. Mi guardai intorno e vidi un uomo con un cappotto grigio a poca distanza da me, non sembrava che camminasse con uno scopo, era come se avesse scelto il cimitero per la sua passeggiata pomeridiana il che era strano.

Tolsi la carta dai fiori e presi il vaso per andare alla fontanella a cambiare l'acqua. Ci misi un po' di minuti a sistemare i crisantemi mettendoli insieme ai garofani che avevo portato, e poi mi chinai per rimettere il vaso al suo posto al lato della lapide di marmo.

Avevo lasciato un piccolo panno in una fessura tra il vaso e la lapide. L'avevo usato per pulire ogni tanto il marmo. Come presi il panno qualcosa cadde in terra. Era un pezzetto di carta, preso da una scatola di cereali o simili. Una parte era colorata, ma dall'altra parte cerano scritte tre parole, *'Ti prego perdonami'*.

Mentre il signore con il cappotto non mi guardava misi il pezzo di carta nella mia tasca, sentendomi colpevole, ma era evidente che questo serviva più a me che al povero Joel. Quando guardai di nuovo il signore se ne era andato.

CAPITOLO 22

Ho esitato. A dire il vero, un'idea, selvaggia e stravagante in sé, una o due volte quella mattina mi ha attraversato il cervello. L'avevo respinta come assurda, tuttavia persisteva.
<<Non puoi chiamarlo sospetto>> mormorai. <<È così assolutamente sciocco.>>
Poirot a Styles Court - Agatha Christie

Quando ritornai dal signor Peters per pagare la fattura dei giornali non mi aspettavo che si ricordasse della nostra breve conversazione. Invece mi dovetti ricredere.

<<È stato di aiuto?>> mi chiese, mentre gli consegnavo il biglietto ed i soldi.

<<Scusi?>>

<<Quello che le dissi riguardo la sua amica?>>

O ero stata meno discreta di quello che pensassi riguardo le mie indagini, o il signor Peters sapeva molto di più di quello che voleva far credere.

<<Vuol dire di Zara Carpenter?>>

<<Lei è la sua amica, non è vero? Deve essere desiderosa di trovarla. La polizia non sembra abbia dato molta importanza a quello che ho visto.>>

<<Loro hanno i loro metodi, lo spero. Ma, si, io desidero tanto trovarla. Come fa lei a sapere che siamo amiche?>>

<<Oh, si sa tutto lavorando in un negozio di giornali. Potrei essere in grado di aiutarla, se vuole?>>

C'era qualcosa di sgradevole nel signor Peters e di solito lo avrei tenuto lontano, ma se avesse potuto aiutarmi, non avrei rifiutato la sua offerta.

<<Sì, qualsiasi altra informazione possa avere...>>

<<Le dico cosa, incontriamoci domani qui al negozio alle cinque. Una volta che ho chiuso possiamo andare insieme al cimitero e posso raccontarle esattamente cosa vidi. Potrebbe innescare qualcosa, darle degli indizi.>>

Quando tornai a casa mi pentii di aver accettato l'incontro, ma decisi che mezz'ora trascorsa in compagnia di una persona strana non sarebbe stata una penitenza se mi avesse fatto fare passi avanti nella ricerca di Zara.

Il pomeriggio seguente, quando arrivai al negozio, lui era di fuori, con lo sguardo penetrante. Indossava quello che doveva essere il suo miglior vestito della domenica, con i capelli impomatati di brillantina e una dose eccessiva di dopo barba che sentii appena mi avvicinai. Ero ancora tentata di abbandonare l'intera idea.

<<È venuta. Bene. È una passeggiata da qui al cimitero. Le piace camminare?>> disse.

Partimmo ad andatura costante ed entrammo nel cimitero nella parte alta, il che significava una lunga camminata in discesa sino alla tomba di Joel. Il cimitero di Santa Marta si è esteso in questi anni recenti, sinonimo dell'espansione della città. La parte superiore, più vicina alla piccola cappella, era pianeggiante, con cespugli di rose e piccoli alberi lungo i sentieri. Poi c'era una discesa abbastanza ripida verso le zone più nuove, che erano più rade. Questa parte inferiore guardava verso la valle, non offrendo nessuna protezione dai venti prevalentemente orientali, che la rendevano desolata, anche in un giorno d'estate.

<<I cimiteri sono posti affascinanti, non pensa?>> disse, mentre passavamo accanto ad una giovane famiglia che stava visitando una tomba.

<<Bene, io...>>

<<Io vengo qui sempre, ogni volta che ho del tempo libero. C'è così tanto da imparare da una lapide.>>

<<Sì, suppongo>> risposi, sempre più dubbiosa sullo scopo della nostra visita.

<<Guardi qui, per esempio, questa donna è morta di parto. Vede, è la data in cui è morta e proprio accanto a lei c'è la tomba di sua figlia, che mostra che è nata proprio quel giorno. Affascinante, non crede?>>

<<Così triste>> dissi, sperando che Fagiolino non sentisse le parole strane di quell'uomo.

<<Sono gli eventi della vita, ecco di cosa si tratta. Guardi questa tomba di famiglia. Stando qui si è in grado di leggere le parole.>> Stava per prendermi il braccio, ma mi ero allontanata proprio al momento giusto, lasciando che la sua mano ciondolasse nel vuoto.

<<Tre figli, tutti morti nello stesso anno, probabilmente di influenza, o addirittura di tisi. C'era un tempo in cui si moriva di tisi.>>

<<Sì, certamente. Signor Peters, non vorrei darle fretta, lei mi aveva detto che aveva altre informazioni riguardo Zara. Perché io devo tornare a casa da mio marito per preparare il tè.>>

<<Ah, sì suo marito. Bene, lui è un uomo fortunato, mi piacerebbe avere una moglie così carina che mi fa il tè.>>

Ero decisamente a disagio ed ora desideravo di non aver accettato di andare al cimitero con lui in un'ora del giorno in cui c'erano poche persone.

<<Andiamo giù alla tomba di Joel? Dove lei ha visto Zara?>> dissi.

Camminammo passando davanti a molte tombe adornate con fiori freschi, e molte altre coperte da erbacce, sembravano tristi e non amate. Lo lasciai andare avanti a me e lo sentii borbottare, ma non afferrai le sue parole.

<<Ecco, siamo arrivati, qui è dove l'ho vista>> si fermò alla tomba di Joel e si voltò verso di me. <<Venga e stia qui>> disse e ancora una volta allungò la mano per mettermi in posizione. Mi tirai indietro fuori dalla sua portata.

<<Va bene, ho capito cosa vuole dirmi. Questo è il posto dove stava, quando lei l'ha vista?>>

<<Sì, proprio qui.>>

<<E lei dove stava?>>

<<Lì, dove c'è la mia famiglia>> indicando alcune lapidi a una cinquantina di metri di distanza, ombreggiate da un gruppo di palme appena piantate.

<<Ed era di pomeriggio?>>

<<Sì, pomeriggio tardi, a me piace venire quando è più tranquillo, è più facile parlare. Io parlo con loro di tutto. So che loro possono sentirmi. C'è così tanto che noi non sappiamo riguardo la morte, non è la fine, lo sa. Io sono certo di questo.>>

<<E lei ha visto Zara andare alla tomba e poi andarsene di nuovo?>>

<<Sì, la vidi arrivare. La osservai per un po', capii che stava parlando con lui. Poi se ne andò.>>

<<Questo è tutto ciò che sa? Non ha visto dove era diretta?

<<No, lei portava una grossa borsa, come un borsone. Le avevo già detto della borsa, vero?>>

<<Sì.>>

<<Bene, lei la poggiò per terra.>>

<<Niente altro quindi?>>

<<C'è qualcosa, in realtà>> Quando si chinò mi resi conto di cosa sperava di trovare. Lui mise la mano dietro alla lapide e frugò per alcuni momenti. <<Non capisco, non c'è qui>> disse, la sua fronte si corrugò con un cipiglio.

<<Che cosa non c'è?>>

<<C'era un biglietto. Un pezzo di carta, la vidi metterlo dietro alla lapide e quando si allontanò andai a vedere di cosa si trattasse.>>

<<Lei lo ha preso? Lo ha letto?>>

<<Lei pensa che non avrei dovuto, che non erano affari miei? Bene, ha ragione, ma come ho detto, c'è così tanto da imparare nei cimiteri. Lo lessi solo e lo rimisi a posto. Quello che non capisco è perché ora non c'è più. È stato tolto, forse è tornata lei e lo ha portato via?>>

<<Ha detto alla polizia del biglietto?>>

<<No, lei sembrava una brava ragazza, non volevo metterla nei guai.>>

<<Perché l'avrebbe messa nei guai?>>

<<Per quello che diceva nel biglietto.>>

<<Cosa diceva?>>

<<Per favore perdonami>> solo queste tre parole. Lei si rende conto, vero. Se lo avessi detto alla polizia può immaginare cosa avrebbero pensato.>>

<<Cosa?>>

<<Bene, a me sembra come una confessione.>>

Dopo quella visita al cimitero fui tentata di disdire il nostro abbonamento ai giornali. Inevitabilmente, andando al negozio per pagare la fattura avrei avuto altre domande e conversazioni con lo strano signor Peters. L'alternativa era di mandare qualche volta Greg, ma l'ultima cosa che volevo era che lui fosse coinvolto.

Più pensavo alle mie annotazioni su Zara, più mi preoccupavo del suo stato mentale. Non potevo immaginare perché lei sentisse il bisogno di essere perdonata. Il solo modo per saperne di più era di ritrovarla.

Non volevo che il mio giudizio fosse offuscato dalla sfiducia che avevo nei confronti del signor Peters, e volevo rimanere obiettiva. Forse c'era un nesso tra il signor Peters e la scomparsa di Zara.

Forse aveva trovato il modo di fare un po' di soldi quel giorno nel cimitero. Il ricatto è una cosa malvagia, il ricattatore usa il suo potere sulle persone vulnerabili. Se questa era la sua intenzione, avrebbe preso il biglietto per impedire a chiunque altro di trovarlo?

La giornata tranquilla nel furgone della biblioteca, mi dette l'opportunità di rimuginare su tutto quello che avevo scoperto fino ad allora. Più informazioni stavo raccogliendo su Zara, più mi sentivo fuori strada e confusa. Fino a quel momento avevo saputo di un ex ragazzo che aveva il pugno facile ed un signore strano che nel cimitero era affascinato dalla morte. Entrambi avrebbero potuto fornire a Zara un motivo per scappare. L'unica via che sapevo essere sicura era di sperare in una confessione, che era altamente improbabile, oppure trovare Zara. Così, in realtà, avevo percorso diversi chilometri in varie direzioni per poi tornare al punto di partenza.

Il venerdì, poco prima della chiusura, si aprì la porta della biblioteca ed entrò Phyllis Frobisher.

<<Sei troppo occupata?>> disse, guardando in basso i libri che erano sparsi sul bancone davanti a me.

<<È bello vederla. Sono settimane che non la vedo. Che novità ha?>>

<<Il mio giardino è libero da erbacce e sembra perfetto, e mi sto annoiando. Il dottore dice che la noia è un segno positivo, che vuol dire che il mio livello di energia sta ritornando. Detto tra te e me non penso che mi fossero mai andati via, è solo che il mio corpo non si era reso conto che doveva stare al passo. Cosa sta succedendo qui? Come sta tuo padre?>>

Avevo esitato prima di raccontarle di Zara, chiedendomi cosa ne avesse pensato lei di tutto questo.

<<Sempre incollata alla sedia con Agatha?>> Lei fece un cenno con la testa verso i libri.

<<C'è una ragione per questo, sto imparando i trucchi del mestiere.>>

<<Quale mestiere sarebbe? Hai deciso di essere un autore ora? Avrebbe senso, tu eri sempre una dei miei migliori allievi. A quei tempi non te lo avrei detto, non volevo che tu ti montassi la testa>> disse, facendomi l'occhiolino.

<<Non scrivere, investigare>> sorrisi, pensando che potesse credere che stavo scherzando.

<<Tu stai cercando la tua amica, vero?>> Lei era sempre un passo avanti a me.

<<Sì, ma non sto andando molto lontano. Ogni cosa che scopro mi pone più domande che risposte.>>

<<Io ho sentito che la polizia aveva un nuovo indizio. Lo hai trovato tu?>>

<<No, ma ora so di cosa parlano. Potrebbe essere importante. Non so decidere.>>

<<Perché non lasci fare alla polizia, ora hanno riaperto il caso. Presumo che stiano di nuovo alla ricerca? E suppongo che dovresti prendere le cose un po' più alla leggera?>> Lei indicò il mio punto vita in espansione. <<Congratulazioni per il nuovo arrivo, penso?>>

<<Sì, Greg vorrebbe vedermi stare con i piedi all'aria, ma invece mi sento più attiva che mai, in fin dei conti ora mi sveglio prima di quanto abbia mai fatto, quindi la mia giornata è più lunga di prima.>>

<<Stai attenta, Janie. Alcune volte è meglio non intromettersi. Sono sicura che la tua amica risolverà i suoi problemi a modo suo, qualunque essi siano.>>

Ora avevo due persone che mi consigliavano di lasciar perdere le ricerche solo mio padre mi incoraggiava ad andare avanti. Ma ero andata così lontano ora che anche senza l'appoggio di papà non potevo lasciare la mia posizione.

CAPITOLO 23

Poirot non mi rispose per un momento, ma alla fine disse: <<Non ti ho ingannato, mon ami. Tutt'al più, ti ho permesso di ingannarti.>>
<<Sì, ma perché?>>
<<Bene, è difficile da spiegare. Vedi, amico mio, hai una natura così onesta, e un aspetto così trasparente, che – enfin, nascondere i tuoi sentimenti è impossibile!>>
Poirot a Styles Court - Agatha Christie

Avevo pensato tanto al giorno in cui Zara se ne era andata. Avevo pensato ai giorni precedenti ed anche alla settimana precedente per capire se ci fosse stato qualcosa di strano nel suo comportamento, qualsiasi cosa che poteva aver innescato la sua decisione di andarsene, a parte l'evidente trauma di dover accettare un anno intero passato dalla morte dell'uomo che amava.

Nei tre quattro mesi antecedenti alla sua sparizione, sembrava stesse meglio, ma prima, sin dal giorno che Joel era morto, sembrava avesse una grave malattia. Mi sentivo impotente mentre la osservavo chiudersi in sé stessa. Lei non voleva mangiare, a malapena beveva, ed anche quando era sveglia sembrava che dormisse, i suoi occhi fissi ed il viso senza espressione. Spesso tentavo di farla parlare delle piccolezze di tutti i giorni, ma tutto quello che ottenevo in risposta era un cenno o uno scuotimento della sua testa. Greg mi aveva suggerito di lasciarla stare.

<<Ognuno reagisce in modo differente alle disgrazie. Non sappiamo come è per lei. Speriamo non ci capiti mai>> disse.

Tutti i nostri nonni erano morti prima che fossimo abbastanza grandi per conoscerli, così il dolore più grande che aveva dovuto affrontare Greg era la morte di un criceto quando aveva circa sei anni.

Il giorno che mia madre se ne andò fu traumatico, ma comunque lei continuava a vivere. Lei recentemente mi aveva mandato due righe per confermarmi di aver ricevuto la notizia che diventerà nonna. Uno scritto breve e privo di emozioni, proprio come il mio rapporto con lei. Dubito che avrei provato tanto dolore se fosse morta, per me lo era già da molti anni.

Ma negli ultimi mesi che Zara era stata con noi si era aperta, alternava momenti in cui portava il suo lutto tranquillamente a momenti di incontenibile agitazione. Lei dormiva a malapena e girava per la casa a tutte le ore. Beveva copiose tazze di caffè, ma mangiava ancora poco. Lei era sempre stata esile, ma ora era come un fuscello e immaginavo che se la prendeva un forte vento l'avrebbe spazzata via.

I genitori di Joel si erano occupati dello sgombero del suo studio e dell'appartamento. Loro avevano sistemato tutto prima di ritornare a casa loro in Scozia. Una volta risolte tutte le pratiche burocratiche si erano messi d'accordo con una ditta di traslochi per andare nell'appartamento ed impacchettare tutto.

In quel frangente loro ci contattarono suggerendo che sarebbe stato meglio se Zara controllava tutto, in caso ci fosse rimasto ancora qualcosa di suo nell'appartamento.

<<L'ultima cosa che vogliamo è che i suoi effetti personali siano buttati via, e non li trovasse più>> mi disse il signor Stewart. <<Vedi se riesci a persuaderla, lei ti ascolta.>>

Apprezzavo la sua fiducia in me, ma sfortunatamente mal posta.

<<Noi dobbiamo andare in quella casa, Zara>> le dissi <<tu devi venire, perché devi vedere cosa è tuo e cosa suo.>>

Lei fu irremovibile, non volle andare nell'appartamento e niente che le potessi dire la persuase.

<<Solo i miei vestiti>> fu tutto ciò che disse <<niente altro.>>

<<I libri, i dischi, le foto? Non vuoi qualche ricordo del vostro tempo passato insieme?>>

<<Solo i miei vestiti>> lei ripeté.

Andammo Greg ed io e riempimmo una nostra vecchia valigia con qualsiasi cosa pensavamo appartenesse a Zara ed il giorno dopo andarono gli uomini del trasloco e svuotarono tutto l'appartamento.

Un altro fotografo subentrò nello studio e penso ci fu un accordo per le attrezzature di Joel. Mi chiedevo se al padre sarebbe piaciuto prenderne alcune, ma forse i ricordi erano troppo dolorosi. Un modo così triste per perdere la vita.

Provavo a cercare di ricordare qualsiasi cosa strana riguardo al giorno in cui Zara era sparita. Io mi ero alzata presto e non mi ero sorpresa di trovarla già in cucina. La maggior parte delle mattine ci scambiavamo poche parole, parlavamo del tempo, di come avesse dormito. Cercavo di farla uscire, ero preoccupata che fosse diventata quasi agorafobica. Nei giorni più luminosi lei andava nel giardino di dietro e si sedeva sotto a uno degli alberi di ciliegio, riparandosi dal sole. La sua pelle era così pallida ed anche i suoi capelli avevano perso la lucentezza. Forse mi stavo comportando troppo gentilmente con lei, avrei dovuto essere più ferrea, prenderla per un braccio e trascinarla fuori per farle fare una passeggiata con me, o andare per negozi. Ogni volta che ripenso a questo, ricordo a me stessa che non ho idea di quanto una persona possa soffrire e se fossi io a dover affrontare la perdita di Greg, probabilmente resterei a letto per un anno.

Quel mercoledì era stato tutto più complicato degli altri giorni. Immaginavo che lei rivivesse ogni momento, dall'arrivo della polizia che le aveva detto che l'uomo che lei amava era morto, al lasciare la casa di Joel e adattarsi alla nostra stanza degli ospiti. Non gli avrei mai potuto impedire di rivivere quei terribili ricordi. Lo trovavo abbastanza difficile da gestire ed egoisticamente non volevo altro che distrarmi. Per me era più facile uscire con Greg e pensare a cose più positive, lasciandomi alle spalle tutti i pensieri relativi alla mia povera amica quasi a volerli cancellare. Forse ora la mia ricerca quasi ossessiva era dovuta ai miei sensi di colpa, forse cercavo di fare ammenda.

Quando Zara era scomparsa, avevamo lasciato che la polizia si occupasse di cercarla. Non eravamo mai stati tenuti aggiornati di nessun aspetto specifico delle loro indagini. Dopo tutto noi eravamo solo suoi amici. Pensavamo che fossero tenuti ad informare Gabrielle, come parente più prossima di Zara. Ma siccome Gabrielle non offriva la sua amicizia, difficilmente avremmo potuto saperne di più. Tutte le domande che le avremmo fatto sarebbero rimaste senza risposta.

Dato che i giorni passavano e non c'erano ancora notizie, decidemmo di prendere la questione in mano. Presupponemmo che la polizia avesse interrogato chiunque negli immediati dintorni, e nello stesso tempo l'avesse cercata negli ospedali. La prossima mossa ovvia sarebbe stata quella di allargare le ricerche alle città vicine.

Trovai una foto recente di Zara, un ritratto che si era fatta fare per regalarlo a Joel. Me ne aveva parlato, ma mi aveva fatto giurare di mantenere il segreto.

<<Pensi che gli piacerà?>> mi chiese. <<Voglio dire, pensi che sia strano che gli dia una mia foto come regalo?>>

Zara non si vantava mai della sua bellezza, il che aumentava ancora di più la sua bellezza. Le dissi che pensavo fosse una idea magnifica e Joel sarebbe stato entusiasta.

Zara mi aveva dato una copia piccola di quella foto e fu quella che portai allo studio fotografico locale. Io chiesi se potevano ingrandirla e usarla per fare cinquanta poster. Scrissi le parole che dovevano aggiungere, e cercai di essere più chiara e semplice che potessi.

Zara Carpenter è scomparsa
Chiunque ha informazioni di dove essa sia,
Per favore contatti Janie Juke al 7 Flint Close,
Tamarisk Bay

Non avevamo la comodità di avere un telefono in casa, non potevamo permetterci la spesa. Papà ne aveva istallato uno per dar modo ai clienti di prendere appuntamento, ma non volevo che papà fosse infastidito da quelle che inevitabilmente sarebbero state le chiamate inutili. Se qualcuno avesse avuto delle informazioni, pregavo che si fossero presi il disturbo di scrivere una lettera, o venire di persona.

Greg mi aiutò a distribuire i poster. Avevamo chiesto ai proprietari dei negozi ed ai giornalai di metterli nelle loro vetrine. Andammo alla biblioteca centrale e ne attaccammo uno nella bacheca. Noi cercammo di mettere a fuoco i posti dove Zara poteva essere stata nel passato, dove lei poteva aver fatto delle amicizie o aver chiacchierato con qualcuno. Verosimilmente chiunque aveva conosciuto Zara doveva già sapere della sua scomparsa dalla prima pagina del giornale locale, quindi sapevamo che era una cosa in più. Ma a mio parere non andava trascurato nulla.

Quando Zara era scomparsa avevo tolto tutte le foto che me la ricordavano da dentro casa, guardarle ogni giorno era semplicemente troppo angosciante.

Ero certa che le fosse successo qualcosa di brutto e non potevo sopportare di non avere notizie. Ma avevo tenuto alcuni dei poster, arrotolati e conservati.

Se avessi scoperto prima la mia tendenza ad indagare, quando avevamo fatto la campagna dei poster, avrei fatto un elenco dettagliato di tutti i luoghi in cui li avevamo esposti. Ora dovevo contare solo sulla mia memoria. Greg probabilmente se lo ricordava, ma chiederglielo gli avrebbe fatto suonare un campanello di allarme e avremmo finito per litigare.

Avevamo tappezzato tutta l'area circostante, ma non eravamo andati più in là di Brightport. La sonnolenta cittadina balneare non era mai comparsa nelle nostre vite fino a quel momento, cosa strana, era a meno di cinque chilometri di distanza. Se andavamo fuori per qualche giorno ci dirigevamo o nell'entroterra o a est.

Brightport non aveva molto da offrire, a parte il lungomare, mentre il lungomare di Tidehaven era sempre preferito, con le sue sale giochi e i suoi negozi di patatine fritte.

Nelle rare occasioni che viaggiavamo ad ovest, prendevamo il treno e visitavamo le città di mare più grandi lungo la costa saltando completamente Brightport. Guardando indietro realizzai quanto eravamo stati stupidi ad ignorare quel posto che era così vicino alla nostra casa.

Quando tornai a casa il venerdì, Greg era immerso nella vasca da bagno.

<<Buona giornata?>> dissi, facendo capolino dalla porta del bagno.

<<Faticosa>> disse.

<<Lavoro difficile o clienti fastidiosi?>>

<<Entrambi>> disse immergendo la sua testa sotto l'acqua, facendo delle bolle prima di riemergere.

<<Non ti preoccupare, domani è un altro giorno tutto qui.>>

<<Sì, è proprio questo quello che mi preoccupa.>>

<<Immergiti e rilassati mentre preparo la cena. Non addormentarti e non affogare, o dovrò mangiarla tutta da sola.>>

<<Sei tutta cuore>> disse, mentre chiudevo la porta del bagno.

Prima di preparare la cena decisi di tirare fuori uno dei poster. Lo stavo studiando e preparavo un piano quando sentii Greg stappare la vasca da bagno. Mentre l'acqua gorgogliava scorrendo giù nei tubi arrotolai il poster di nuovo e lo misi nel cassetto. Servii la cena, ma non avevo granché appetito; non così tanto da mangiare per due.

<<Sei silenziosa>> disse Greg, mentre ripuliva l'ultima salsiccia ed il purè. <<tuo padre sta bene?>>

<<Um, oh sì, lui sta bene. Indaffarato, il che è sempre un bene.>>

<<Fagiolino, tutto bene?>>

<<Sì, perfettamente>> dissi prendendogli la mano, ponendogliela sul mio pancione, così che potesse sentire i primi sfarfallii della nostra preziosa creazione. <<Tende ad essere piuttosto irrequieto dopo che ho mangiato. Penso che diventerà un cuoco. Incuriosito dai miei capolavori.>>

211

<<Cosa, salsicce e patate?>>

<<Sì, proprio>> dissi colpendolo nelle costole.

La mia prima opportunità di andare a Brightport era stata di martedì. Misi la foto di Zara nella mia borsa, con il taccuino e una penna ed andai alla fermata dell'autobus. Informai mio padre delle mie intenzioni e gli dissi che sarei andata da lui più tardi nel pomeriggio per recuperare il suo lavoro di battitura a macchina.

Mercoledì andai di nuovo a Brightport. Mostrai la foto di Zara a tutti quelli che potevo. Quando, divenne pomeriggio tardi, presi l'autobus di ritorno ed andai da mio padre per riferirgli dei miei successi e fallimenti della giornata. In effetti, solo fallimenti. Ognuno a cui avevo chiesto aveva scosso la testa. Alcuni avevano detto che gli era sembrato di vederla ma i giovani di oggi sembravano tutti uguali, non è vero. Altri avevano detto che si facevano gli affari loro e non andavano a curiosare negli affari degli altri e io avrei dovuto fare lo stesso.

Non ero sicura di quanto essere osservatori equivalesse a essere ficcanaso, ma volevo essere educata, nonostante mi fossi trovata spesso vicino a perdere la calma.

Papà mi tranquillizzava tutti i giorni e mi diceva di perseverare.

<<È un lavoro di gambe, Janie, la base del lavoro di polizia è un lavoro di gambe. Potresti avere una svolta e anche se non lo fai, puoi essere sicura di essere stata scrupolosa. Dopo Brightport, forse dovresti fare lo stesso giro a Tidehaven. La storia che

è tornata alla ribalta potrebbe aver smosso i ricordi delle persone.>>

Greg non sembrava aver capito che qualcosa non andava, anche se un giorno mentre scendevo dall'autobus per andare da mio padre avevo visto di sfuggita il suo furgone che passava. Lui non me ne parlò quella sera quando eravamo insieme in casa, così capii che non mi aveva visto. Non c'erano dubbi che avrebbe disapprovato che facessi l'investigatore dilettante, anche perché tornavo a casa molto ma molto esausta. Era come avere due lavori a tempo pieno.

La mia ora del pranzo la passavo prendendo una bevanda ed un tramezzino in caffè differenti, chiacchierando con le persone sperando di allargare la mia ricerca il più possibile. Avevo sempre con me la copia di *Styles* e lo sfogliavo regolarmente per vedere se il talento di Poirot potesse venire su di me.

Dopo la seconda visita riconobbi che stavo sprecando il mio tempo. Dissi a mio padre che sarebbe stato il mio ultimo viaggio a Brightport. . Era troppo deprimente girare intorno, sapendo che probabilmente stavo solo perdendo tempo.

<<Quale è il punto?>> dissi, senza tentare di nascondere la mia irritabilità nella voce.

<<Niente di quello che stai facendo è uno spreco. Tu non puoi mai sapere.>>

<<Non è detto che sia rimasta così vicino a casa. Lei potrebbe essere ovunque, anche in Francia per quello che ne so. E se fosse tornata a Brighton, quindi non ho

alcuna possibilità. Cosa mi fa credere che potrei mai rintracciarla.>>

<<So che questa cosa è scoraggiante, amore, ma tu stai facendo la cosa giusta. Che mi dici delle strade secondarie, lontane dal centro della città? Perché non gli dedichi un giorno in più?>>

Non era la prima volta che il consiglio di mio padre aveva fatto la differenza tra i fallimenti e i successi della mia vita. E fu durante la successiva visita a Brightport che colpii nel segno.

CAPITOLO 24

Poirot, notai, sembrava profondamente scoraggiato. Aveva quel piccolo cipiglio tra gli occhi che conoscevo così bene. <<Cos'è, Poirot?>> ho chiesto.
<<Ah, mon ami, le cose stanno andando male, male.>>
Poirot a Styles Court – Agatha Christie

La prima cosa che vidi fu la parte posteriore della sua testa. I suoi capelli, una volta ricchi e setosi, erano aggrovigliati ed unti. La sua testa era piegata in avanti. Mentre stavo sulla soglia della porta, la osservai mentre mi chiedevo se stesse dormendo con la testa appoggiata sulle mani. Io l'avevo vista dormire in quella posizione giorno dopo giorno, in quei primi mesi dopo la morte di Joel. Ma mentre mi avvicinavo, notai le sue mani strette attorno ad una tazza di un liquido caldo. Il suo sguardo era rivolto verso la bevanda.

Nel locale del caffè c'era caldo, persino fumoso, tutto intorno c'era odore di bacon fritto. Zara indossava un cappotto pesante ed una spessa sciarpa di lana intorno al collo. Ora eravamo in settembre, la mattina era freddo, ma i suoi vestiti erano invernali, decisamente, persino a mio parere, non appropriati alla stagione.

La osservai per un po' e notai quanto fosse calma. Era come se lei fosse in trance. Invece del sollievo e dell'euforia che pensavo di sentire, dopo averla rintracciata in fondo, provavo solo tristezza nel vederla così ridotta male.

Camminavo verso di lei, cercando ad ogni passo le parole giuste che avrebbero potuto rallegrarla, per sollevarla da quello stato cupo in cui si trovava.

<<Ciao Zara>> dissi, più gentilmente che potei, mentre andavo dall'altra parte del tavolo per vederla in viso. <<Posso unirmi a te?>>

Lei alzò lentamente la testa e diresse il suo sguardo su di me. Strizzò gli occhi, come se fosse in piedi in un lungo tunnel e scorgeva brillare una luce in fondo. I suoi capelli si scostarono dal viso, lasciando vedere una pelle pallida. Ero sempre stata invidiosa della pelle olivastra di Zara, lei poteva sedersi all'ombra ed era sempre abbronzata. Ora, vedendola così pallida, mi faceva pensare che avesse vissuto nell'ombra.

<<Janie>> disse. Non c'era nessuna emozione nella sua voce, per lei era solo un dato di fatto, come se lei si fosse aspettata di alzare lo sguardo e di vedermi lì in piedi.

<<Sì, sono io>> dissi allungando una mano per prenderne una delle sue, che rimasero immobili, reggendo la sua tazza. Presi una sedia e mi sedetti nello stesso momento che arrivava al tavolo una cameriera.

<<Cosa desiderate?>> chiese, in un accento marcato di Liverpool.

<<Un'altra bevanda, Zara, o qualcosa da mangiare?>>

Zara mi stava ancora fissando e per un momento pensai avesse preso qualche droga od altro. Sembrava che ignorasse la cameriera, che si stava agitando accanto al tavolo, ansiosa di prendere il nostro ordine.

<<Solo un caffè, per favore?>> dissi, nella speranza che se ne andasse.

La cameriera aveva in mano un blocchetto ed una penna, prevedendo una ordinazione sostanziosa. Ora, si doveva ricordare solo un caffè, sospirò, rimise la penna ed il blocchetto in tasca ed andò al tavolo vicino.

<<È così bello vederti.>> Allungai la mia mano sul tavolo mettendola accanto alla sua, senza toccarla.

<<Siamo stati preoccupati per te.>>

Cercai nel suo viso una espressione che mi facesse capire cosa stesse pensando. O come si sentisse, ma tutto quello che potei vedere era la durezza nei suoi occhi, una volta vividi e brillanti. Le sue labbra erano secche e screpolate. Era come se fosse ritornata da una spedizione polare e fosse diventata insensibile dai piedi in su.

La cameriera arrivò con il mio caffè e me lo buttò davanti con un tale impeto che il liquido marrone scuro scivolò nel piattino, raccogliendosi attorno alla base della tazza.

<<Molte grazie>> dissi sperando che trapelasse il sarcasmo nella mia voce. Borbottò qualcosa e tornò al bancone.

<<Come stai? Tu sembri...>> Esitai. Era difficile definire lo stato in cui si trovava: stanca, sola, triste, scontenta, erano solo alcune delle parole che avevo sulla punta della lingua. <<Greg ti manda i suoi saluti. Gli è mancato averti intorno, ora deve solo sopportare questa vecchia che sono io.>>

Altri clienti entrarono, facendo entrare con loro una ventata di aria fresca. Notai che Zara aveva i brividi ed avrei voluto avvolgerla nelle mie braccia, ma era come se lei fosse circondata da un muro invisibile.

<<Dove stai ad abitare?>> dissi. <<Vogliamo passeggiare ed andare nella tua tana? Ehi, possiamo prendere qualcosa da mangiare mentre andiamo. Passiamo davanti a qualche negozio? Immagino che cosa potresti fare con gli alimenti.>> Stavo chiedendomi quando si sarebbe decisa a rispondermi e quando sarei rimasta a corto di argomenti per il mio patetico monologo.

<<No, non penso>> disse, spingendo via la tazza. Si alzò ed andò al bancone, prese alcune monete dalla sua tasca e le diede alla cameriera. Mentre stavo pagando il mio caffè ed aspettavo il resto lei era già fuori ed era arrivata a metà strada.

<<Ehi, Zara, aspettami. Le mie gambe non sono lunghe come le tue, ricordatelo>> la chiamai. Lei continuò a camminare davanti a me e non si girò. Iniziai a camminare più svelta e nel giro di pochi minuti ero al suo fianco. Lei svoltò in un vicolo e mi chiesi dove si stesse dirigendo, poi improvvisamente si fermò e si voltò.

<<Janie, vai via. Non ti voglio qui.>>

<<Io sono tua amica, mi sei mancata molto e voglio aiutarti.>>

<<Tu non puoi aiutarmi. È troppo tardi per questo, molto tardi.>>

<<Torna con me. Vieni a casa mia, di qualsiasi cosa hai bisogno lo faremo insieme. A questo servono le amiche.>>

<<No, Janie, voglio dire che, ora te ne devi andare e non tornare.>>

Era in piedi con gli occhi fissi e ribelli, ma tutto il resto del suo corpo era disfatto.

Le sue spalle erano piegate in avanti e le sue braccia erano appese ai suoi fianchi.

<<OK, vado via, ma ritornerò. Non ti lascerò startene da sola.>> Mi girai e me ne andai. Appena raggiunsi la fine del vicolo guardai indietro per vedere quale strada prendesse, ma non c'era più nessuna traccia di lei.

Una passeggiata nella città mi aiutò a dimenticare i pensieri che erano nella mia testa. Alla fine, ora sapevo che la mia amica era viva. Il mio primo istinto era di raccontare a mio padre di averla trovata e chiedergli quale pensava sarebbe stato il prossimo passo da fare. Ma questa era la mia ricerca ed era compito mio programmarla da questo momento in poi. Mi sedetti per un po' su una panchina ad una fermata di autobus. Un paio di autobus passarono mentre guardavo il mio taccuino e meditavo su cosa potevo fare.

CAPITOLO 25

<<Poirot>> ho urlato <<Mi congratulo con te! Questa è una grande scoperta.>>
Poirot a Styles Court - Agatha Christie

Quando andai di nuovo a Brightport arrivai al vicoletto presto. Molti degli edifici sembravano piccoli magazzini. Su alcuni all'esterno c'erano i nomi dei proprietari. Guardai su tutte le porte se ci fosse un nome a me familiare, o anche una porta che sembrasse di un appartamento o una casa. Ero sicura che Zara fosse entrata in uno di questi edifici lungo il vicolo, ma più guardavo più non sembrava così.

A un'estremità del vicolo c'era un ampio ingresso coperto, con una porta con delle serrature, in quel vano potevo stare in piedi ed essere abbastanza nascosta. Dopo dieci minuti che ero stata lì indisturbata, un camioncino di trasporti si fermò e realizzai che ero davanti alla porta di un magazzino.

<<Stia attenta, cara>> mi chiamò un tipo corpulento, mentre apriva le porte del furgone, caricò la sua carriola con le scatole di patatine e cominciò a camminare verso di me.

<<Scusi, sì. A proposito, buongiorno>> dissi. Spostandomi sarei stata visibile a tutti quelli che passavano su e giù per il vicolo, così mi misi dietro al furgone. Da questa posizione potevo tenere d'occhio tutte le porte del vicolo, ma non potevo essere vista da qualcuno che si avvicinava. Naturalmente, funzionò solo fino a quando l'autista portò avanti e dietro i sacchi dal furgone alla porta del magazzino.

Dopo un po' lui finì. Piegò la carriola, la spinse nel furgone e sbattè le porte.

<<Sta aspettando qualcuno?>> disse, camminando accanto a me per raggiungere lo sportello del guidatore.

<<Um, gentilmente. Lei conosce bene quest'area? Ci sono degli appartamenti qui in zona?>>

<<Non qui, mia cara. C'è il club, dove ho appena scaricato la merce tutto il resto sono dei magazzini, sì, magazzini più che altro.>>

<<Per cui qui non ci vive nessuno? Perché la mia amica mi aveva dato questo come suo indirizzo. Forse devo aver fatto confusione.>>

<<Vivere? No, a meno che tu non intenda quegli scrocconi che occupano il posto Walker in disuso.>> Con la testa accennò verso il fondo del vicolo. <<Disgustoso se lo vuoi sapere. Non dovrebbe essere permesso.>>

Come l'autista se ne andò valicai l'entrata del deposito Walker, chiedendomi cosa avrei trovato all'interno. Spinsi la vecchia porta di legno che all'inizio sembrava chiusa a chiave, ma era solo il legno deformato che impediva l'apertura. Diedi un'altra spinta alla porta ed entrai.

Uno stretto corridoio portava in un ampio spazio. Sbirciai attraverso la penombra e cercai di non agitarmi mentre osservavo il degrado che incontravano i miei occhi. I muri erano coperti da macchie di muffa umida e nera. La vernice del soffitto si sfaldava. Sebbene eravamo al piano terra c'era solo una piccola finestra, che sembrava essere stata sbarrata dall'esterno, con una leggera luce che entrava tra le doghe. Mi attraversò la mente che era appropriato il pensiero di Greg, indubbiamente solo stare qui, respirando l'aria ammuffita avrei esposto Fagiolino a delle tossine. Mi avvicinai con cautela, stando attenta a non toccare le pareti.

Come i miei occhi si abituarono a quella mezza luce vidi quattro vecchi materassi, ingialliti e macchiati, forse recuperati da una discarica. Vecchie coperte e cappotti erano sparsi a caso sui materassi, fornendo un calore minimo in questo luogo freddo e umido.

C'era una ragazza distesa su uno dei materassi, girata dall'altra parte, il suo corpo era coperto da un vecchio cappotto, i suoi capelli tirati indietro e legati malamente con un filo. Un altro ragazzo era seduto sul suo materasso e mi guardava. Aveva i capelli biondi e poteva passare per Norvegese o Tedesco. E c'era Zara. C'era un'intensità minacciosa nel modo in cui il ragazzo biondo mi guardava. Zara veniva trattenuta contro la sua volontà?

Andai verso di lei e parlai sottovoce, sperando che l'altro non mi sentisse. <<Che cosa fai qui, Zara? Vieni a casa con me per favore. Non posso lasciarti qui in questo posto, è...>>

Lei scosse la testa e mi fece segno di sedermi accanto a lei. Era seduta su uno dei materassi con le gambe piegate verso di lei. Stranamente, sembrava più qui a suo agio di quanto l'avessi mai vista in quel lungo anno che aveva trascorso a casa mia. Stavo cercando di inventare una scusa per non sedermi, certo che mi sarei trovata morsi di pulci, o peggio. Come se potesse leggermi nel pensiero, il ragazzo biondo si avvicinò e mi porse una sedia pieghevole di legno, una specie di sedia a sdraio. Forse l'avevano presa dal lungomare.

<<Oh, grazie>> dissi quando me la aprì e ritornò al suo materasso.

Il quarto materasso doveva essere per qualcuno che tornava più tardi, o per un nuovo arrivato che volesse unirsi al piccolo gruppo.

<<Non c'è da stupirsi che tu sia così magra>> dissi, continuando a parlare sussurrando. <<Cosa stai mangiando? Come stai vivendo? Non hai soldi vero? Oh Zara, non posso sopportare di vederti così.>>

La mia voce non era evidentemente abbastanza bassa perché il ragazzo dai capelli biondi si alzò di nuovo e mi porse un pacchetto di biscotti aperto. Io dissi di no con la testa e guardai Zara che gli sorrideva con gratitudine.

<<Tu non vuoi capire, Janie, quindi non ho intenzione di provarti a spiegare. Vai a casa, torna alla tua vita intima e lasciami alla mia.>> L'amarezza nella sua voce era qualcosa che non avevo mai sentito prima. Dolore, sì, ma mai rabbia.

<<Probabilmente hai notato che ho avuto un cambiamento dall'ultima volta che ti ho visto>> dissi, cercando di alleggerire la tensione. Indicai il mio pancione e sorrisi.

<<Sono contenta per te, Janie, veramente contenta.>>

Sembrava che fossimo su due mondi diversi. Non c'era niente che potessi dire per colmare il divario. Desideravo che mio padre fosse con me, o Greg, o chiunque potesse essere in grado di convincerla. Io non stavo andando da nessuna parte.

<<C'è pericolo che tu venga sfrattata da qui?>> Le chiesi, ricordandomi quello che mi aveva detto l'autista del furgone riguardo gli scrocconi. Se ne era a conoscenza lui immagino che anche altri lo sapessero e non sarebbe passato tanto tempo prima che le autorità prendessero provvedimenti per questo.

<<Stai pensando di parlare di noi a qualcuno? Noi non stiamo danneggiando nessuno, lo sai.>> La rabbia era andata via dalla sua voce ora lei sembrava più la Zara che mi ricordavo dei nostri tempi di scuola, malinconica e piena di sogni. Mentre nella mia mente rievocavo i bei momenti passati insieme, a sentire la musica e ballare, il ragazzo dai capelli biondi prese una chitarra che era per terra vicino al suo materasso e iniziò a strimpellarla. La musica addolcì subito l'atmosfera e notai che Zara era più rilassata. Lei chiuse gli occhi e mosse la sua testa a suon di musica.

<<Zara, ti ricordi quando ballavamo insieme? Abbiamo avuto dei momenti molto felici quando stavamo a scuola, è vero?>> Forse con i ricordi dei bei giorni avrei potuto incoraggiarla ad accettare il mio aiuto, proprio come era accaduto quando le dissero della morte di Joel.

<<È stato tanto tempo fa, io non sono più la stessa persona. Non mi hai mai conosciuto veramente. Fidati di me ti conviene.>>

<<Tu hai così tanto da offrire nel mondo, tu lo sai. Tutti i discorsi che abbiamo fatto mi hanno insegnato molto. Tu mi hai insegnato un modo nuovo di vedere le cose. Devi rendere orgoglioso Joel, andando avanti

con la tua vita. Non sprecare il tuo talento nascondendoti qui.>>

<<Vai a casa, Janie, vai a casa.>>

Stetti un altro po', ma sapevo che non stavo ottenendo nulla, eccetto il rischio di mettere Fagiolino e me stessa a rischio in quel posto umido e fetido. Quando andai via le promisi di ritornare. Lei rimase seduta sul materasso e quando fui sulla porta e mi girai per salutarla lei era con gli occhi chiusi e la testa china.

Sulla via del ritorno, sull'autobus respirai a fondo, cercando disperatamente di rimandare indietro le mie lacrime. Una volta a casa mi feci un bagno e misi tutte le mie cose a lavare prima che Greg fosse di ritorno. Anche dopo essermi lavata, l'odore di rancido e di umido mi era rimasto addosso.

Quando chiusi gli occhi quella notte nella mia mente c'era l'immagine di Zara che viveva in quello squallore. Ero schiacciata dal senso di impotenza.

Non ero stata la sola ad essere disturbata da quello che avevo visto e odorato. Fagiolino fu chiaramente infastidito dalla mia visita e decise di farci prendere una paura a tutti, il che significava che non sarei potuta tornare in quel posto per diversi giorni.

Il giorno dopo la mia visita a Zara mi svegliai con forti dolori alla pancia. Non dissi nulla a Greg e lo lasciai andare tranquillo al lavoro.

Lui aveva iniziato il suo nuovo lavoro da Mowbray ed era concentrato per fare buona impressione, così l'ultima cosa che volevo era preoccuparlo o distrarlo. Ma appena uscì mi vestii ed andai da mio padre.

<<Oh, principessa, tu non saresti mai dovuta andare>> disse mio padre, appena gli spiegai tutto.>> Te lo avevo detto. Chissà che virus ti puoi essere presa.>>

Dopo essermi seduta e aver bevuto due bicchieri di acqua mi sentii un pochino meglio, ma i dolori li avevo ancora ed erano abbastanza regolari.

<<Sono sicura che non è niente. Probabilmente non avrei dovuto mangiare quel curry ieri sera>> cercai di scherzare sperando di placare la preoccupazione di mio padre, sebbene non avessi mangiato nulla di simile al curry ma avevo mangiato una insalata e prosciutto. <<Mi stendo solo un pochino sul divano, per chiudere gli occhi. Ti dispiace? Hai clienti questa mattina?

<<Voglio che chiami il dottore, fallo venire oggi pomeriggio>> disse mio padre.

Dopo un dolore particolarmente forte che mi aveva quasi mozzato il fiato, decisi di seguire il consiglio di mio padre. Il Dr Filbert venne nel primo pomeriggio, mi visitò e mi disse che dovevo restare a riposo a letto per qualche giorno.

Phyllis Frobisher mi poteva sostituire alla biblioteca, lei ora era completamente guarita dall'infarto, così la biblioteca sarebbe stata in buone mani. Ma questa ora era l'ultima delle mie preoccupazioni.

<<Cosa dirò a Greg? Chiesi a mio padre. Non voglio che si preoccupi e mi ricominci a trattarmi con i guanti bianchi.

<<È tuo marito, quello che succede tra di voi non ha niente a che fare con me. Ma spero che tu gli dirai la verità?>>

Papà aveva ragione, ma ci sono diversi livelli di verità. Avrei applicato 'il bisogno di sapere' approssimativo raccontando a Greg che ero un po' sotto il tempo e avevo bisogno di riposare per qualche giorno.

Mi sentivo frustrata per non poter andare di nuovo da Zara. Avevo paura che pensasse che mi fossi scordata di lei. Papà provò a convincermi di raccontare alla polizia che l'avevo rintracciata, ma non potevo rischiare che venisse sfrattata e finisse in mezzo a una strada. C'era poco da dire quando pensavo al luogo squallido in cui avevo scoperto si era rifugiata Zara, ma almeno stava in un posto riparato, e non dormiva su una panchina del parco. Lei aveva scelto di nascondersi ed io dovevo scoprire perché. Usai i miei giorni di riposo per pianificare il prossimo passo.

CAPITOLO 26

Un vago sospetto su tutti e tutto riempiva la mia mente. Solo per un momento ho avuto una premonizione di avvicinamento al male.
Poirot a Styles Court - Agatha Christie

Dopo alcuni giorni di riposo stavo desiderando di ritornare da Zara. Ero decisa a convincerla di venire a casa con me, ma sapevo che avevo necessità di qualcosa che facesse da leva.

Alcuni giorni prima avevo notato un poster nella città, la pubblicità di una chiaroveggente, giustamente chiamata Crystal, che si offriva di svelare il futuro. Io non avevo mai creduto a tutte quelle assurdità mistiche, ma questi erano rimedi estremi per situazioni estreme. Aggiunsi 'contattare Crystal' alla mia lista di lavori da fare.

A parte il sostegno dal mondo degli spiriti, Gabrielle era l'unica persona che potessi contattare che poteva essermi di aiuto. Era un rischio di raccontarle di Zara. Data la loro reciproca antipatia, per fare dispetto a sua sorella, avrebbe detto subito di quel posto alla polizia.

Decisi di andare da Gabrielle sperando di poterle parlare, ma non volevo dirle nulla riguardo il deposito, e che lì avevo visto Zara. Sebbene il menefreghismo di Gabrielle mi irritava, lei era l'unico collegamento che avevo con il passato di Zara. Ero sempre più convinta che il suo passato mi avrebbe fornito il modo di poterla convincere a lasciare il deposito e tornare in un posto sicuro.

C'era la possibilità che la reazione di Gabrielle sarebbe stata più favorevole se non mi fossi presentata alla porta senza averla avvertita. Il modo migliore per avvisarla in tempo era scriverle una lettera, ma sembrava troppo formale.

Alla fine, le mandai una cartolina. Scelsi una cartolina con la immagine del molo di Tidehaven, evitando accuratamente tutte quelle con fumetti umoristici sul mare. Scrissi un messaggio semplice, che avrei avuto piacere di fare con lei un'altra breve chiacchierata e sarei andata da lei il sabato mattina verso le 11 sperando di trovarla in casa. Realizzai che questo preavvertimento le avrebbe dato una buona scusa per non farsi trovare in casa, ma valeva la pena rischiare.

Mentre mi vestivo quella mattina mi trovai preoccupata per cosa indossare. La mia scelta era limitata a uno o due vestiti, perché i miei pantaloni e camicette non mi entravano più. Scelsi il più fiorito dei miei camiciotti di cotone indiano che avrei potuto indossare sopra una calda maglietta, immaginando l'espressione di sdegno sul volto di Gabrielle per la mia mancanza di stile. Lo sfarfallio nel mio stomaco non aveva niente a che fare con Fagiolino. Avevo detto a Greg che avevo programmato di andare a comperare alcuni vestiti, perché ogni cosa del mio guardaroba si rifiutava di adattarsi alla mia pancia in continua espansione. Non era una bugia, perché intendevo fare una capatina in un paio di negozi mentre ritornavo da casa di Gabrielle. Greg fu contento che mi prendessi qualche ora per dedicarmi a me stessa e mi baciò prima di uscire, il che mi fece sentire ancora più colpevole.

La passeggiata fino all'appartamento di Gabrielle era per lo più in salita e quando arrivai ero senza fiato e sudata, nonostante fosse una giornata nuvolosa. Continuavo a ripetermi che non si trattava di un'intervista, era solo una chiacchierata amichevole, anche se 'amichevole' mi sembrava una possibilità troppo lontana.

Suonai il campanello chiedendomi dopo quanto tempo senza risposta avrei dovuto andarmene via. Invece due secondi dopo, lei mi aprì la porta.

<<Entra Janie, posso prendere il tuo mantello?>>

Prima di uscire di casa avevo afferrato un vecchio cardigan per sentirmi più calda, che si era rivelato inutile. Gabrielle era gentile, o stava facendo finta. In entrambi i casi non mi aiutava a farmi sentire a mio agio.

<<Grazie>> dissi, porgendole il mio cardigan. La seguii lungo il corridoio sino al salotto.

Era difficile vedere Gabrielle che aveva un portamento elegante, quando solo pochi giorni prima avevo visto la sorella gemella arruffata e sola. Il contrasto era netto tra l'oscura e sporca abitazione di Zara e questo salotto affascinante, che trasudava ricchezza e gusto.

<<Ho ricevuto la tua cartolina>> disse, guardandomi con aspettativa. Fu allora che realizzai che non mi ero preparata su come iniziare il discorso. Mi ero concentrata solo sul problema di varcare la porta, ora che ero qui non sapevo come iniziare.

<<Ho apprezzato che mi hai voluta incontrare>> iniziai, fermandomi quando realizzai come suonava formale. Quello di cui avevo bisogno era di alleggerire l'atmosfera tra di noi. Mi guardava aspettando e mi ritrovai a pregare di trovare qualcosa per rompere il ghiaccio, questo silenzio rischiava di congelarmi.

<<Mi piace la tua scelta dei quadri>> dissi. <<Non è solo per quello che rappresentano, ma come tu li hai esposti. Tu certamente hai una vena artistica. Hai dipinto anche tu qualcosa?>>

Lei sorrise e scosse la testa. La situazione stava diventando difficile.

<<È tanto che stai vivendo in questo appartamento? È così familiare, deve aver richiesto anni per farlo sembrare così.>>

<<Restiamo concentrate per il motivo per il quale sei qui, vuoi?>> disse, fissando il suo sguardo su di me.

<<Certamente. È solo che l'ultima volta che ti ho visto mi sei stata così utile e mi stavo chiedendo se ci fosse qualcos'altro su Zara che potresti dirmi. Riguardo il suo passato?>>

<<Non hai bisogno di addolcirmi, non ti sono stata d'aiuto e probabilmente non lo sarò ora.>>

<<Ti ha contattato la polizia?>>

<<No.>>

<<Niente dalle informazioni del signor Peters?>>

<<Il signor Peters?>>

La parola mi era sfuggita di bocca. Non volevo che lei sapesse in alcun modo che avevo parlato con il signor Peters. Forse non era troppo tardi per tornare indietro.

<<Ho la sensazione che sia il nome cha hanno inserito nel notiziario? Dissi. <<C'è stato un uomo che si è fatto avanti con un nuovo indizio. Forse mi sbaglio riguardo il suo nome, forse poteva essere Powell o Purcell. Tu dici che la polizia non ti ha aggiornato?>>

<<Perché avrebbero dovuto? Ho chiarito che non mi interessa se Zara è viva o morta. Per me non fa differenza.>>

<<Come puoi dire questo?>> Il mio cuore iniziò a battere forte e mi aspettavo che iniziasse anche il singhiozzo. Le fui grata che non mi avesse offerto il tè, anche se la sua mancanza di ospitalità non mi era passata inosservata.

<<Facilmente>> disse, con voce ferma e obiettiva. <<Ogni rapporto che possa essere esistito tra di noi è stato distrutto da molto tempo. Lei vive la sua vita ed io la mia. Vedi lei non mi ha mai perdonato.>>

<<Perdonarti? Per cosa? Cosa avevi fatto?>>

<<Le ho salvato la vita.>>

Non riuscii a trovare le parole, così rimasi in silenzio.

<<Quando Zara aveva quattordici anni cercò di suicidarsi>> si fermò per riflettere, o perché ricordava quanto fosse angosciante. Mi piaceva pensare che fosse quest'ultimo.

<<Avrei dovuto prevederlo, suppongo>> lei continuò. <<Ma a quell'età mi preoccupavo più dei miei capelli e del trucco.>>

<<Cosa l'aveva fatta diventare così infelice a soli quattordici anni? Non avevi davvero notato nulla?

Non ci dovrebbe essere un rapporto speciale tra due gemelle identiche?»

«È un errore, almeno per noi, eravamo come tutte le altre sorelle, alcune cose che condividevamo e altre no.»

Sapendo che Zara era stata così depressa prima, mi faceva sentire più ansiosa per il suo attuale stato mentale. Avevo l'immagine terribile di arrivare al deposito e trovare Zara in stato incosciente. Per un momento ebbi la voglia di andarmene direttamente a Brightport per assicurarmi che lei stesse bene.

«Cosa successe?» dissi, facendo brevi respiri per contrastare un crescente senso di panico.

«Il suo nome era Samuel. Lui era giamaicano. I suoi genitori erano venuti in Inghilterra dopo la guerra. Suo padre aveva combattuto con gli inglesi e amava l'idea di portare la sua famiglia nella madre patria. Quello che non sapevano era quanto odio ci sarebbe stato. Per Zara lui fu il primo ragazzo. Si conobbero in un caffè bar od un posto del genere. Ad essere onesta, non so molti particolari.»

«Lui la lasciò, fu questo che successe?»

«No, quasi l'opposto. I nostri genitori se ne accorsero e le vietarono di vederlo. Dissero che sarebbero stati infelici entrambi.»

«Avevano solo quattordici anni per l'amor di Dio. Sicuramente era solo un'amicizia, non era come se stessero per scappare e sposarsi. Tuttavia, tua madre francese doveva sapere tutto sull'importanza dell'accoglienza.»

«Tutto quello che so è che i miei genitori si erano fissati e per un po' ci furono interminabili discussioni ed urla. Io passavo la maggior parte delle sere nella mia camera da letto con la mia radio portatile accesa per sentire il meno possibile.>>

<<Tu parlavi con Zara di Samuel? Non lo hai mai visto?>>

<<Lo vidi un paio di volte quando andavano insieme in città. Lui sembrava un bravo ragazzo.>>

<<Cosa successe? Lei acconsentì di non vederlo più?>>

<<La decisione venne da sola. Samuel fu vittima di una aggressione. Alcuni giovani del luogo lo picchiarono, stette un po' di tempo in ospedale. Lo avevano ferito in viso con una bottiglia rotta. Fu terribile.>>

<<Oh Dio, povera Zara, povero Samuel.>>

<<Fu terribile per la sua famiglia, naturalmente erano preoccupati per la sorella più piccola di Samuel, così tornarono in Jamaica. Zara la prese molto male, dopo l'aggressione non parlò per settimane. Smise di andare a scuola. Quindi un giorno tornai da scuola decisa a convincerla a lasciare la sua camera da letto, ed uscire con me per una passeggiata. Lei si era rinchiusa in casa per tanto tempo. Suppongo che mi dispiacesse per lei, era sempre infelice. Bussai alla sua stanza e quando lei non rispose spinsi la porta e fui allora che la trovai.>>

Mentre mi raccontava la storia non c'era commozione o espressione nella sua voce. Era come se stesse descrivendo una scena di un film leggermente divertente.

<<Lei era stesa sul letto>> continuò. <<Si era messa uno dei suoi scialli sulla faccia, era così immobile che

all'inizio pensai fosse morta. Sul comodino c'era una bottiglietta di pillole vuota. Entrai nel panico, la scossi forte e mi accorsi che respirava, il suo petto si alzava ed abbassava. Iniziai ad urlarle 'svegliati, per l'amor di Dio, svegliati,' ma lei non rispondeva. Mia madre e mio padre erano fuori e non avevamo il telefono in casa. Sapevo che dovevo lasciarla per andare alla cabina telefonica. Ero terrificata dal pensiero che mentre non c'ero morisse, sapevo che avrei avuto la colpa. Corsi alla cabina telefonica, telefonai per chiamare l'ambulanza. Arrivarono in pochi minuti, la portarono in ospedale e le fecero la lavanda gastrica. Dicendole che era stata fortunata che io l'avessi trovata in tempo.>>

<<Perché dovrebbe odiarti per averle salvato la vita?>>

<<Perché lei voleva morire.>>

Ero sconvolta, ma ero grata di aver scoperto questo terribile momento della vita di Zara dopo che l'avevo vista almeno viva, anche se non in buone condizioni. Conoscere il suo tentativo di suicidio aveva appena confermato quello che molti avevano segretamente temuto quando era scomparsa.

<<Dopo questo ci trasferimmo, e venimmo a vivere qui>> lei continuò. << Mamma e papà dissero che avevamo tutti bisogno di cambiare aria. Per la stupidità di Zara io dovetti lasciarmi alle spalle tutti i miei amici. Mamma e papà si erano fissati con Zara, cosa faceva, come si sentiva. Avrei potuto anche essere invisibile per tutto ciò che gliene importava.>>

<<Così, il tentativo di suicidio è stato prima che vi trasferiste a Tamarisk Bay, poco prima che la conoscessi?>>

Lei annuì. <<Poi, non appena finita la scuola, dovemmo spostarci di nuovo. Nessuno chiese la mia opinione. Almeno ora posso scegliere dove vivere e chi frequentare.>>

Lei mi guardò male, facendomi capire che era il momento di andarmene.

L'immagine della povera Zara stesa sul suo letto in coma mentre Gabrielle cercava di salvarle la vita rese la mia mente vacillante e il mio stomaco agitato. I giorni che avevo lottato per scuotere Zara dalla sua depressione ora acquistavano ancora più senso. C'erano troppe somiglianze tra la sofferenza di quando le era stato portato via Samuel e la sofferenza che doveva aver provato dopo la tragica morte di Joel. Dovevo portare fuori Zara dal deposito in un posto più luminoso dove l'avrei potuta tenere sott'occhio. Sapevo cosa dovevo fare, ma non avevo idea di come farlo.

CAPITOLO 27

Ho sentito Poirot ridacchiare piano accanto a me. <<Come lo hai saputo?>> ho sussurrato.
Poirot a Styles Court - Agatha Christie

La prima settimana di lavoro di Greg da Mowbray andò bene. Ogni sera tornava a casa pieno di entusiasmo per ciò che aveva imparato, con un sacco di aneddoti divertenti. Lui si era inserito con il resto della squadra di Mowbray, e si poteva dire che erano contenti di averlo preso a bordo. Sentire i suoi racconti durante la cena era un perfetto antidoto ai pensieri ansiosi che passavano nella mia mente. Quando avevo iniziato a cercare Zara pensavo che rintracciarla fosse l'impresa più difficile. Invece, ora che l'avevo trovata, era chiaro che avevo tutta una serie di enigmi da risolvere. Era come essermi persa in un labirinto.

Sembrava che la lettura fosse passata di moda, a giudicare da un'altra giornata tranquilla nella biblioteca mobile. Una giornata tranquilla era proprio quello che non mi ci voleva. Dopo tutto quello che mi aveva detto Gabrielle sul tentato suicidio di Zara, ero più ansiosa che mai. Non potevo tornare al deposito sino a che non avessi elaborato un piano preciso. Prima di allora avevo necessità di distrarmi e lavorare, ma ogni ora sembrava non passare mai.

Poi la porta si aprì ed entrò una donna ed appena la vidi la riconobbi.

<<Posso lasciare questi volantini qui, mia cara>> disse <<questo posto sulla scrivania andrà bene.>>

Non ebbi bisogno di leggere la parte davanti del volantino per capire che era Crystal, la chiromante locale, i cui poster erano attaccati su tutte le bacheche della città.

<<Um, scusi, no, non possiamo fare pubblicità nella biblioteca, a meno che non si tratti di letteratura, quel genere di cose.>>

<<Bene, questo è quello che faccio. Parlare, non conferenze però, mia cara, oh no. Non giudico, è per questo che gli spiriti, fanno sapere se non sono felici.>> Mi chiedevo se lo scialle a brandelli che si era avvolta intorno alle spalle e i suoi orecchini pendenti facessero parte del suo vestito da lavoro, o se questo era il suo normale abbigliamento.

<<Giusto, sì, però mi dispiace, non posso proprio permetterle di lasciare i volantini. Lei può provare al negozio di giornali, quello all'angolo di High Street e Waterstone Avenue. Il signor Peters è il proprietario, sono sicura che sarà contento di aiutarla.>> Rimasi colpita, Crystal e il signor Peters avrebbero fatto una coppia ben assortita, entrambi innamorati del mondo degli spiriti e affascinati dall'aldilà.

<<Ne terrò uno per me, posso prenderlo?>> Il momento disperato necessitava di misure disperate. Ero già stata pazza abbastanza ad andare in giro per il cimitero con lo strano signor Peters, così pagare una mezz'ora per farmi leggere la mano, o qualsiasi cosa lei facesse, non era poi una idea molto brutta.

<<Non prevedo il sesso>> disse, indicando con la sua testa il mio pancione. <<Sto attenta con le future mamme, è una cosa preziosa, il parto, da non fare pasticci.>>

<<Giusto, sì.>>

<<Ma io ti aiuterò nelle tue ricerche.>> Forse c'era di più in Crystal di quanto pensassi.

<<Cosa ne sa lei delle mie ricerche?>>

<<Oh, stiamo tutti cercando, mia cara. È così che è la vita, cercare le risposte, per amore, per perdoni. Questo è fino a che non raggiungi la nuova vita che ha finalmente un senso. Io aiuto solo le persone lungo la strada. Bene, non io, capisci, sono gli spiriti che mi parlano.>>

<<Capisco, sì.>> Anche se in verità non avevo capito, ma ero affascinata dall'idea di sentire Joel cosa avesse da dirle dall'altro mondo.

<<Quindi ti vedrò, mia cara? Vuoi prendere un appuntamento ora? Di pomeriggio è meglio, vogliamo fare domani?>>

<<Er, sì, OK, perché no. Alle tre?>> Non avevo nulla da perdere tranne i soldi necessari per farmi leggere la mano.

Quando il giorno dopo andai via da mio padre gli dissi di Crystal. Lui non riusciva più a smettere di ridere e mi fece promettere che sarei tornata per raccontagli il risultato.

<<Sarà meglio di uno dei tuoi capitoli sugli omicidi>> disse.

Il posto dove lavorava Crystal era una piccola roulotte, nascosta dietro a uno dei tanti negozi in Tidehaven Old Town. Tutte le idee sull'interno di una roulotte di una chiaroveggente furono rapidamente disperse quando lei aprì la porta e mi fece entrare. Non si trattava di un'accozzaglia di porcellane floreali dai colori vivaci e di ottoni lucenti, invece le pareti erano chiazzate di muffa e il lampadario era così ricoperto di grasso che a malapena faceva un po' di luce.

Crystal mi indicò di sedermi di fronte a lei in una sedia di plastica blu, che sembrava presa da una discarica. Lei si era sistemata in una poltrona logora che si adattava alla sua figura rotonda. Tra di noi c'era un piccolo tavolino di legno coperto da un pezzo di pizzo, ingiallito dalle macchie di nicotina, dall'età, o entrambi. Si sentiva il debole odore di fumo di una sigaretta, c'erano alcuni bastoncini di incenso che avevano appena finito di bruciare.

<<Sei pronta, mia cara?>>

<<Er, sì, penso di sì.>>

<<Se allora puoi pagarmi. Preferisco essere pagata prima.>>

<<Sì, mi scusi>> le porsi la somma che mi chiedeva e lei la mise in una grande tasca che aveva davanti al suo grembiule fiorito. Si tirò lo scialle attorno alle spalle, chinò la testa ed iniziò a canticchiare. Immaginai che tutto questo facesse parte della scena, ma dovevo stringere i denti per non ridacchiare. Dopo alcuni momenti prese un mazzo di carte dal tavolo e me le diede.

<<Mischia per favore.>>

Guardai le carte, che erano più larghe di quelle da gioco normali e mi chiesi cosa fossero. Non ero mai stata abile a mischiare le carte e le vedevo già tutte sparpagliate per la roulotte.

<<Scusa, non so come.>>

<<Basta alzarle ora, così>> lei prese le carte e le divise più volte in mazzetti, quindi me le ridiede. Ripetei i movimenti e le rimisi sul tavolo.

<<Alza il mazzetto e scegli una carta>> disse.

Alzai alcune carte e ne scoprii una, e gliela diedi.

<<La torre, sì, questo ha senso.>>

<<Lo fa?>> Dissi sentendomi sempre più sciocca.

<<Scegli un'altra.>>

Io ripetei la mossa ancora per un paio di volte fino a che ci furono quattro carte davanti a me.

<<La torre, rappresenta un cambiamento, quindi non c'è da stupirsi. Devi stare attenta alla tua salute, non ti affaticare tu ora hai una piccola cosa a cui pensare. La luna, ora mi dice che stai trovando le cose un po' confuse. Hai avuto un po' di discussioni con tuo marito? Non mi dire nulla, non ho bisogno di sapere. Tutto quello che ti dico è scegliere le tue battaglie e devi essere pronta a perderne alcune. Ora questa è interessante, l'impiccato.>>

<<Oh, bene, ora stai pronunciando la sentenza finale?>>

Lei mi lanciò uno sguardo acuto, cercando di rimettermi al mio posto.

<<L'impiccato significa che tu sei a un bivio, devi imparare a capire dove ti porta il destino. Tu non puoi avere sempre il controllo su tutto, in effetti, penso che nessuno di noi ha il controllo di tutto.>>

<<Giusto, OK, e quest'ultima, sembra un diavolo? Se c'è qualcosa di negativo, preferirei non saperlo.>>

<<È nelle tue mani.>>

<<Che cosa?>>

<<Il diavolo non ti deve far paura, ti sta indicando di non mollare la speranza, di non prendere le cose per scontate, di scavare in profondità per trovare la verità di una situazione.>>

<<Così, riepilogando, mi ha detto che potrei avere uno strano litigio con mio marito, ho bisogno di stare tranquilla, mi devo ricordare che non posso controllare tutto e non rinunciare alla speranza. È quasi una fortuna, dover dire la stessa cosa a tutti.>>

<<Non c'è bisogno di essere scortese, mia cara, ti sto dicendo solo quello che mi dicono le carte.>>

<<Niente altro? Niente su un estraneo alto e oscuro o una grossa quantità di soldi?>>

<<Non mi piace il sarcasmo, non sono una imbrogliona. Io predico la fortuna da quando ero piccola, come mia madre prima di me. È nel mio sangue, lo tramandiamo nella mia famiglia da generazioni.>>

<<Bene, questo è bello, ma io mi aspettavo qualcosa di più per i soldi che le ho dato. Sembra un modo semplice per guadagnare qualche scellino, evitando di andare a lavorare.>>

<<Ora vorrei che tu te ne andassi.>> L'avevo fatta arrabbiare, chiaramente la sua sensibilità era più fragile di quello che pensavo. Si alzò e mi accompagnò alla porta. Quando l'aprì, vidi una giovane ragazza che scendeva dal vicolo verso la roulotte.

<<Sembra che stia arrivando la sua prossima cliente. Forse sarà più brava di me a mescolare le carte.>>

Mentre passavo vicino alla ragazza le sorrisi. <<Buona fortuna>> dissi. Fui tentata di dire molto altro, ma decisi che i suoi clienti avevano esattamente quello che cercavano. Una chiacchierata e un po' di speranza che domani potrebbe essere un giorno migliore.

CAPITOLO 28

Tra l'eccitazione senza fiato, allungò tre sottili strisce di carta.
<<Una lettera nella scritta a mano dall'omicida, mes amis!>>
Poirot a Styles Court - Agatha Christie

Ora che sapevo più informazioni sul passato di Zara speravo, con un po' di fortuna, di indurla a parlare e persuaderla a tornare con me per godere di un rifugio sicuro, almeno per un po'.

Alla prima occasione presi l'autobus per Brightport e mi incamminai per le strade fino al vicolo. Era deprimente rivedere quel posto squallido, disseminato di bottiglie rotte e bidoni della spazzatura che traboccavano di rifiuti.

Sapevo che l'interno del deposito sarebbe stato altrettanto demoralizzante come nella mia precedente visita, ma strinsi i pugni ricordandomi perché ero lì e, con nuova determinazione, spalancai la porta che dava nell'oscurità.

Dalla mia ultima visita c'era stato un cambiamento, ora c'erano solo tre vecchi materassi sul pavimento.

Come i miei occhi si abituarono alla penombra potei vedere Zara sdraiata con le spalle rivolte a me. Il ragazzo dai capelli biondi era seduto a pizzicare le corde della chitarra, con gli occhi chiusi come in trance. Il terzo materasso non era occupato, c'erano solo un paio di coperte gettate irregolarmente su di esso.

Mi avvicinai piano a Zara, chiedendomi se stesse dormendo, ma mentre mi inginocchiavo per toccarle la spalla lei si girò e si mise a sedere.

<<Janie>> disse, spostando i capelli dal viso. Sembrava come se non avesse dormito per molte notti di seguito. <<Ti avevo detto di non ritornare>> disse farfugliando, forse aveva bevuto o preso droghe, o una mistura di entrambe.

<<Ti devo parlare, ma non qui, quest'aria non va bene per il mio piccolo>> dissi accarezzando il mio pancione. <<Vuoi uscire con me e passeggiamo per un po'? Possiamo prendere un caffè da qualche parte? Trattiamo?>>

Lei sospirò, come se non avesse l'energia per discutere. Alzandosi afferrò una giacca grigia sottile ed un cappello di lana. Pensai all'elegante Zara di cui mi ricordavo e mi chiesi se sarebbe mai ritornata la persona che era.

Uscimmo nel vicolo in silenzio. Avevo il terrore di dire la cosa sbagliata e che lei si chiudesse di nuovo in sé stessa ma non sapevo quale poteva essere la cosa giusta. Lei si fermò al primo caffè che incontrammo spalancando la porta uscì una vampata di odore di fritto e fumo di sigaretta. Pregai in silenzio che quegli odori non mi avessero fatto passare la prossima mezz'ora nel bagno a dare di stomaco.

Questo doveva essere il luogo che lei frequentava abitualmente, perché il ragazzo corpulento dietro il bancone le versò una tazza di tè senza che lei lo chiedesse e la spinse verso di lei.

<<Cosa desideri, cara>> disse.

<<Caffè nero, per favore.>>

Lei prese una sedia ad un tavolo in un angolo e io mi sedetti di fronte a lei, mise due cucchiaini di zucchero nella sua tazza e la mescolò per diversi secondi, con lo sguardo fisso vero il basso.

<<Come vanno le cose?>> chiesi.

Lei scollò le spalle prese un sorso di tè e finalmente mi guardò.

<<Che cos'è che vuoi da me?>> disse.

<<Niente, voglio solo che tu stia bene.>>

<<Tu devi capire, che la vita che ho avuto prima non esiste più. Questa è la vita che ho scelto, quella che merito.>>

<<Perché meriti di essere infelice? Tu sei stata vittima di un terribile incidente allo stesso modo di Joel, ma non è colpa tua.>>

<<Sì, è colpa mia, è proprio così.>>

Bevve un sorso del suo tè e mi guardò in faccia, come per sfidarmi a rispondere. Mi chiedevo se pensasse che lei fosse destinata ad essere punita in quel modo, per aver cercato di togliersi la vita. Avrei voluto avere esperienza in psicologia o qualsiasi cosa che potesse guidarmi, darmi un indizio su cosa avrei potuto dire dopo.

<<Charlie è dovuto andare dal veterinario>> dissi.

Lei mi guardò, ma era come se stessi parlando un'altra lingua, o parlare di un altro mondo.

<<Il cane di papà, Charlie>> continuai. <<L'incauto animale ha deciso di calpestare una vespa sonnolenta, poveretta. Ha avuto tanto dolore e zoppicava. Ma ora sta bene.>>

Non ci fu nessuna reazione, per cui provai di nuovo.

<<Ti ricordi come invidiavi il suo manto peloso? Tu dicevi sempre le ragazze pagherebbero una settimana di stipendio per quelle ciocche castano con i riflessi dorati. Ogni parrucchiere si farebbe uccidere per riuscire ad avere quell'effetto. E io dicevo a Charlie la zia Zara è diventata un po'pazza.>>

Ogni cosa che dicevo sembrava che peggiorasse la situazione. Forse aveva più senso concentrarsi sulla verità.

<<Zara, ho parlato con tua sorella.>>

<<Perché?>>

<<Pensavo che sarebbe stata in grado di darmi qualche idea su come aiutarti.>>

<<Janie, vuoi fare qualcosa per me?>>

<<Qualsiasi cosa.>>

<<Vattene ora e non tornare. Non parlare con mia sorella di nuovo. Fai finta di non avermi mai incontrato.>>

<<Non posso fare questo, mi dispiace.>>

<<Hai una nuova vita che ti aspetta. La mia vita è contaminata, e tutto nero e ti farà solo dispiacere.>>

<<È troppo tardi, io sono già coinvolta. Non posso andarmene via e scordarmi di averti conosciuto. Noi siamo state buone amiche, siamo buone amiche. Tu sei come la sorella che non ho mai avuto.>>

<<Stai attenta a quello che desideri>> disse. Stavo ancora andando da nessuna parte.

<<Sei stata alla tomba di Joel, vero?>> dissi.

Lei mi guardò e poi abbasso lo sguardo sul tavolino.

La porta del caffè si aprì ed insieme al cliente entrò un soffio di aria fredda che mi fece rabbrividire.

<<La morte di Joel è stata colpa mia>> mentre parlava, toccava il polsino della vecchia giacca che indossava, evitando ancora il mio sguardo.

<<Cosa vai dicendo? Tu non guidi>> dissi, cercando di assorbire le sue parole.

<<Io ero lì.>>

<<Lui è stato investito da un'auto non c'era nessuno lì. Niente di quello che stai dicendo ha un senso.>>

<<Io ero lì quella notte. Io lo avevo seguito, noi abbiamo avuto una discussione.>>

Si alzò in piedi, mise la mano nella borsa di cotone che aveva appeso alla sedia e prese alcune monete. <<Come ti ho detto, non devi essere coinvolta nei miei casini, ti porterà in situazioni che preferiresti non conoscere>> disse.

Misi la mano sulla sua e gentilmente la spinsi indietro ed andai al bancone per pagare. Una volta uscite nel vento nord-orientale, era evidente che Zara era poco coperta con la leggera giacca che indossava.

<<Che ne è stato del cappotto caldo che indossavi l'altra volta che ci siamo incontrate?>>

<<L'ho dato a Dee, lei ne aveva più bisogno di me>> disse, mentre iniziò a camminare davanti a me.

<<Vai piano, c'è una ragione per la quale mi chiamavi sempre 'piccola', te ne ricordi?>>

<<Voglio che tu ora te ne vada Janie>> disse, non appena girò l'angolo per andare nel vicolo. Il pensiero che lei tornasse in quel deposito scuro e squallido e alla misera vita che si era scelta mi aveva fatto sprofondare nella tristezza.

<<Tornerò, non ti posso lasciare, non così.>>

Dovevo trovare un aiuto. Questo era un problema più grande di quello che potevo affrontare da sola e credevo in quello che dicevano riguardo ad un problema condiviso.

Quando arrivai mio padre stava salutando l'ultimo cliente della giornata.

<<Ciao principessa, non ti aspettavo oggi. Va tutto bene?>>

<<Ho bisogno del tuo aiuto>> dissi, mentre entravo in cucina. Mi versai un bicchiere di acqua e mi sedetti al tavolo di formica che era il nostro posto preferito per parlare.

<<Sono stata di nuovo da Zara e lei è in un posto orribile.>>

<<Il deposito?>>

<<Sì, ma è buio nella sua testa. Lei mi ha detto cose così... a essere onesti non so a cosa credere. Papà, verresti con me da lei, per aiutarmi a parlarle?>>

<<Tu sai che ti vorrei aiutare, ma non sono ancora convinto che tu debba fare tutto questo senza coinvolgere la polizia.>>

<<Non posso dirlo alla polizia, non ancora. Il problema papà, è che Zara si sente in colpa per la morte di Joel.>>

<<Oh, Janie.>>

<<No, non è così? Lei non può essere stata, lei non ha mai guidato. Per qualche ragione lei si sta accusando e non c'è modo di farmi ascoltare. Stavo pensando che forse con te, si tranquillizzerebbe. Lei potrebbe essere più disposta ad ascoltare. Dobbiamo

persuaderla a lasciare quel posto, e tornare a stare con me e Greg, almeno per un po'.>>

<<Hai raccontato qualcosa di tutto questo a Greg?>>

<<Non posso, non ancora. Ma ti prometto che lo farò.>>

Papà era in piedi, appoggiato al mobile della cucina si avvicinò ad una delle sedie e si sedette di fronte a me. Charlie stava sdraiato ai miei piedi, controllando ogni mossa di mio padre ed ora aveva cambiato posizione mettendosi accanto a mio padre, spingendo la testa contro il suo corpo.

<<Charlie mi sta dicendo che è ora della nostra passeggiatina pomeridiana. Ti vuoi unire a noi?>>

<<Mi piacerebbe, ma devo tornare a casa. Voglio esserci prima che torni Greg, altrimenti si preoccupa. Ci penserai? Non posso sopportare di lasciarla lì.>>

<<Sì, mia cara, ci penserò. Ti darò la risposta quando torni mercoledì.>>

Rincasando, mi fermai al negozio all'angolo per comperare alcuni stuzzichini per cena mentre entravo nella nostra strada vidi qualcuno che si allontanava dalla nostra casa. Sebbene potessi osservarlo solo di spalle c'era qualcosa di familiare in lui o lei ma non riuscivo a capire chi potesse essere. Aprendo la porta di casa trovai una busta sul tappetino. Non c'erano francobolli, perciò era stata consegnata a mano ed a prima vista ero quasi sicura che la busta era identica a quella ricevuta qualche settimana prima.

Portai la spesa in cucina e guardai più da vicino la busta. Ripresi l'altra busta dal cassetto della credenza e le misi vicine.

Ero abbastanza sicura erano uguali, tutte e due scritte dalla stessa persona. Qualsiasi detective, incluso Poirot, avrebbe investigato sulla calligrafia, elaborare un modo per abbinarlo ad un potenziale sospettato. Ma io non avevo nessun sospettato, solo alcuni indizi. Ed io non ero un detective, reale o immaginario.

Aprendo la busta che avevo appena ricevuto mi aspettavo di vedere altri ritagli di stampa, invece era una lettera scritta a mano.

'So alcune cose della tua amica che sono sicuro interesserebbero alla polizia. Forse tu hai interesse a farmi un'offerta per farmi tenere la bocca chiusa. Non sono avido, così sono sicuro che troveremo un buon accordo. Ti contatterò di nuovo appena avrai avuto tempo di pensarci.'

Le lettere non erano né firmate né datate. Sembrava come se qualcuno sapesse cose di Zara che la potevano mettere nei guai. Oltre tutto questa persona doveva avermi seguito, o quanto meno sapeva della mia amicizia con Zara. Rilessi di nuovo la lettera, sentendomi sempre più a disagio riguardo ciò che mi stava intimando.

Quando sentii Greg aprire con la chiave la porta di casa, misi le due lettere nella tasca del mio cappotto e iniziai a darmi da fare per mettere via la spesa.

<<Hei amore>> dissi <<Sei tornato presto. Tutto bene?>>

<<Sì, bene. Solo stanco. Come sta la mia ragazza?>> Entrando in cucina mise il suo porta pranzo nel lavandino. <<Un abbraccio?>>

<<Sì grazie>> dissi.

<<Hai ancora il cappotto indosso. Pensavo che oggi non dovevi andare da tuo padre?>>

<<No, sono andata pochi minuti fa al negozio all'angolo per prendere alcuni stuzzichini per il tè. Il tè del sabato OK?>>

<<Ma è martedì.>>

<<Io so, ma pensavo che l'uovo e le patatine sarebbero state la cosa giusta per un ragazzo in crescita.>>

<<Io o Fagiolino?>>

<<Entrambi.>>

Solo molto più tardi, dopo aver mangiato, lavato i piatti e sentito il notiziario, fui in grado di dedicarmi di nuovo alle buste. Più ci pensavo più sembrava che le due lettere erano state inviate da una persona che sapeva qualcosa sull'incidente di Joel, o pensava di saperlo. Mi dava la nausea immaginare che qualcuno volesse fare soldi dalla sfortuna di qualcuno e mentre ero sdraiata sul mio letto quella notte mi ripetevo quello che avrei detto a quell'individuo malvagio. Se questo era un ricatto e riuscivo a dimostrarlo, avrebbe ottenuto la sua meritata punizione e sarebbe finito in prigione. Ma le congetture e le prove certe sono due cose diverse.

Lo dirò a mio padre delle lettere. I suoi occhi non vedono, ma avevo imparato nel corso degli anni che papà non aveva bisogno di vedere per sapere cosa stesse succedendo.

\<\<Poirot\>\> ho chiesto seriamente. \<\<Hai preso una decisione su questo crimine?\>\>
\<\<Sì, cioè, credo di sapere come è stato commesso.\>\>
\<\<Ah!\>\>
\<\<Sfortunatamente, non ho prove oltre la mia supposizione, a meno che...\>\>
Poirot a Styles Court – Agatha Christie

Giovedì mattina la pioggia stava scendendo e io ero tentata di rimanere raggomitolata sotto le mie coperte calde. Poi pensai a Zara e i miei desideri egoistici svanirono.

Quando arrivai da mio padre lui era già sulla soglia di casa con la sua giacca e Charlie seduto accanto a lui.

\<\<Stai uscendo per la passeggiata? È un po' tardi, non ti pare?\>\> dissi.

\<\<No l'abbiamo fatta due ore fa. Eravamo fradici. Ora ci siamo asciugati e stavamo pronti ad aspettarti. Noi dobbiamo andare da Zara non è vero?\>\>

\<\<Ti ho detto di recente quanto ti voglio bene?\>\>

\<\<Può essere, ma fa sempre piacere sentirlo.\>\>

\<\<Grazie papà, veramente. Per me vuol dire molto. So che non ti senti a tuo agio per questo che andiamo a fare, ma sono certa che tu farai la differenza.\>\>

\<\<Andiamo. Oggi ho solo un paziente alle tre, così noi abbiamo tanto tempo.\>\>

Sebbene mio padre avesse preso confidenza nel camminare per le strade della città, lui raramente prendeva l'autobus. Il fatto che ero con lui di certo lo rassicurava. Charlie fece un ottimo lavoro, ma fu difficile capire quanto fosse la tariffa per un cane che prendeva un mezzo pubblico.

L'autobus arrivò in orario ed abbastanza vuoto, cosa che visto il maltempo fu una sorpresa, ma anche un sollievo. Ci sedemmo sul davanti stando attenti che le lunghe gambe di Charlie non creassero intralcio per gli altri passeggeri. Papà era tranquillo ma immaginavo che si sentisse in apprensione.

<<Cerca di farla parlare. Sono sicura che con la tua presenza sarà più tranquilla>> dissi. <<Gli sei sempre piaciuto. Gli ultimi due anni che andavamo a scuola lei ha passato più tempo nella nostra casa che nella sua.>>

<<Sì, mi ricordo tutta quella musica che non mi faceva sentire la mia radio>> disse, sorridendo. <<Facciamo un passo alla volta, ma non aspettarti troppo. Ne ha passate tante e sono sicuro che le sue emozioni stiano lottando per stare al passo con gli eventi.>>

Papà aveva ragione, ho sempre avuto grandi aspettative e poi restavo delusa quando le cose non andavano come speravo. Mentre papà e Greg raramente avevano dei preconcetti, forse è tipico degli uomini.

Quando ci avvicinammo al deposito, dovemmo superare rifiuti e detriti di ogni genere, assicurandoci che Charlie non calpestasse nessuno dei vetri rotti che giacevano nei rigagnoli.

<<OK, eccolo. Siamo arrivati. Entriamo tutti insieme o entro io e le dico che tu sei qui?>> dissi.

<<Entriamo insieme, Charlie ci faciliterà la situazione.>>

Spinsi la porta ed entrammo nell'oscurità. Il fetore del fumo stantio e dell'odore dei corpi era più forte che mai e mi ci volle un po' perché i miei occhi si abituassero all'oscurità. I tre materassi erano ancora per terra, le coperte sbrindellate gettate in un mucchio nell'angolo della stanza.

<<Salve di nuovo>> la voce proveniva dal fondo della stanza, e guardando mi resi conto che era il giovane dai capelli biondi che avevo incontrato nelle mie visite precedenti. <<Se siete qui per Zara, avete sprecato il tempo>> disse <<lei non è qui.>>

Anche nella luce fioca posso dire che a Charlie sarebbe piaciuto esplorare gli odori di muffa e probabilmente immaginava di poter annusare resti di cibo. Invece aveva un comportamento preciso, stava accanto a mio padre e lo guardava.

<<Sai dove è andata?>> chiese mio padre.

<<Questo è mio padre, lui conosce Zara da quando andavamo insieme a scuola>> dissi.

<<Mi dispiace, non vi posso aiutare. Non so dove lei sia.>>

Volevo sedermi per terra e piangere, eccetto che c'erano due importanti ragioni per non farlo, la prima perché era sporco, e la seconda era perché sarebbe stato difficile rialzarmi. Fagiolino stava crescendo impedendomi di muovermi liberamente, o forse era perché stavo mangiando troppi biscotti. Tuttavia arrivarono le lacrime; avevo trovato Zara per perderla di nuovo e tutto questo stava iniziando a travolgermi.

<<Zara ti ha parlato molto quando viveva qui?>> chiese mio padre.

<<Noi non ci intromettiamo nelle vite reciproche, condividiamo solo uno spazio vitale. A proposito io sono Luke. Io so che lei era triste, quando non dormiva passava tutto il tempo a piangere.>>

<<Chi altro dorme qui con voi? C'è un terzo materasso?>> dissi.

<<È di scorta ora, prima lo usava Dee, ma lei se ne è andata.>>

Mi ricordai che Zara l'aveva nominata aveva dato il suo cappotto a una che si chiamava Dee e speravo che lei fosse andata a cercarla.

<<Penso che tu non sappia dove è andata Dee?>>

<<La famiglia di Dee è ricca, ma l'hanno cacciata quando si sono accorti che lei si drogava. Lei ha avuto un momento difficile, peggio di tutti noi.>>

<<Tutti noi?>>

<<Sì, abbiamo provato tutti un po' di questo e quello, ma Dee è stata coinvolta con un ragazzo, lui l'ha introdotta alle droghe pesanti.>>

<<LSD?>>

<<Sì, penso di sì.>>

<<Lei sta cercando di cambiare vita. Zara era una sua buona amica. Forse Dee è tornata a casa. Tutto è possibile. Posso accarezzare il tuo cane?>>

Papà fece un piccolo gesto con la mano, indicando a Charlie che poteva andare avanti e Luke si chinò per accarezzarlo.

<<E tu, figliolo?>> disse mio padre.

<<Sto bene, sto solo cercando di capire il significato della vita.>>

<<Questo potrebbe prenderti un bel po' di tempo. Come vivi, dove prendi i soldi per mangiare?>>

<<Suono questa>> disse, strimpellando la sua chitarra. <<Io sto bene, abbastanza per cavarmela.>>

<<Ti auguriamo ogni bene>> disse mio padre.

<<Da quanto tempo sei cieco?>> disse Luke.

<<Oh, sono alcuni anni adesso.>>

<<Deve essere dura, non poter vedere il cielo?>>

<<Io posso ancora vedere, l'ho nella mia memoria.>>

<<Ci sono cose che ho visto, che vorrei non averlo mai fatto.>>

<<È stato un piacere conoscerti, figliolo>> disse mio padre, sporgendo la sua mano. Luke si alzò in piedi e strinse la mano a mio padre.

<<Anche per me>> disse <<se Zara ritorna gli dirò che siete venuti. Posso capire perché parlava bene di voi, siete brava gente.>>

Lasciammo il deposito ed andammo in silenzio alla fermata dell'autobus.

<<E adesso?>> Chiesi a mio padre, una volta che eravamo sull'autobus.

<<Non ne ho idea>> disse <<forse abbiamo bisogno che lei faccia la prossima mossa?>>

<<Ma questo vuol dire non fare niente.>>

<<Alcune volte è la sola cosa che puoi fare.>>

<<Se scoprissi qualche altra cosa su Dee, forse mi darebbe un indizio.>>

<<Hai sentito cosa ha detto Luke, non sa dove è andata Dee. Forse lei è tornata dalla sua famiglia per provare a cambiare vita, dunque l'ultima cosa che tu puoi fare è interferire.>>

<<L'unico modo che ho per ritrovare Zara è proprio questa. Interferire.>>

L'autobus prese una curva un po' troppo veloce ed io e papà ci ritrovammo entrambi sbattuti in avanti dal nostro posto. Charlie fece un piccolo guaito, come per rimproverare l'autista.

<<Stai bene?>> dissi, quando ci eravamo risistemati sul sedile.

<<Sto bene. Non devi preoccuparti per me. E tu? Non ha sbattuto il bambino?>>

<<No, Fagiolino è forte. Ha preso dal nonno.>>

<<Mi piace il suono di questa parola>>

<<Nonno o nonnino? Hai preferenze?>>

<<Lasceremo decidere a Fagiolino? Caspita, che pensiero. La mia piccola Janie, una mamma.>>

<<Er, sì, strano pensiero, non è vero? Pensi che sarò in grado?>>

<<Tu sarai perfetta. E non dimenticare quel tuo marito, sarà un grande papà>>

<<Tu non pensi che Zara sia stata così sciocca da prendere droghe pesanti, vero?>>

<<Non lo so, cara, ma se anche lo avesse fatto tu devi accettare la sua decisione. Ognuno di noi è responsabile delle scelte che fa.>>

Quando tornammo a casa da papà mi ricordai delle buste. Le presi dalla tasca e le posai sul tavolo della cucina.

<<Ti ricordi che ti avevo detto di una busta un po' di tempo fa con dei ritagli di carta dentro?>>

<<Sì, perché?>>

<<Bene, ne ho ricevuta un'altra>> lessi la lettera a mio padre mentre lui prendeva il tè.

<<Alcuni malandrini cercano di fare soldi dalla miseria di qualcuno. Questa è una cosa cattiva è il prodotto di una mente malata>> disse.

Sospirai un po' troppo forte. Non volevo che mio padre si preoccupasse per me, ma ogni giorno che passava mi sembrava di perdere sempre di più la mia padronanza nelle situazioni. Avrei voluto fare un viaggio con la macchina del tempo del Dr Who e tornare a quei giorni di scuola, quando tutto era possibile e la cosa più complicata che mi riguardava era decidere che paia di scarpe indossare.

<<Non perdere la concentrazione>> disse mio padre, leggendo il mio pensiero.

<<Parlami di tutto quello che hai scoperto sino ad ora.>>

<<Joel è stato investito da uno sconosciuto. Zara dichiara la sua responsabilità. Ma tu sai cosa dice Poirot? Che il primo istinto di un criminale è deviare i sospetti da lui o da lei in questo caso. Se Zara lo avesse fatto, difficilmente lo ammetterebbe ora, dopo tutto questo tempo. Non c'è verso che Zara possa essere un criminale, sono certa di questo, e niente altro.>>

<<OK, Cosa c'è dopo questo tuo riassunto?>>

<<Greg vide Joel e Zara che correvano insieme, felici e contenti.>>

<<Niente altro?>>

<<Zara andò via da casa nostra e quel giorno il signor Peters la vide nel cimitero, che metteva un appunto dietro la lapide, appunto che io ho trovato. Il signor Peters non ha detto di averla vista se non dopo molti mesi.>>

«Cosa pensi che voglia dire» disse papà.

«Perché non sapeva che la stavano cercando?»

«Può essere.»

«Andiamo, dimmi cosa stai pensando. Ti ricordi che tu sei l'ex detective. Io sono solo una principiante.»

«Bene, potrebbe essere che il signor Peters abbia visto più di quanto stia lasciando intendere. Può essere, solo può essere, che abbia escogitato un modo per guadagnare un po' di soldi. Non si guadagnano molti soldi nel gestire un'edicola. Gli ultimi due hanno fallito, non è vero?»

«Oh, caspita, papà. Cosa dici di Owen? Ho bisogno di incasellarlo da qualche parte.»

«Sono sorpreso che hai avuto il tempo di venire a lavorare. Non stai trascurando la tua biblioteca, vero? Tu sei stata fortunata a trovare quel lavoro, devi tenertelo caro.»

«Owen e Zara erano fidanzati. Lui è ancora innamorato, sono sicura. Lui odiava Joel ed ora sappiamo che ha un caratteraccio. Potrebbe avere qualcosa a che fare con l'incidente? Il padre mi ha detto che l'ultima volta che era tornato a trovarli era circa tre mesi fa. Lo stesso periodo in cui è scomparsa Zara.»

Mio padre scosse la testa, la sua espressione mostrava più che una leggera preoccupazione.

«Un'altra idea ho avuto» dissi, riflettendo che forse avevo realizzato più di quanto mi aspettassi.

«Quale idea?»

«Petula. Cosa avrebbe fatto il padre se avesse saputo di Joel, forse voleva dargli una lezione per aver trattato sua figlia così male. Può essere che la situazione gli sia sfuggita di mano?>>

<<OK, a questo punto tu devi davvero coinvolgere la polizia. Io penso questo Janie. Sta diventando troppo pericoloso a mio parere e Greg avrebbe tutte le ragioni se solo conoscesse la metà di ciò che hai fatto. Promettimi che porterai queste buste ed il loro contenuto alla polizia e lascia che loro proseguano.>>

<<Lo prometto.>> Non ebbi bisogno di incrociare le dita dietro la schiena quando accettai. Avevo detto di portare le lettere, avevo ancora intenzione di non dire nulla riguardo il deposito. Dovevo proteggere Zara fino a quando si fosse trovata la verità.

CAPITOLO 30

Poi, all'improvviso, chiese: <<Sei un intenditore delle impronte digitali, amico mio?>>
<<No>> dissi, piuttosto sorpreso. <<So che non ci sono due impronte simili, ma questo è il limite della mia scienza.>>
<<Esattamente.>>
Poirot a Styles Court – Agatha Christie

L'ufficiale detective sergente Bright mi fece aspettare un quarto d'ora prima di farmi entrare nella stessa stanza senza aria in cui ci eravamo già seduti nella precedente visita. Ancora una volta aveva con se un portacenere sporco ed un pacchetto di sigarette. Mi venne da ridere quando vidi che aveva anche in mano un bicchiere di acqua. Lo mise di fronte a me ed annuii con un grazie.

<<Ho capito che lei ha qualcosa da dire riguardo Zara Carpenter?>>

<<Bene, sì, una specie>> dissi mettendo sul tavolo davanti a lui le due buste. <<Ho ricevuto questa poche settimane fa e quest'altra l'altro giorno.>>

<<Lei sa che nascondere le prove è un crimine?>>

<<Non ho nascosto prove, sono qui davanti a lei.>>

<<Lei ha preso del tempo prima di mostrarcele. Perché?>>

<<Bene, non ci ho dato peso. Almeno non alla prima, pensavo fosse solo uno scherzo infantile. Quindi quando ho ricevuto la seconda mi sono chiesta se ci poteva essere dell'altro.>>

<<Vedo>> disse, togliendosi gli occhiali e guardando più da vicino le buste. Stavo per prenderne una in mano.

<<Non le tocchi>> disse, con una voce adatta a un sergente maggiore dell'esercito.

<<Stavo solo indicandole che la calligrafia è la stessa su tutte e due. Lo vede? Ed è la stessa calligrafia della lettera che c'è in una delle due>> la indicai, stando attenta a non toccare nulla.

<<Le impronte digitali, vede. Noi possiamo avere molte informazioni dalle impronte digitali>> disse.

<<Io le ho già toccate, le ho aperte e le ho fatte vedere a mio padre.>>

<<Suo padre? Perché è coinvolto?>>

<<Non è coinvolto, è solo mio padre. Lui è stato un poliziotto, così lui si intende di prove e tutta quella roba, infatti è stato lui che mi ha detto di portarle da voi per farvele vedere.>>

<<Bene, lui le ha detto la cosa giusta. È stato un poliziotto, ha detto? Ha lavorato qui?>>

<<Sì, ma è stato anni fa, prima che lei arrivasse.>>

<<Non potrei attaccarlo, quindi?>>

<<Lui è stato un brillante detective, in realtà>> potevo sentire la mia voce intensificarsi di tono mentre mi alzavo in difesa di mio padre.

<<Lui ha avuto un incidente, è cieco. Questo ha comportato la difficoltà per continuare il lavoro nella polizia, come lei può immaginare.>>

<<Mi dispiace di sentire questo. Ora concentriamoci su quello che abbiamo in mano, va bene?>>

Prese dalla tasca della sua giacca un paio di guanti di plastica e se li mise. Quindi aprì con attenzione la prima busta e tirò fuori i ritagli di stampa, allisciandoli piano sulla scrivania.

<<Riguarda Zara.>>

Lui non disse nulla, ma continuò ad aprire la seconda busta ed era tranquillo mentre leggeva la lettera.

<<Come fa questa persona a sapere della mia amicizia con Zara? È chiaro che stanno cercando di spaventarmi>> dissi.

Lui non rispose, ma rimise i contenuti nelle loro rispettive buste e si tolse i guanti.

<<Io ho una teoria>> dissi.

Il detective strinse le spalle. <<Va bene, dica Einstein>> disse con voce sarcastica.

<<Ricatto.>>

<<Questa è una accusa seria.>>

<< È un crimine serio.>>

<<Noi abbiamo bisogno di prove.>>

<<Voi le avete, sono davanti a lei.>>

<<Questa è una prova da niente, eccetto che qualcuno ha deciso di ridere alle sue spalle e di prenderla in giro. Ascolti il mio consiglio, signorina...>>

<<Signora.>>

<<Il mio consiglio è di lasciare questo ai professionisti. Non si immischi in cose che non capisce a pieno. Vada a casa da suo marito e ci lasci fare le nostre inchieste.>>

<<È solo che non lo fate. Che cosa avete fatto da quando avete avuto il nuovo indizio?>>

<<Questi non sono affari suoi, non è così? Penso che abbiamo finito qui. Vorrei solo prendere le sue impronte digitali se posso ed anche quelle di suo padre se è d'accordo, per eliminarle.>>

<<Pensa che vi aiuteranno?>>

<<Che cosa?>>

<<Le lettere vi aiuteranno nella vostra ricerca di Zara?>>

<<Non posso discutere il caso con lei, ma la ringrazio di averci portato queste prove. Ed ora, signorina, le auguro una buona giornata.>> Si alzò in piedi, spingendo la sedia lontano dal tavolo e vide che ero in stato interessante.

<<Mi farete sapere se, scoprirete chi me le ha mandate?>>

<<Il sergente del bancone prenderà le sue impronte digitali e può chiedere a suo padre di venire appena può?>>

<<Giusto, sì>> dissi, mentre mi faceva uscire dalla stanza indicandomi il sergente del bancone. Farmi prendere le impronte digitali mi creava uno stato di eccitazione, prima che mi ricordassi che non era un gioco o una scena di una commedia, era reale e spaventoso. Zara poteva essere in pericolo e non sarei stata in grado di riposare tranquilla sino a che non lo sapevo in salvo.

La migliore possibilità ora, era che Zara tornasse al deposito così potevo cercare di capire perché lei si sentiva in colpa per la morte di Joel. Hercule Poirot avrebbe già risolto il caso da tanto.

Mi chiedevo se fosse il caso di dirle che sapevo del suo tentato suicidio. La traccia della violenza di Owen era anche nella mia testa; Zara era l'unica persona che poteva dire la verità riguardo il giorno in cui Owen l'aveva picchiata. Ma non volevo impaurirla. A questo punto analizzavo nella mia mente cosa sarebbe potuto accadere.

Il mio turno di venerdì nel furgone della biblioteca fu così impegnativo che non ebbi il tempo di pensare, ma mentre stavo riordinando per chiudere entrò il cliente dell'ultimo minuto.

<<Salve, sei Janie, vero? Mia nonna mi ha detto che la sostituisci. Mi ha detto che fai un ottimo lavoro.>>

<<Grazie, tu devi essere Libby, Phyllis mi ha parlato tanto di te, tu sei la sua nipote preferita.>>

<<Sì, bene, la sua unica nipote.>>

<<Tu vivi in Devon?>>

<<Cornwall, vicino Falmouth. Almeno ci stavo, ho deciso di tornare qui. Mi mancava troppo mia nonna e il mio lavoro laggiù è noioso. Devo intraprendere qualcosa di nuovo.>>

<<Tu sei una giornalista, vero?>>

<<Sì, sono stata in un giornale locale e la cosa più eccitante che possa accadere è quando uno dei pescatori prende un premio per il pesce pescato. Ho pensato che qui ci possono essere più avvenimenti. Sono riuscita ad avere un lavoro con il *Tidehaven Observer*. Non si sa mai che possa fare un reportage su un interessante omicidio.>>

Speravo che stesse scherzando, ma feci finta di nulla.

<<Bene, è stato un piacere conoscerti, sono sicura che tua nonna sarà contenta di averti vicino. Lei è una donna speciale>> dissi.

<<Lo so, sono fortunata ad averla. Lei ha un debole per te, lo sai. Per il tuo potenziale nascosto. È troppo tardi se scelgo un libro?>>

Incontrare Libby significava avere i mezzi per pubblicizzare tutte le discrepanze riguardanti la morte di Joel e la scomparsa di Zara, ma non potevo rischiare. Per prima cosa la polizia mi avrebbe accusato di interferire in un caso di crimine e poi c'era il problema di far sapere a tutti che avevo rintracciato Zara. Dovevo tenere questa scoperta segreta sino a quando non potevo stabilire se Zara era a rischio.

Greg aveva proposto di andare sabato sera in un pub. Alcuni suoi amici di freccette sarebbero stati lì ed immaginavo che volessero parlare di tattiche prima del prossimo incontro. Pensando ad una uscita serale, e su cosa avrei indossato mi ricordai che avevo notato l'ultima volta che ero stata a Brightport una svendita per fallimento in un negozio.

Così, pianificai di combinare un viaggio per shopping con una breve visita al deposito sperando che Zara ci fosse ritornata, o almeno che Luke avesse nuove notizie.

Era una mattinata frizzante e soleggiata, e il centro della città di Brightport era affollato di gente felice di vedere il cielo blu, nonostante il freddo all'inizio della giornata. Scesi dall'autobus in Town Hall Square e decisi di andare al deposito prima di curiosare per i vestiti.

Una folla si era radunata intorno ad un giovane musicista e mentre mi avvicinavo vidi che era Luke, era seduto su un piccolo sgabello pieghevole, e stava suonando la sua chitarra. Aveva messo un berretto per terra davanti a lui e le persone già avevano dimostrato il loro apprezzamento riempiendolo a metà. Terminò di suonare, e ci furono applausi entusiastici e lanci di monete. Cercai il portamonete nella mia borsa, andai per mettere alcuni spiccioli nel berretto quando qualcuno attirò il mio sguardo.

Non appena mi voltai per guardare meglio, si voltò ed iniziò a camminare.

<<Zara, aspetta>> le strillai.

Un paio di persone mi guardarono, ma lei non si girò e nonostante affrettassi il passo non riuscivo a raggiungerla.

<<Zara, fermati.>>

Forse fu per la disperazione nella mia voce, o forse gli dispiaceva per la sua povera amica in stato interessante. Lei si fermò e attese che gli ammiratori di Luke sfollassero.

<<Come stai? Sei andata a stare da Dee? Luke mi ha detto che lui pensava fossi andata lì? Le indicai una panchina invitandola a sedersi accanto a me.

Ci sedemmo vicine, guardandola la vedevo distante, la sua attenzione era rivolta all'orizzonte. <<Sì, Dee è una buona amica, ha avuto un momento difficile, ma sono sicura che quello che sta attraversando adesso è peggio.>>

<<Spero che anche io sia una tua buona amica?>>

<<Sì, naturalmente, non volevo dire.... È solo che Dee è uscita fuori dalla droga, lei lo ha fatto con i genitori, sono stati fantastici. Sono stata con lei, aiutandoli in quel periodo, alla fine mi piace pensare che sono stata di aiuto.>>

<<Sono sicura che tu lo sia stata, tu sai esattamente cosa vuol dire stare in una situazione buia. Tu puoi capirlo meglio di ogni altro.>>

Lei indossava un vestito di cotone indiano dai colori vivaci, con uno scialle di lana bordeaux avvolto intorno alle sue spalle.

<<Mi piace questo vestito, fa risaltare tutto il meglio di te.>>

<<È stato un regalo di Dee, la notizia positiva è che lei è davvero di nuovo in pista. Lei è uscita completamente dalla droga e sta parlando di ritornare al college.>>

<<Questo lo deve a te. Sembra che ne abbia passate molte, ma anche tu. Mi permetterai di aiutarti, proprio come hai fatto tu con Dee?>>

<<Tu hai già fatto tanto per me. Tu e Greg. Tu mi hai aiutato per un anno, questo non deve essere stato facile.>>

<<Cosa è successo che ti ha fatto andare via quel giorno Zara? È successo qualcosa? Ti ha minacciato o messo paura qualcuno?>>

Mi guardò e scosse la testa. <<Sono stata un peso per te per un anno intero, non era giusto.>>

<<È stata solo questa la ragione? Sei sicura non sei stata impaurita da qualcosa o da qualcuno?>>

<<Era passato un anno ed io mi sentivo sempre uguale. Il dolore era sempre lo stesso. Rivivevo ogni minuto e non cambiava niente, era sempre tutto nero. È allora che ho capito che dovevo andarmene dalle vostre vite.>>

<<Zara, sei in grado di raccontarmi cosa successe quella notte, la notte dell'incidente di Joel. Il

problema è, che ho scoperto alcune cose, ci sono persone che avrebbero voluto fare del male a Joel?>>

<<No, non c'era nessun altro lì>> disse, ma c'era una esitazione nella sua voce.

<<Dimmi cosa successe.>>

Fece un respiro profondo e iniziò a parlare e mentre lo faceva sembrava che il suo corpo si rilassasse, come se fosse sollevata di poter condividere i suoi orribili ricordi.

<<Ti rammenti che Joel aveva preso a correre. Bene, un paio di volte era andato lì fino a tardi, quando era quasi buio, e quando ritornava aveva addosso un odore che non aveva nulla a che fare con il sudore. Non era un odore lo sapevo troppo bene, era profumo. Così quella sera lo seguii. Mi tenevo nell'ombra, lui non si accorse che ero lì. Avevo ragione, naturalmente.>>

<<Ragione su cosa? Cosa vedesti?>>

<<Non cosa, chi. Mia sorella. Joel e Gabrielle che si abbracciavano e baciavano, questo è quello che vidi.>>

<<Tua sorella? Ma sicuramente lei non voleva...>>

<<Oh, mia sorella voleva e ha, con ogni ragazzo che abbia mai amato.>>

<<Ma Joel, ti adorava. Non ti avrebbe mai tradito, e poi proprio con tua sorella?>>

<<Lui voleva e lo ha fatto. Lo sapevo o almeno lo sospettavo. Io aspettai fino a che loro finissero le loro effusioni. Lei se ne andò e quando lei fu fuori dalla vista lo raggiunsi e lo affrontai. Abbiamo avuto una discussione infuocata. Lui mi ha urlato, che non era giusto che lo avessi seguito, disse che non ero un suo

possesso, lui era libero di fare quello che voleva e io non potevo farci nulla.>>

<<Deve essere stato orribile.>>

<<Poi iniziai ad implorarlo, gli dissi che lo amavo, che mi aveva ferito e che lo avrei perdonato, a condizione che avesse promesso di non rivederla più.>>

<<Cosa ti rispose?>>

<<Lui rise di me, poi mi afferrò e mi diede un bacio sulle labbra lungo e duro. Non c'era amore in quel bacio, fu l'ultimo bacio che ci siamo dati.>>

<<Oh, Zara, poverina. Dopo cosa avvenne?>>

<<Non lo so, questo è quanto. L'ho lasciato lì che rideva, potevo sentire la sua risata mentre correvo via. Lo sento anche ora, la notte, è nella mia testa, alcune volte penso che io stia diventando pazza.>> Lei aveva afferrato il bordo del suo scialle e lo stava torcendo in una palla stretta. La sua voce era tremante ed il respiro pesante.

<<Non è stata colpa tua, non lo capisci. Lui deve essere uscito correndo verso la macchina che lo ha investito, tu non ti puoi accusare>> Cercai di prenderle la mano nelle mie per rassicurarla, ma lei le allontanò e si alzò.

<<Se fossi rimasta con lui, non sarebbe successo. O se non fossi mai andata lì, se non avessimo discusso. È colpa mia, Janie, io l'ho ucciso.>>

CAPITOLO 31

<<Non dirlo! Oh, non dirlo! Non è vero, non può essere vero, non so cosa metta nella mia testa un'idea così selvaggia, così terribile!>>

<<Ho ragione, no?>> chiese Poirot.

<<Sì, sì; tu devi essere un mago per aver indovinato, è troppo mostruoso, troppo incredibile.>>

Poirot a Styles Court - Agatha Christie

Avevo tutto ciò di cui avevo bisogno e c'era solo una persona che dovevo affrontare. Notai un taxi parcheggiato davanti casa di Gabrielle quando arrivai. Suonai il campanello e lei gridò <<Scendo subito.>> Stavo per suonare di nuovo per annunciarmi quando si aprì la porta e lei eri lì in piedi, indossava un cappotto verde smeraldo e portava una borsa multicolore.

<<Oh, sei tu>> disse.

<<Sì, vorrei chiederti qualche altra cosa riguardo Zara.>>

<<Non mi posso fermare, quello è il mio taxi e non posso farlo aspettare.>>

<<Starai via molto?>> indicandole la borsa, mentre lei la porgeva al tassista.

<<Alcuni giorni, o forse più a lungo, non ho deciso.>>

<<Mi piacerebbe parlarti, quando tornerai?>>

<<Non ho nulla da dirti che non ti abbia già detto. Ad essere onesta, stai diventando piuttosto noiosa. Zara riapparirà se e quando lo vorrà. Io devo condurre la mia vita e lei la sua. Ora devo andare.>>

<<Giusto, sì, bene>> dissi e con quello lei entrò nel taxi.

C'era stata più di una occasione durante le mie ricerche in cui avrei voluto avere una macchina fotografica con me. Non sapevo se era coinvolta, ma sapevo che una fotografia della borsa di Gabrielle, che era ora nel taxi avrebbe sollevato l'interesse della polizia. La borsa ricamata era identica a quella che avevo preparato per Zara nel giorno in cui era morto Joel, la stessa che era stata sulla sedia vicino al suo letto tutto il tempo che era stata da noi. La stessa borsa che il signor Peters aveva detto di avere visto con Zara il giorno che l'aveva notata nel cimitero, il giorno che era scomparsa.

Aprii la portiera del taxi e scivolai sul sedile posteriore accanto a Gabrielle.

<<Dove pensi di andare?>>

<<Sto venendo con te. Starò con te sino a quando non mi darai delle risposte, sino a che non mi dici tutta la verità.>>

<<Come ti permetti di ficcare il naso negli affari degli altri? Non sei una donna poliziotto, sei solo una patetica bibliotecaria. Tornatene ai tuoi libri, Janie, e lasciami in pace.>>

Il tassista stava aspettando istruzioni per partire, con o senza il passeggero aggiuntivo.

<<Non vado da nessuna parte, vado dove stai andando tu>> dissi. <<Dove è che sei diretta? Il tassista sta aspettando che tu glielo dica.>>

<<La stazione ferroviaria di Tidehaven, per favore autista>> la voce di Gabrielle tremò per l'irritazione.

<<Dove andiamo poi? Cercavo di tenere la mia voce ferma e costante, ma iniziavo a preoccuparmi di cosa sarebbe successo quando Gabrielle sarebbe salita su un treno. Potevo seguirla una volta che avesse lasciato Tidehaven, o altrimenti mi sarei arresa.

<<Non ho niente altro da dirti. Puoi continuare a fare domande, ma non avrai nessuna risposta da me>> disse.

<<Come mai tu hai la borsa di Zara?>>

<<Cosa?>>

<<La borsa di Zara, quella che hai dato all'autista da mettere nel portabagagli. Lo so che è di Zara perché l'ho preparata per lei la notte in cui è morto Joel, la notte che è venuta a stare con noi.>>

<<Non è di Zara, è la mia.>>

<<Non capisco.>>

<<Noi siamo gemelle, nostra madre era contenta di comprarci regali identici. Così privo di originalità.>>

<<Tutte e due avete la borsa ricamata?>>

<<Non sei così perspicace, vero? Non c'è da meravigliarsi se non riesci a trovare Zara.>>

<<È qui che ti sbagli.>>

<<Io?>>

<<Sì, io l'ho trovata. Ho saputo dove è da un po'.>>

<<Dove sta? Sono sua sorella, ho il diritto di saperlo.>>

<<Tu non hai nessun diritto. Non ho intenzione di rivelare dove si trova.>>

<<L'hai detto alla polizia?>>

<<No.>>

«Puoi essere accusata di nascondere le prove. Forse lo dirò io alla polizia. Sono sicura che saranno contenti di ascoltarmi.»

«Sì, perché non lo fai? Sono sicura che saranno molto interessati a sentire ciò che hai da dire. Infatti potremmo andare insieme alla stazione di polizia. Potrei dirgli cosa accadde realmente la notte che Joel è morto, e tu puoi raccontare il resto.»

«Che cosa ne sai? Tu non eri lì.»

«No, ma c'era tua sorella, non è vero? Lei aveva seguito Joel, ha visto che vi baciavate. Ha scoperto di voi due e della vostra squallida storia.»

«La mia povera sorella. Il suo primo fidanzato è stato picchiato e l'ultimo è stato investito. È abbastanza divertente quello che pensi.»

«Divertente? Pensi sia divertente quello che lei abbia dovuto passare?»

Dovevo cercare di mantenere la mia voce calma, ma ero così arrabbiata che avrei voluto picchiarla. Notai che il tassista guardava ansioso nello specchietto retrovisore, immaginavo che non vedesse l'ora di raggiungere la stazione così si poteva finalmente sbarazzare di noi due. Passammo il resto del viaggio in silenzio. Aspettai che Gabrielle pagasse quando arrivammo e camminai accanto a lei mentre entrava nella stazione.

«Tu pensi che lei sia più bianca del bianco?» disse. «Povera piccola Zara, sempre vittima. Bene, la verità è che lei è una manipolatrice, comandante ed egoista.»

«Egoista? Cosa ha fatto per essere egoista?»

<<Lei sapeva che cosa provavo per Joel. Lui ed io saremmo stati bene insieme, noi eravamo uguali, decisi, spietati. Lui sapeva quello che voleva ed anche io. Ma Zara, oh no, lei non era pronta a lasciarlo andare. Lei lo voleva solo per sé, anche se loro non sono mai stati veramente felici. Lei era troppo semplice per un uomo come Joel.>>

<<Tu però glielo hai rubato, non è vero?>>

<<Lei probabilmente lo minacciava, dicendogli che si sarebbe uccisa se lui la lasciava. Qualsiasi cosa fosse, è morto per questo.>>

<<Non capisco. Cosa pensi che sia accaduto?>>

<<Io non penso, io so. Li ho visti?>>

<<Cosa hai visto?>>

<<Ho visto lui che la baciava. Lui me lo aveva promesso, mi aveva detto che era finita con lei, ma mi aveva mentito.>>

Ci fermammo a un lato della biglietteria. Le persone si aggiravano attorno a noi, ma fortunatamente nessuno era a portata di orecchio.

<<Cosa facesti, Gabrielle?>>

<<Perché pensi che io abbia fatto qualcosa?>> Lei mi guardò fisso, con la bocca increspata, la fronte corrucciata.

<<Non puoi fuggire da questo. Ti perseguiterà per tutta la vita.>>

Lei iniziò a camminare ed io la seguii fino ad una panchina vuota vicino alla macchinetta dei biglietti.

<<Volevo solo spaventarlo, fargli sapere che li avevo scoperti insieme, dargli una lezione. Ero così arrabbiata.>> La sua voce era più tranquilla ora, incerta, quasi infantile.

<<Sei stata tu? Lo hai investito tu?>>

<<Ero infuriata. Devo aver pigiato troppo sull'acceleratore.>> Lei guardò al di là di me mentre parlava, come se fosse tornata in quel momento, dietro il volante, diretta verso l'uomo che diceva di amare.

<<Sei una donna stupida, sei tu quella che non è perspicace>> dissi, così arrabbiata che avrei voluto picchiarla. <<Non c'era amore in quel bacio, lui stava schernendo tua sorella, lui non l'ha mai amata.>>

Lei mi fissò senza battere ciglio. Poi fece un respiro profondo e tutta la sua altezzosità cadde, lasciando una figura patetica.

<<Tu potevi salvarlo>> dissi. <<Invece tu eri troppo preoccupata di salvare la tua pelle. Hai lasciato che morisse.>>

Le persone ci sfioravano mentre andavano al loro binario ma nessuno di noi due si mosse.

<<Lui deve aver visto che lo stavi investendo.>> La terribile perdita e l'ingiustizia per ciò che mi stava dicendo mi fecero ribollire dalla rabbia.

<<Ho visto il suo viso. Quando chiudo gli occhi posso rivedere l'incredulità nel suo sguardo. Lui non si mosse, stava lì fermo.>>

Mentre la guardavo stavo notando quanto il suo bel viso assomigliasse a quello di Zara.

<<Eri tu, vero eri tu? Eri tu quella che ha visto il signor Peters nel cimitero quel giorno, tu hai messo il biglietto dietro la pietra tombale? Lui pensava che tu fossi Zara. Era il giorno dell'anniversario della morte di Joel.>>

<<Che cosa ne sai tu del biglietto?>>

<<Io l'ho trovato. Ancora ce l'ho. Lo darò alla polizia. Lo sai che dovrai confessare, lo sai?>>

<<No nessuno lo deve sapere, solo tu. Tu puoi lasciarmi andare, non sono un'assassina. Non volevo farlo.>>

Cercò di afferrarmi la mano, per supplicarmi, ma io la ritrassi.

<<Perché avevi la tua borsa con te? Io pensavo fosse Zara quella che aveva visto il signor Peters, per via della borsa.>> Indicai la borsa ricamata che era accanto a lei.

<<Come puoi pensare che mi ricordi quale borsa avevo con me?>>

Ora vedevo che era abbastanza subdola da sistemare le cose a suo favore, sebbene come avrebbe potuto sapere che Zara stava per lasciare la nostra casa quel giorno, portandosi la borsa con lei? Forse quello che si dice delle gemelle è vero, dopo tutto.

<<Dimmi una cosa, perché sei rimasta in Tamarisk Bay? Tu potevi andartene via. Avresti potuto farla franca.>>

>Avevo bisogno di stare vicino a lui, io lo amavo, lo sai.>>

Ora la sua testa era china e la sua voce era calma e vacillante.

Mentre la guardavo, i rimanenti pezzi del mio puzzle incompiuto si erano incastrati.

<<Hai scritto tu le lettere, vero? Hai provato a fare incolpare tua sorella. Hai rubato il suo fidanzato, lo hai investito, la hai lasciato morire e poi hai cercato di incastrarla. Tu sei il male. Non meriti di avere una sorella.>>

<<Tu non puoi provarlo>> la malvagità in lei era riaffiorata.

Ogni contrizione che avrebbe potuto provare era di breve durata e ora stava ancora supplicando per la sua vita. <<Qualsiasi cosa tu dica alla polizia, la negherò. Sarà la tua parola contro la mia.>>

<<Che ne dici delle impronte digitali?>> dissi. <<Sono su tutte le tue lettere, le tue impronte digitali, ecco le prove di cui avrà bisogno la polizia per stabilire che tu hai progettato di incastrare tua sorella. Tu sei la sola persona che sa la verità su quello che successe quella notte ed è perché sei stata tu. Tu hai ucciso Joel.>>

Avrei voluto avere delle manette per poterla immobilizzare subito, ma lei non fece alcun tentativo di muoversi. Lei non disse altro e alla fine, pensai che fosse sollevata, la verità era finalmente uscita.

Chiamai lo stesso tassista e gli chiesi di portarci alla stazione di polizia. All'inizio era riluttante, sono sicura che non gradiva aver a che fare con noi: i clienti più strani che doveva avere avuto quel giorno.

Mentre la consegnavo al dispregiativo Detective Sergente Bright, mi concessi un momento di grande soddisfazione. Sarebbe stato piacevole se mi avesse dato una pacca sulla spalla per i miei sforzi, ma stavo trattenendo il respiro. Per tutto ciò che avevo imparato da Poirot, una netta differenza tra di noi era che non avevo alcun desiderio di saltare di gioia perché il crimine era stato risolto. Scoprire la verità era la cosa giusta da fare, ma non mi piaceva sapere che un tale male poteva nascondersi nel cuore di qualcuno.

Mentre Gabrielle veniva interrogata, chiesi di parlare al DS Bright in privato e ritornammo nella piccola stanza senz'aria dove mi ero seduta nelle due precedenti occasioni.

«C'è sempre qualcosa che mi ha sconcertato» dissi, anticipando l'ostruzionismo nella risposta.

«Lei sa che non posso parlarle del caso. Le siamo grati per ciò che lei ha fatto, ma è così che vanno le cose.»

«È solo che non capisco perché avete reso pubblico di avere un nuovo indizio.»

«Quale nuovo indizio?»

«Bene, ne avevate solo uno, vero? Il signor Peters, il tipo che ha detto di aver visto Zara il giorno in cui ha lasciato la nostra casa. Al cimitero. Anche se si scopre ora che non era nemmeno lei, ma era sua sorella.»

«Non ho la libertà di spiegarle le procedure delle forze di polizia. Comunque, una buona svolta ne merita un'altra, suppongo. L'informazione che ci aveva dato il signor Peters non era in alcun modo significativa. La signorina Carpenter lasciò la vostra casa quel giorno e il fatto che lei andò al cimitero, bene, non ci dava nessun'indicazione di dove fosse andata dopo.»

«Perché dissero di questo indizio nel notiziario? Dovete aver pensato che era una cosa importante per annunciarlo alla stampa?»

«La decisione fu una mossa tattica. La nostra investigazione su dove fosse la signorina Carpenter era a un punto morto. Non è normale per qualcuno sparire così, senza lasciare nessuna indicazione che avesse intenzione di partire. Questo, insieme alla circostanza in cui era morto il suo fidanzato, lasciava un punto interrogativo, ci ha fatto credere che c'era di più da sapere.>>

<<Ed ogni volta che venivo qui lei pensava che stessi facendo delle storie, come se era perfettamente normale per lei sparire così.>>

Lui non rispose alle mie accuse, ma invece, continuò <<Quando il signor Peters è venuto da noi con la segnalazione abbiamo rilasciato la notizia alla stampa perché speravamo che una trasmissione televisiva potesse far uscire Zara allo scoperto.>>

<<Lei parla come se sta pensando che fosse in colpa. Lei è la vittima in questo caso, Gabrielle non solo ha investito il suo fidanzato, ha provato anche ad incolpare sua sorella per questo.>>

<<Joel Stewart è stata la vittima. Noi abbiamo realizzato che c'era di più sulla sua morte quando abbiamo trovato il biglietto.>>

<<Che biglietto?>>

<<Quello nascosto dietro la lapide del signor Stewart.>>

<<Voi avevate trovato il biglietto? Ma come?>>

<<Quando il signor Peters ci disse di aver visto la signorina Carpenter nel cimitero noi abbiamo fatto una esplorazione accurata dell'area. Trovammo il biglietto, che indicava che la morte del signor Stewart non era un semplice incidente stradale.>>

<<Perché lasciaste lì il biglietto? Non era una prova?>>

<<Pensammo che l'autore ci ripensasse e ritornasse alla tomba per riprenderlo. E quindi è arrivata lei.>>

<<Voi sapevate che lo avevo preso?>>

<<Noi abbiamo tenuto d'occhio la tomba. L'omicidio è un crimine serio, signora Juke.>>

<<Così voi mi avete usato? Sapevate che avrei avuto più fortuna di voi nel trovare Zara.>>

<<Io ammetto, lei ci ha aiutato moltissimo. Speravamo che il servizio d'informazione scovasse qualcosa o qualcuno. Semplicemente non sapevamo come, quando o chi.>>

<<Sapevate dell'antipatia tra Zara e sua sorella?>>

<<Lo abbiamo intuito. Non ci è parso normale il livello di disinteresse che la signorina Gabrielle Carpenter dimostrava ogni volta che le parlavamo visto che era scomparsa la sua sorella gemella.>>

<<Lei pensa che io abbia avuto più fortuna delle forze di polizia di Tidehaven per averle strappato la confessione?>>

<<Come ho detto prima, le siamo molto grati per tutto quello che lei ha fatto. Lei ha un talento per cercare la verità. Forse lo ha ereditato da suo padre? Lei ha detto che è stato un detective, non è vero? O forse da quei suoi libri? Naturalmente la colpevole dovrà ripeterci la confessione, non si può dire se cambierà la sua storia. Lei è stata estremamente utile, signora Juke, ma è qui che prendiamo il comando. Il suo ruolo in questo caso è finito.>>

<<Lei sa che Gabrielle ha scritto le due lettere, quelle che le avevo dato. Non si trattava di ricatto,

voleva solo incolpare, e mettere il dubbio su sua sorella, può crederci?>>

<<Sarebbe sorpresa di ciò che le persone possono fare. In questo lavoro noi vediamo il peggio che la persona umana possa fare. Le ripeto il mio consiglio, rimanga con il lavoro che fa. I libri non ti deludono, loro non ti portano in situazioni pericolose, e non ti danno notti insonni.>>

Non sapevo se dovevo essere irritata per tutto quello che mi aveva detto DS Bright, o orgogliosa di essere stata in grado di concludere un caso con successo, un caso che aveva perplesso la polizia, qualsiasi cosa ne dicessero. Le sue parole sul lato oscuro della natura umana mi avevano fatto ricordare che la vita reale poteva essere tetra come alcuni dei racconti che avevo letto in tutti quegli anni. Forse di più.

Avevo fatto tutto quello che potevo e qualunque pena fosse stata inflitta a Gabrielle non dipendeva da me. La mia intenzione era sempre stata quella di cercare la mia amica e questo è quello che avevo fatto, quindi ora potevo riposarmi facilmente. Ma prima c'erano alcune persone con cui dovevo parlare e alcune scuse che dovevo fare.

CAPITOLO 32

Tutte le cose che uno aveva letto cento volte - cose che accadono ad altre persone, non a sé stessi.
Poirot a Styles Court - Agatha Christie

Volevo far sapere a papà l'esito degli eventi del giorno e avevo bisogno di lavarmi la coscienza con Greg. Ma prima dovevo dire a Zara la verità sulla morte di Joel in modo che lei smettesse di sentirsi in colpa.

Presi l'autobus di nuovo, questa volta la trovai seduta insieme a Luke su una panchina sul lungomare di Brightport. Stavo andando al deposito passando in Town Hall Square, e non mi aspettavo di trovarli lungo la strada. Mentre mi avvicinavo li vidi intenti a conversare.

<<Salve di nuovo, mi posso unire a voi?>>

<<Stavamo giusto parlando di te>> disse Zara.

<<Niente di troppo orribile, spero.>>

<<Stavo cercando di convincere Zara ad essere un po' più accondiscendente con te, sei dalla sua parte ed è fortunata ad avere una amica che si interessa a lei>> disse Luke, prendendo la mano di Zara nelle sue. C'era qualcosa di luminoso in lei, ma non era ciò che indossava. Notai che la sua faccia era meno pallida e che c'era una luce nei suoi occhi. Forse si sentiva più libera da quando si era alleggerita solo poche ore prima.

<<Mi dispiace, di averti messo in difficoltà, Janie, ti sono grata per tutto quello che tu hai fatto, veramente.>>

Era come se avesse elaborato alcune delle sue paure e il suo dolore e, sebbene non fosse ancora uscita dal tunnel, almeno poteva vedere la luce alla fine di esso.

<<Ho alcune novità per te. Sarà difficile per te sentirle, ma ora so cosa successe a Joel quella notte.>>

<<Lo sai?>>

Una parte di me voleva evitarle ulteriore tristezza, ma lo avrebbe saputo quanto prima dalla polizia ed era meglio per lei che lo sentisse da me, piuttosto che da uno sconosciuto.

<<Mi dispiace tanto, Zara, è peggio di quanto nessuno di noi avrebbe potuto immaginare. Tu mi avevi detto che Gabrielle era lì quella notte.>>

<<Sì, li vidi insieme e poi lei se ne andò.>>

<<Bene, solo questo. Lei non se ne andò. Vi vide insieme. Sembra che Joel le avesse promesso che avrebbe rotto con te, per tornare libero e avere una vita con lei. Non era solo un'avventura, almeno dal suo punto di vista. Così vedere che ti baciava l'ha resa furiosa.>>

<<Non dirmelo, non lo voglio sapere.>> Nascose il suo viso sulla spalla di Luke.

Lui accarezzò la sua testa e le disse piano. <<Tu hai bisogno di sapere questo Zara, devi sapere la verità su quella notte così potrai andare avanti con la tua vita. Altrimenti il dubbio ti perseguiterà per sempre.>>

Raccontai ad entrambi tutto quello che mi aveva detto Gabrielle, mantenendo il tono della voce più gentile che potevo. Per tutto il tempo che parlavo Zara non aveva mai alzato la testa dalla spalla di Luke.

<<Cosa le succederà ora?>> chiese Luke.

Scossi la testa. <<Ora è dalla polizia. Lei ha confessato, questo sarà a suo favore. Non ci fu premeditazione, suppongo che i francesi lo chiamerebbero crimine passionale?>>

<<Per tutto questo tempo ho pensato che fosse stata colpa mia, che se non lo avessi seguito quella notte l'incidente non sarebbe avvenuto. Io ero gelosa di Gabrielle, ma ora posso constatare che quello che lei sentiva era più possesso che amore. Se lei lo avesse amato veramente non avrebbe mai potuto fare una cosa così terribile. Forse lei ha ragione, lei e Joel sono lo stesso genere di persone, se non mi avesse tradito con mia sorella sarebbe stato con qualcun altro.>>

Non mi misi a menzionare Petula, Zara aveva avuto già abbastanza brutte notizie da assorbire senza dover sapere che il suo fidanzato aveva approfittato di un giovane ragazza innocente.

<<Che ne è dei miei genitori, devono essere informati?>>

Zara si mise a sedere esponendo il viso macchiato di lacrime e gli occhi iniettati di sangue.

<<La polizia penserà ad informarli. Gabrielle potrebbe gradire il loro aiuto? Ci sarà un processo, naturalmente, noi dobbiamo entrambe testimoniare cosa sappiamo. Ma io sarò sempre al tuo fianco.>>

<<Lei te lo ha detto, vero lo ha detto a te?>> disse Zara.

Aspettai che lei spiegasse.

<<Gabrielle ti ha raccontato del mio tentato suicidio?>>

Annuii e lei continuò.

<<I miei genitori non mi hanno mai perdonato. Tutte le religioni credono che la vita sia sacra, ma per i cattolici il suicidio è uno dei peggiori dei peccati. Pensavo che bastava il perdono nella confessione, ma non credo che mia madre la vedesse in quel modo. Pensi che lei sarà meno arrabbiata con una assassina?>>

<<Per cui tu perdoni tua sorella?>> le chiesi.

<<No, ma mi dispiace per lei. Lei ha distrutto tre vite, quella di Joel, la sua e la mia.>>

<<Lei ha distrutto la tua vita solo se glielo lasci fare>> disse Luke, prendendo le sue mani. <<Tu hai la possibilità di iniziare da capo.>>

<<Se fossi in te afferrerei questa occasione con entrambe le mani>> dissi. <<Pensa a tutte le serenate che ti faranno felice e non dovrai nemmeno gettare una moneta nel suo cappello.>>

Li abbracciai entrambi prima di andarmene e quando mi girai per salutare loro neanche mi vedevano. Erano rivolti l'uno verso l'altro e si sorridevano. Era l'immagine perfetta.

Quello che mi rimaneva ora da fare era relazionare cosa era successo ai due uomini più importanti della mia vita. Decisi di parlagli e raccontargli tutto a entrambi nello stesso momento, nella speranza che mio padre avrebbe preso le mie difese se Greg avesse perso la ragione.

Una volta tornata a casa tutto quello che desideravo era immergermi in un bagno, ma questo doveva aspettare.

<<Greg, ti dispiace se non usciamo stasera? Papà ha un problema con il rubinetto della cucina. Gli ho detto che tu potresti dargli un'occhiata>> gli dissi, appena entrai dalla porta.

<<Gli posso dare un'occhiata domani, se vuoi.>>

<<No, è urgente, lui non può farsi la tazza di tè. Gli ho detto che saremmo andati stasera.>>

<<Io volevo portarti fuori.>>

<<Bene, mi porterai fuori, andremo da mio padre. Io cucinerò mentre tu aggiusti il rubinetto.>>

<<Oh, accidenti, Janie, sono senza speranza come idraulico, tu hai bisogno di qualcuno che sappia cosa c'è da fare. Alex è al lavoro, posso chiedere a lui di passare.>>

<<No, a mio padre non piace che passino degli estranei.>>

<<Lui non è un estraneo, lo conosco. In tutti i modi, lui ha pazienti tutto il giorno, e lui non li conosce.>>

<<Non fare il difficile, suvvia. È tanto che non andiamo a cena da lui. Sarà divertente.>>

Quando arrivammo da mio padre e Greg vide il suo bollitore riempito da un rubinetto che funzionava perfettamente, sapevo che dovevo chiarire tutto al più presto.

<<Cosa sta succedendo? Philip, tua figlia mi ha preso in giro con false scuse. Sai di cosa si tratta?>>

<<Sedetevi entrambi>> dissi. <<Devo dirvi alcune cose. Greg, ho bisogno che tu stia calmo e mi ascolti, senza interrompermi.>>

Loro sorseggiavano il tè mentre raccontavo tutto quello che era successo nei giorni precedenti. Io sorvolai su tutto ciò che riguardava il signor Peters,

Owen e Crystal, tanto non avevano alcuna importanza, ora che conoscevo la verità.

Quando finii di parlare Greg scosse la sua testa ed era tranquillo.

<<Cosa stai pensando? Sei arrabbiato con me?>>

<<Sto pensando che spero che Fagiolino non siano gemelli.>>

<<È triste, non è vero? Come dice il DS Bright, ci sono alcune persone raccapriccianti là fuori.>>

<<Come può qualcuno agire così verso la propria sorella? Non posso sopportarne il pensiero.>>

<<Questo mi fa ringraziare di essere figlia unica>> dissi, andandomi a mettere dietro a mio padre. <<E ancora più grata di avere il miglior padre, che non si stanca mai di ascoltarmi, e ha sempre i migliori consigli.>>

<<Secondo solo ad Agatha?>> disse.

<<Tua figlia è capricciosa, impetuosa e disobbediente>> disse Greg, guardandomi mentre parlava.

<<Buon lavoro, ha un marito così meraviglioso, per tenerla in riga>> disse papà.

<<Ben detto Philip. Sì, lei è fortunata ad avermi>> disse Greg, allontanandosi da me mentre cercavo di picchiarlo nelle costole. <<E, naturalmente, la cosa è reciproca. Ora il caso della sparizione di Zara Carpenter è stato risolto veramente e bene, mia moglie si può concentrare per prepararsi a diventare madre. Lei si concentrerà sulla vita familiare ed io tornerò a casa, nella mia casa con cibi cucinati tutte le sere. Pantofole calde vicino al fuoco, vestiti stirati,

porta pranzo pronto tutti i giorni e la mia tazza di tè pronta che mi aspetta tutti i giorni.>>

<<Stai pianificando di divorziare e sposare qualche altra?>>

<<Greg ha ragione però, Janie>> disse papà. <<È ora che metti via il tuo taccuino investigativo e tiri fuori i ferri da calza. La maternità è una cosa preziosa e tu devi riposarti e prepararti per quando arriverà il piccolino.>>

<<OK, avete vinto entrambi. Mi comporterò bene, almeno per un po'.>>

Lasciai passare un paio di giorni prima di chiamare Libby. Lei mi ringraziò molte volte per lo scoop. Lei era molto professionale e dopo l'intervista mi promise che potevo leggere l'articolo prima che andasse in stampa. Naturalmente, dovevamo stare attente che qualunque cosa avesse stampato non mettesse a repentaglio il caso.

Il suo obiettivo era la storia personale che era dietro alla tragedia. Il suo editore mostrò la sua considerazione promuovendola. Non molto dopo fu assegnata ai matrimoni e feste locali; e le promise che sarebbe stata la prima sulla scena di qualsiasi notizia importante.

<<Noi siamo state una buona squadra, tu ed io>> lei scherzò, quando passò nel furgone della biblioteca per raccontarmi le sue novità.

<<Una buona squadra?>>

<<Si, tu hai tirato fuori la storia ed io l'ho riportata.>>

<<Non farti sentire da Greg quando dici questo.>>

<<Tu hai un talento naturale, tu hai naso per queste cose.>>

<<Vuoi dire, impicciarmi degli affari altrui?>>

<<Zara ti è grata per averlo fatto.>>

<<Può essere.>>

Papà, Greg e Zara mi avevano lodato per aver risolto il caso, ma una parte di me non si sentiva fortunata, inciampare sulla verità, piuttosto che cercarla. In 'Styles' Hastings sfidò Miss Howard chiedendole, 'se tu fossi coinvolto in un crimine, di un omicidio, saresti in grado di individuare l'assassino fin da subito?' Lei era sicura di poterlo fare, 'lo sentirò sulla punta delle mie dita se mi si avvicina' gli disse.

Bene, nonostante tutta la mia antipatia verso Gabrielle, non c'era mai stato un momento in cui la ritenessi capace di investire Joel. Per quanto subdolo e ingannevole era, non meritava di morire in quel modo.

Un tranquillo mercoledì mattina in biblioteca mi dette la possibilità di avere ben poco da fare. Non avevo voglia di leggere, ma non volevo neanche pensare troppo e speravo di non dover parlare a qualche cliente. Mi accontentai di spolverare e riordinare e mentre stavo finendo di pulire la mensola della narrativa, sentii aprire la porta.

<<Buon giorno>> disse, avvicinandosi al bancone con un passo deciso.

<<Signor Furness, salve. Come posso aiutarla? Non le piace la narrativa vero? Ho paura che non abbiamo nulla di nuovo al momento. Se lei ha una richiesta

posso inoltrarla alla biblioteca centrale. Sono utili per questo.>>

<<Non sto cercando un libro>> disse, mettendo una copia del giornale locale sul bancone. <<Questa è lei, vero? Chiese mentre puntava il dito sull'articolo di Libby su Zara.

<<Er, sì.>>

<<Lei ha fatto bene, ha fatto un buon lavoro, meglio della polizia.>>

<<Stavo solo aiutando la mia amica.>> Il suo sguardo fisso mi faceva sentire a disagio. Aspettai sperando che andasse verso i scaffali dei libri.

<<Il biglietto del bagaglio a mano>> disse.

<<Scusi?>>

<<Il biglietto del bagaglio a mano che lei ha nella scatola delle cose perdute. È mio.>>

<<Lo avevo pensato... quando glielo avevo chiesto l'altra volta...>>

<<Ho mentito.>>

Presi la scatola da sotto il bancone e tirai fuori la busta che conteneva il biglietto.

<<Eccolo>> dissi, porgendoglielo.

Lui scosse la testa e rimise la busta nella scatola.

<<Non le occorre?>>

<<Se lei mi aiuterà, le servirà. Mi vuole aiutare?>>

La sua espressione era impassibile, ma la sua voce era barcollante. Frugai tra gli schedari della mia mente; Fagiolino, Greg e Zara. La mia ricerca di Zara mi aveva dimostrato che potevo essere di più che solo una brava mamma e moglie. Janie Juke, risolve i misteri. Mi piaceva come suonava.

<<Si, l'aiuterò>> dissi.

Grazie

Nell'ambito delle mie ricerche per questa serie ho contattato *The Keep,* che ha un grande archivio di documenti sull'Est Sussex:
www.thekeep.info/collections/ Loro sono stati d'aiuto per garantire che i dettagli sulla libreria mobile di Janie fossero più precisi possibile. La polizia del Sussex è stata in grado di confermare che la retrospettiva della storia di Philip, il padre di Janie. Aveva senso.

La maggior parte degli autori saranno d'accordo che scrivere può essere una realizzazione solitaria. Quindi io mi considero molto fortunata per avere l'incoraggiamento e il sostegno di alcune persone meravigliose. Il personaggio di Janie non avrebbe avuto lunga vita se non fosse stato per loro. I miei fantastici compagni, Chris e Sarah, e mio fratello David, continuano ad offrirmi non solo preziosissime critiche, ma l'ispirazione per andare avanti.

Un sincero grazie va anche alla famiglia e amici troppo numerosi per elencarli qui. Sono grata a tutti.

E, nelle parole di una delle mie canzoni preferite, il mio amore e grazie vanno a mio marito Al, che è *'il vento sotto le mie ali'.*